Jean Paul

Blumenfrucht und Dornenstücke

Zweiter Band

Jean Paul

Blumenfrucht und Dornenstücke
Zweiter Band

ISBN/EAN: 9783743699755

Hergestellt in Europa, USA, Kanada, Australien, Japan

Cover: Foto ©Andreas Hilbeck / pixelio.de

Weitere Bücher finden Sie auf **www.hansebooks.com**

Blumen- Frucht- und Dornenstücke

oder

Ehestand, Tod und Hochzeit

des

Armenadvokaten F. St. Siebenkäs

im Reichsmarktflecken Kuhschnappel

von

Jean Paul.

Zweites Bändchen.

Berlin, 1797.
In Carl Matzdorff's Buchhandlung.

Vorrede

zum zweiten und dritten Bändgen.

Es hat mich oft verdrüßlich gemacht, daß ich jeder Vorrede, die ich schreibe, ein Buch anhängen muß als Allonge eines Wechselbriefes, als Beilage sub litt. A—Z. Andern privatisirenden Gelehrten werden schon ganze Bücher fertig und lebendig aus der Wiege zugeschickt, und sie brauchen nichts daran zu hängen, als das goldene Stirnblatt der Vorrede, und nichts mehr an der Sonne zu machen, als die Aurora. Aber mich hat noch kein einziger Autor um eine Vorerinnerung ersucht, ob ich gleich schon seit einigen Jahren mehrere Vorreden im Voraus verfasse und auf den Kauf ausarbeite, worin ich künftige Werke nach Vermögen erhebe. Ja, ein ganzes Münzkabinet von solchen Preismedaillen und

Huldigungsmünzen, die ich für fremde Verdien-
ste mit den besten Rändelmaschinen ausprägte,
steht mir immer vor Augen und läuft täglich
höher an; daher schlag ich das Kabinet am Ende — es ist kaum anders zu machen — in Grosso
los, und gebe ein Buch voll blosser präexistirender
Vorreden — zu gedenklichen Werken — heraus.

Gleichwohl will man noch bis zur Ostermesse
die Vorberichte einzeln abstehen; und Autoren,
die sich am ersten melden, können sich, da man
ihnen den ganzen präludierenden Faszikel zuschickt,
die Vorerinnerung ausklauben, in der ich, wie sie
meinen, ein Buch am meisten lobe. Nachher aber,
bei der Herausgabe der Vor- oder Lobreden im
Ganzen, die ich mit dem Meßkatalog durchschieß-
sen lasse, werden blos die Gelehrten auf einmal
in corpore, in coro verherrlicht, und ich biete
so zu sagen — wie 1775 die Königin Kaiserin
der ganzen Wiener Kaufmannschaft — der ganzen Gelehrtenrepublik in Pausch und Bogen den
Adel an; wiewohl ich an den armen Rezensenten,
die sich das ganze Jahr an Tempeln des Ruhms

und an Ehrenbögen krumm und arm mauern und keimen, die betrübten Belege vor mir habe, daß weniger dabei herauskommt, wenn man die gelehrte Republik in 6 Folianten erhebt, als wenn man mit Sannazaro die venezianische in eben so vielen Zellen rühmt, deren jede ein Schenkungsbrief von 100 Fünfthalerstücken für den Dichter ward.

Zur Probe will ich eine von jenen Vorreden in diese einschichten, und mich stellen, als hätte mit ihr der berühmte Verfasser mein Buch auf Ersuchen versehen, welches noch dazu auch so ist. Ich lasse leicht mein Wesen oder Substratum in zwei Personen zerfallen, in den Blumenmaler und in den Vorberichtmacher. Ich les' aber mit Fleis — denn ganz ohne Bescheidenheit kann keiner leben — für mich die allerelendeste Vorerinnerung aus, in der wahrhaftig mäßig genug gepriesen wird, und die den Autor des nachstehenden Werks mehr auf einen Pürsch- und Leichen- als Triumph-wagen hineinhebt, den noch dazu nichts zieht: die andern Vorreden hingegen schirren die Nachwelt an, diese und die Lesewelt werden darin vor die Triumph-Berline oder Kariole eingespannt und fahren einen Verfasser . . . .

Schlüßlich habe ich noch anzumerken, daß der treffliche H. Verfasser des Hesperus die Nachsicht für mich gehabt, meine Blumen-stücke durchzusehen, und solche mit folgender sehr lesenswerthen Präfazion zu begleiten.

Präfazion vom Verfasser des Hesperus.

„Ich kann Folgendes schlußkettenweise postulieren, und zwar in Gleichnissen.

Manche Autores, z. B. Young, zünden ihren Nervenspiritus an, der, wie anderer Spiritus (eau de vie) alle Personen, die um das flimmernde Dintenfaß herumstehen, mit einer täuschenden Todtenfarbe anwirft und bestreicht; — aber leider schaut beim Experiment jeder nur den andern an, und keiner in den Spiegel; in den Menschen und in den Autoren wird durch die Nachbarschaft der allgemeinen Sterblichkeit um sie her nichts als ihre Empfindung der eignen exzeptiviſchen Unſterblichkeit erhöht, und das labt uns alle ungemein.

Daraus ergiebt ſich nun, dünkt mich, die Folge leicht, *) daß ein Dichter im fünften oder funfzigſten Stockwerk zwar Geſänge, aber keine Hochzeit und Haushaltung, machen kann, geſchweige ein gutes Haus: gleicht er nicht den Kanarienvögeln, die zur Hecke einen größern Bauer brauchen, als zum Geſang? —

Und was thut denn, wenn dieſes richtig iſt, die Feder des Autors? Sie zieht wie eine Knabenfeder die Schrift, die die Natur ſchon mit bleichem Bleiſtift in den Leſer geſchrieben, mit ihrer Dinte gar aus. Der Saite des Autors tö-

---

*) Da der oblge Sorites als Sorites ſeinen Zuſammenhang haben muß: ſo hab' ich ihm einigen durch bloße Worte und Uebergänge zu ertheilen geſucht, und die Glieder der Schlußkette in etwas durch den Faden der Rede verbunden; und man mag ſie etwan für einen Bandwurm halten, in dem jedes Glied wieder ein eigner, privatiſierender, idiopathiſcher Wurm iſt.

nen nur die Oktaven, Quinten, Quarten, Terzen der Leser nach, keine Sekunden und Septimen; unähnliche Leser werden ihm nicht ähnlich, sondern nur ähnliche werden ihm gleich oder ähnlicher.

Und damit steht und fällt mein vierter Heischesatz: daß Hufeisen des Pegasus ist die Armatur am Wahrheits-Magnete, er zieht uns dann stärker; wiewohl wir hungrige Vögel sind, die auf die Trauben des Poeten fliegen, als wären sie wahre, und die blos den Jungen für gemalt ansehen, der schrecken sollte.

Jetzt ist der Uebergang leicht zum fünften Heischesatz: daß der Mensch eine solche Achtung für jedes Alterthum hegt, daß er sie sogar noch fortsetzt, wenn dasselbe blos noch der Deckel und die Larve des Giftes ist, ders aufgelöset hat. Ich mache hier absichtlich zwei Belege dieses Satzes gar nicht namhaft — nämlich die in Wurmmehl zerfressene Religion, und die eben so zerkrümelte Freiheit — sondern halte mich als Lutheraner nur an den dritten, an die Reliquien, an denen man, wenn sie von den Würmern aufgefressen worden, (nach dem Jesuiten Vasquez *)) noch das anzubeten hat, was übrig ist, die Würmer eben. Taste daher, wie den Wurmstock deiner Zeiten an, du wirst sonst sein Fraß; und eine Million Würmer gelten einem guten Lindwurm gleich.

Dieses muß angenommen werden, wenn anders der sechste Heischesatz einen Sinn haben soll: daß kein Mensch völlig gleichgültig gegen alle Wahrheiten sein kann. Ja sogar, wenn er auch nur noch poetischen Illusionen huldigt und offen steht, so ehret er eben dadurch die Wahrheit, da in jeder Dichtung gerade das Wahre das berauschende Ingredienz ist, wie in unsern Affekten blos das Moralische berauscht. Eine Illusion, die durchaus nichts wäre, als eine, würde eben deshalb keine mehr sein. Jeder Schein setzet irgenbwo Licht voraus, und ist selber Licht, nur entkräftetes, oder vielfach zurückgeworfenes. Nur gleichen die meisten Menschen unserer nicht sowohl

---

*) Dictionnaire philosophique. Art. Reliques.

aufgeklärten als aufklärenden Zeiten den Nachtinsekten, die das Tageslicht fliehen oder mit Schmerzen empfinden; die aber in der Nacht jedem Nachtlicht, jeder phosphoreszierenden Fläche zuflattern.

Die Gräber der besten Menschen, der edelsten Blutzeugen sind gleich herrnhutischen eben und platt, und unsere ganze Kugel ist ein auf diese Art plattiertes Westmünster — ach wie viel Thränentropfen, wie viel Blutstropfen, welche die drei Eck- und Standbäume der Erde, den Lebens- den Erkenntniß- und den Freiheitsbaum befeuchteten und trieben, wurden vergossen, aber nie gezählt. Die Weltgeschichte malet an dem Menschengeschlecht nicht, wie der Maler an jenem einäugigen König, blos das sehende Profil, sondern blos das blinde; und nur ein großes Unglück deckt uns die großen Menschen (wie in Gallien die großen Generale) auf, wie totale Sonnenfinsternisse die Kometen. Nicht blos auf dem Schlachtfeld, auch auf der geweihten Erde der Tugend, auf dem klassischen Boden der Wahrheit thürmet sich erst aus 1000 fallenden und käm-

pfenden unbenannten Helden das Fußgestell,
auf dem die Geschichte Einen benannten bluten, siegen und glänzen sieht. Die größten Hel-
denthaten werden zwischen vier Pfählen gethan;
und da die Geschichte nur die Aufopferungen des
männlichen Geschlechtes zählet, und überhaupt
nur mit vergossenem Blute schreibt: so sind in
den Augen des Weltgeistes unsere Annalen gewiß
größer und schöner, als in den Augen des Welt-
historikers; die Aeren der Weltgeschichte werden
nur nach den Engeln oder Teufeln geschätzt, die
darin agieren, und die Menschen zwischen beiden
werden ausgelassen.

Das sind die Gründe, worauf ich mich steife,
wenn ich so keck behaupte, daß wir aus den gefüllten Freudenblumen, sobald wir zu heftig an sie riechen, ohne sie ausgeschüttelt zu haben, unvermuthet ein Marterinsekt hinaufschnau-
fen können, durchs Siebbein ins Gehirn;*) und

---

*) Im zten Stück des Lichtenberg. Magazins für die
Physik 2c. wird das Beispiel einer Frau erzählt, die
aus einer Blume einen Wurm ins Gehirn hinauf-
zog, der sie mit Wahnsinn, Kopfschmerzen u. s. w.

wer, man sage mir, holt das Kerbthier dann
wieder heraus? — Hingegen aus Blumenstücken
und deren gemalten Blumenkelchen ist wenig Be-
denkliches zu schnupfen, weil ein gemaltes Gewürm,
ein Wurmstück, immer bleibt, wo es sitzt. — —

Das ists, was ich in Gleichnissen zu postulieren habe. Was das Publikum postulieret, ist
meine Meinung über gegenwärtige Blumenstücke.
Der Verfasser ist ein hoffnungsvoller junger Mann
von fünf Jahren; *) ich und er waren von Kin-
desbeinen an Freunde, und können uns vielleicht
rühmen, daß wir, wie Aristoteles von den Freunden fodert, nur Eine Seele haben. Er theilt mir
alles zum Lesen und Prüfen mit, was er edieren
will. Da ich ihm nun diese Blumenstücke mit
den lebhaftesten aber aufrichtigsten Aeußerungen

---

marterte, bis er lebendig wieder aus der Nase zu-
rückgieng.

*) Voltaire bringt heraus, daß einer, der 23 Jahre alt wird,
eigentlich nur 3½ Jahr im eigentlichen Sinn gelebt habe.
Bei mir nehmen oft Leute das gouter ein, die keine Fünf-
tels-Sekunde alt sind, ja einer davon starb ohne alles Alter
ab. Unser guter alter Kant hingegen mag schon seine vollen 25 Jahre auf dem Nacken haben, wenn nicht mehr.

meines Beifalls wieder zustellte: so gieng er mich
darum an, dieses Urtheil darüber bekannter zu
machen, das (wie er viel zu schmeichelhaft glaubt)
vielleicht einiges Gewicht habe; um so mehr; da
es unpartheiischer als seines sei, und das er den
Kunstrichtern als das Lineal, das Rostral und die
Lichtform des ihrigen in die Hände geben wolle.

Im letztern treibt ers zu weit: ich kann nichts,
als blos erklären, daß das Werkgen mir ordentlich
aus der Seele geschrieben ist. Der Stoff selber nahm
keinen größern dynamischen Aufwand an, als man
im Buche macht, und so gern der Verfasser darin ge-
donnert, gestürmt, geströmet hätte, so war doch in
der Stube und Stubenkammer eines Armenadvo-
katen für Rheinfälle — spanische Donnerwetter —
Aequinoktiums-Orkane — und Wasserhosen kein
Platz, und er spart die besten Ungewitter auf für
ein künftiges Werk. Ich habe seine Erlaubniß,
den Titel dieses künftigen Werkes vorauszusagen:
„Der Titan." *) In diesem Werke will er der

---

*) Das Werk, das der H. Vorredner als Vorläufer
ankündigt, wie ich selber schon that auf der 35 S.

Hekla sein, und das Eis seines Almas und sich dazu entzweisprengen, und (wie der isländische Vulkan) eine kochende Wassersäule von 4 Schuh im Durchmesser, in eine Höhe von 90 oder 89 Schuh auftreiben, und zwar mit einer solchen Hitze, daß, wenn die nasse Feuersäule wieder heruntergefallen ist und in den Buchstaben schwimmt, sie immer heiß genug sein soll, um Eier hart zu kochen oder deren Mütter weich. „Dann (sagt er allemal, aber sehr traurig, weil er merkt, die Hälfte unserer hiesigen Kämpfe und Ausbeuten sei von einer Schnurrpfeiferei nicht sonderlich verschieben, und die Wiege dieses Lebens schaukle und stille uns zwar, aber sie bringe uns nicht drei Schritte weiter, dann, sagt er) „mag „der arbor toxicaria macasseriensis) *) des

---

des Iten Theils, wird wirklich diesen Namen führen, und soll mir, (in so fern ich kann,) statt einer Dispensationsbulle, statt einer Absoluzion in articulo mortis, statt einer poenitentiaria gegen so viele ästhetische Sünden dienen, die ich schon begangen habe.

*) Der giftige Boa Upas, unter dem man schon in wenigen Minuten das Haar verliert.

„Ideals, unter dem mir schon einige Haare aus-
„gegangen sind, dann mag er mich immer ver-
„giften und ins Land der Ideale schicken, ich
„habe doch unter seinem erhebenden tödtlichen
„Brausen gekniet und gebetet. Und warum stän-
„de denn an dem von der Ewigkeit gewässerten
„Brunnen der Wahrheit das kleine Haus für den
„Wanderer fertig, das man Ruhe *) nennt,
„gienge keiner jemals hinein?“ — Er wünscht
sich zu seinem breiten Deckenstücke nichts als einige (nur zwei) rechte Regenjahre, weil ein großer, heller, offner Himmel den Menschen überwäl-
tigt und entrückt, und die Feder-Kraft der Hand
durch die Fülle des Auges lähmt; ein Punkt,
worin der Büchermacher außerordentlich von dem
Papiermacher (seinem Munizionslieferanten) ab-
geht, der seine Mühle gerade in nassem Wetter
sperret. — Noch wünsch' ich, daß man die wenigen Kapitel, die im ersten Theile stehen, rekapitu-
liere und wiederlese, damit man besser wisse, was

---

*) Die mittlern Deutschen baueten an die Brunnen
ihrer Burgen ein kleines Haus — Ruhe genannt —
für müde Pilger auf.

er eigentlich haben will; und in der That ist ein
Buch, das nicht werth ist, zweimal gelesen zu werden, auch nicht würdig, daß mans einmal lieset.

Schlüßlich munter' ich, obwohl als der unan-
sehnlichste Klubist und Stimmgeber des Publi-
kums, den H. Verfasser zu mehrerern Setzlingen
und Infanten dieses Gelichters auf, mit dem
Wunsche, daß die Lesewelt mit derselben Nachsicht, wie ich, über das Werkgen richte. Hof
im Voigtlande, den 5. Jun. 1796.

Jean Paul Friedr. Richter.

*   *   *

So weit geht die Präfazion meines Freundes. Im Grunde ists freilich lächerlich; aber
diese Vorrede muß doch ordentlich beschlossen werden, und dann kann ich mich leider wieder nicht
anders unterschreiben, als mein obiger Robinson-
scher Freitag und Namensvetter that, nämlich:
Hof im Voigtlande, den 5. Jun. 1796.

Jean Paul Friedr. Richter.

Inhalt

des zweiten Bändgens.

Fünf-

Fünftes Manipel.

Wesen und Vorschlich als Passionswerkzeuge — Wichtigkeit eines Bücherschreibers, — der Zinnschrank —
die Hausarmuth.

Die Katholiken zählen im Leben Christi 15 Geheimnisse auf, 5 freudenreiche, 5 schmerzenreiche
und 5 glorreiche. Ich bin unserem Helden durch
die fünf freudenreichen, die etwan der Lindenho-
nigmonat der Ehe zu erzählen hat bedächtig nach-
gegangen: ich komme nun mit ihm an die fünf
schmerzhaften, mit denen die meisten Ehen das
Gefolge ihrer Geheimnisse — beschließen. Seine
hat noch, hoff' ich, fünf glorreiche.

Den andern Tag schickte er sogleich den Eifer-
fersuchtsteufel zu allen andern Teufeln — denn

der stillende Schlaf hält den Fieber-Puls der
Seele an und seine Körner sind die Fieberrinde
gegen das kalte Fieber des Hasses, wie gegen das
hitzige Fieber der Liebe —, ja er legte das Schat-
ten-Reisbret hin und nahm von der gestrigen
freien Kopie des Egelkraut'schen Gesichts mit dem
Storchschnabel eine verjüngte und schwärzte solche
gehörig. Sein Schwärzen unterbrach der gerichtliche Pedel der Erbschaftskammer, der ihm
die Antwort oder den ersten Satz oder die Exzep-
zionen des beklagten Heimlichers von Blaise überreichte, die in nichts als in einem Fristgesuche
von drei Wochen bestanden, das ihm die Kammer
gern bewilligt hatte. Siebenkäs lebte als sein
eigner Armenadvokat der gewissen Hoffnung, daß
das gelobte Land der Erbschaft, worin Milch und
Honig über seinen Goldsand fließen, von seinen
Kindern werde erobert werden, wenn er in der
juristischen Wüste auf dem Wege dahin längst ver-
storben sei: denn die Justiz belohnet die Tugend
und das Recht der Väter an Kinder und Kin-
deskindern.

Nur wars das Schlimmste, das Siebenkäs
nichts zu leben hatte bei seinen Lebzeiten. Ich habe bisher von seiner Reichsoperazionskasse, die
ihm Leibgeber, wie bekannt, gegen den Heimlicher

dagelaffen, felten Erwähnung gethan, weil der Kaffenbestand in dieser Heilandskaffe so zusammen gegangen war, daß er der ersten Heilands-kaffe ihrem im dritten Jahrzehend der christlichen Religion zu gleichen anfieng.

„Ich will Rath schaffen,” sagt' er fröhlich und setzte sich heute ämsiger an sein Schreibepult, um sich mit seiner Auswahl aus den Papieren des Teufels je eher je besser einen beträchtlichen Ehrensold ins Haus zu leiten. Aber nun wird ein ganz anderes Fegfeuer immer höher um ihn angeschürt und aufgeblasen, von dem ich bisher gar noch nichts sagen wollen und worin er schon seit vorgestern sitzt und brät. Lenette ist der Bratenkoch, und sein Schreibtisch ist der Lerchenrost. Er hatte sich nämlich unter dem stummmen Reifen der vorigen Tage an ein besonderes Aufhorchen auf Lenetten gewöhnt, wenn er dort saß und an der Auswahl aus des Teufels Papieren schrieb: das machte ihn völlig irre im Denken. Der kleinste Tritt, jede leise Erschütterung griff ihn wie einen Wasserscheuen oder Chiragristen an und brachte immer ein oder zwei gute junge Gedanken, wie ein größeres Kanarienbrut und Seidenraupen, ums Leben.

Anfangs bezwang er sich recht gut: er gab sich

zu bedenken, die Frau müsse sich doch wenigstens regen und könne, so lange sie keinen verklärten Leib und keine verklärten Meublen handhabe, unmöglich so leise in der Stube auftreten wie ein Sonnenstrahl oder wie ihre unsichtbaren guten und bösen Engel hinter ihr. Aber indem er bei sich diesen guten cours de morale, dieses collegium pietatis hörte, kam er aus dem satirischen Kontexte und Konzepte und schrieb blos matter weiter.

Am Morgen nach jenem Silhouettier-Abende, wo ihre Seelen sich die Hände gegeben und den höhern Fürstenbund der Liebe wieder von neuem geschlossen hatten, konnt' er viel offener zu Werke gehen und er sagte, sobald er statt der Silhouette nichts anschwärzte als die Urbilder, d. h. sobald er in der satirischen Rußhütte arbeitete, er sagte schon voraus zur Frau: „wenns Dir thulich ist, „Lenette, so mache heute kein sonderliches Getöse „— es ist mir hinderlich, wenn ich da sitze und „für den Druck arbeite." Sie sagte: „ich däch „te, Du hörtest mich kaum, so schleich' ich."

Wenn der Mensch über die Tölpeljahre hinüber ist: so hat er noch jährlich einige Tölpelwochen und Flegeltage zurückzulegen: Siebenkäs that die obige Bitte wahrlich in einer Tölpelminute. Denn

jetzt hatte er sich selber genöthigt, unter dem Denken aufzulauern, was Lenette, nach dem Empfange
des Bittschreibens vornehme. Sie lief jetzt über
die Stubendiele und über die Fäden ihres häuslichen Gewerkes mit leisen Spinnenfüssen. Denn
sie hatte wie andere Weiber nicht widersprochen,
um zu widerstreben, sondern um nur zu wider-
sprechen. Siebenkäs mußte fleißig aufpassen,
um ihre Hände oder Füße zu hören; aber es
glückte ihm doch und er vernahm das Meiste.
Wenn man nicht schläft, so giebt man auf ein
leises Geräusch mehr als auf ein großes Acht:
jetzt horchte ihr der Schriftsteller überall nach
und sein Ohr und seine Seele liefen als Schrittzähler an sie angemacht, überall mit ihr herum —
kurz, er mußte mitten in der Satire „den Edelmann mit seinem kalten Fieber" *) abschnappen,
aufspringen und zur Schleicherin sagen: „ich
„horche schon seit einer Stunde auf das peinigende
„Trippeln hin: ich wollte lieber, du trabtest in
„zwei lauten Krupezien herum, die mit Eisen
„besohlet sind zum Takt-Stampfen **), als
„so — geh lieber wie gewöhnlich, Beste!" —

---

*) Auswahl aus den Papieren ic. S. 41.
**) Die Musici der Alten hatten sie an. Bartholin. de
Tib. Vet. III. 4.

Sie thats und gieng fast wie gewöhnlich. Er hätte gern, da er schon den lauten und den leisen Gang abgeschafft, auch gar den mittlern abgeordnet; aber ein Mann widerspricht sich nicht gern in Einem Morgen zweimal, sondern nur einmal. Abends ersuchte er sie blos, sie möchte, so lang' er seine Satiren entwerfe, in Socken gehen, besonders weil der Fußboden kühle: „überhaupt, „setzt' er hinzu, da ich jetzt Vormittags nach Brod „arbeite, so wird es gut sein, wenn Du unter mei„nen litterarischen Geschäften selber weiter keine „thust als gerade die allernöthigsten."

Um Morgen saß er innerlich über jede Arbeit hinter ihm zu Gericht und hörte — er schrieb dabei immer fort, aber schlechter — eine nach der andern ab, ob sie den Freipas der Nothwendigkeit bei sich habe. Der schreibende Dulder nähm manches auf die leichte Achsel; aber als Wendeline in der Schlafkammer mit einem langen Besen das Bettstroh unter den grüngefärbten Ehe-Torus trieb: so wurde dieses Kreuz seinen Schultern zu schwer. Dazu kam, daß er vorgestern in den alten Ephemeriden der Naturforscher gelesen, daß der Theolog Joh. Pechmann keinen Besen hören können — daß ihm das Rauschen desselben halb die Luft versetzet und daß er vor einem Gassenkeh-

rer, der ihm blos aufrieß, davon gelaufen: eine
solche Lektüre ließ ihn wider seinen Willen für einen ähnlichen Kasus aufmerksamer und intole-
ranter zurück. Er rief, ohne aufzustehen, der
Haus-Kehrerin in die Kammer hinaus: „Lenette,
„strähle und striegele jetzt nicht mit Deinem Besen.
„— er lässet mich nicht denken — Du kennst den
„alten Pfarrer Pechmann nicht, der lieber zum
„Wiener Gassenkehren sich hätte verdammen las-
„sen, als daß er es angehöret hätte, ja dem der
„Staupenschlag damit wäre erwünschter gewesen
„als der verdammte Ton wie ein Besen wetzt und
„schleift. Und ich soll noch dazu neben dem
„Hausbesen einen vernünftigen Gedanken haben,
„der vor Buchdrucker und Buchsetzer kommen soll:
„das beherzig' nur!“

Lenette that jetzt, was jede gute Frau und ihr
Schooßhund gethan hätte: sie wurde stufen-
weise still. Ja sie dankte endlich gar den Besen
ab und schob, als der Gatte so laut schrieb als
sie kehrte, blos mit dem Borstwisch leise drei
Strohähren und einige Flaum-Federspulen unter
die Bettlade. Der Redakteur der Auswahl aus
des Teufels Papieren vernahm drinnen zum Glücke
wider Verhoffen das Schieben: er stand auf und
begab sich unter die Kammerpforte und sprach

hinein: „Theuerste, die Höllenpein ist wohl, diesel-
„be, sobald ichs vernehme. — Ja, wedel' das un-
„glückliche Kericht mit Pfauenschwänzen und Weih-
„wedeln unters Bettbret, schnaub' es mit einem
„Glasbalg hinter den Topf hinunter: ich und mein
„Buch drinnen baden es aus und verkrümeln noth-
„wendig." — Sie versetzte: ich bin ohnehin fertig.

Er machete sich wieder an die Arbeit und faßete
den Faden in der dritten Satire, von den fünf
„Ungeheuern und ihren Behältnissen, wovon ich
„mich anfangs nähren wollen" (in der gedruckten Ausgabe S. 46) wieder ganz munter auf.

Lenette drückte indeß langsam die Kammer-
thüre zu: er mußte also von neuem schließen, daß
draußen in seiner Gehenna und Pönitenzpfarre
wieder etwas gegen ihn im Werke sei. Er legte
die Feder nieder und rief über den Schreibtisch
hinweg: „Lenette, ich kanns nicht genau hören;
„bist Du aber draußen wieder über etwas her,
„das ich nicht ausstehen kann: so bitt ich Dich
„um Gottes willen, stell' es ein, mach' einmal
„meine heutige Kreuzschule und meine Werthers
„Leiden darin aus — lasse Dich sehen!" — Sie
versetzte, aber mit einem vom heftigen Bewegen
schwankenden Athem: „Nichts, ich mache nichts."
Er stand wieder auf und öffnete die Thüre seiner

Märterkammer. Die Frau bügelte darin mit einem grauen Flanel-Lappen und scheuerte das grüne Ehe-Gitterbette ab. Der Verfasser dieser Historie lag einmal als Pockenpazient in einem und
kennt also die Art; aber der Leser wird vielleicht
nicht wissen, daß eine solche grüne Schlaf-Bastille
wie ein vergrößerter Kanarien-Heckbauer aus-
sieht, und daß er zwei gegitterte Flügelthüren oder
Fallgatter aufläßt, und daß dieses Traum-Ge-
länder und Pfahlwerk zwar plumper, aber auch
gesünder ist als unsere tief behangenen Schlaf-
Karzer, die uns mit nahen Vorhängen gegen jeden frischen Windstoß einwindeln. — — Der
Armenadvokat nahm nichts zu sich als jähling
einen halben Schoppen Stubenluft und hob langsam so an: „Du fegst und bürstest also, wie ich
„sehe, von neuem — und weißt, daß ich drinnen
„im Schweiße sitze und für uns beide arbeiten
„will und daß ich seit einer Stunde fast ohne Ver-
„stand fortschreibe. — himmlische eheliche Hälfte,
„um Gottes willen fort ätsch' einmal aus und
„richte mich nicht gänzlich mit dem Lappen zu
„Grunde." — Lenette sagte voll Verwunde-
„rung: „Unmöglich, Alter, hast Du es hinein-
„gehöret" und bohrte elliger fort. Er fing ein
wenig schnell, aber sanft, ihre Hände und sagte

„Schiff: kein Seefahrer verschüttet ihren Sup-
„pentöller, weil das Fahrzeug immer wanket, und
„ich und Du auch. Sieh her! — Im Genick
„hängt der Mittags-Tisch mit dem Morgen-
„Besen zusammen und sekundiert ihn: diese zwei
„Verschwornen blasen, Deinem Manne noch das
„Lebenslicht aus." ...

Nach diesem Exordium kam statt eines Kanzel-
liedetrugs — Pritschenmeister von Kuhschnappel
her mit einem großen Bogen Papier hereintrat
und den Advokaten als einen Honorazion zum
Andreas-Schießen auf den 30. Nov. invitierte.
Ein Vikariatsdukaten und zwei Brillenthaler vom
Herzog Julius waren seine sämmtliche Chatoull
und Nadelgelder.... Diese steckte noch dazu, der
Schützenhanswurst zu sich bis auf einen Thaler
Siebenkäs konnte nicht gut aus der Schützen-
Kompagnie austreten, ohne sich selber vor der
ganzen Stadt ein testimonium paupertatis, als
Lazzaroni zu schreiben. Am Ende war für einen so
guten Schützen und Jägersohn wie er ein Schei-
benloos ja nichts geringeres als eine Bergwerks-
Kuxe, eine Aktie in der ostindischen Kompagnie...
Nach dem Abtritte des Hanswurstes, da dem
noch dazu der verdächtige ungewöhnliche Brillen-
thaler mit Mühe zu instruiren war, sah das

Mitglied der Schützen- und der holzersparenden
Gesellschaft so vor Lenetten, in deren Gesicht einige doppelte Frag- und Ausrufszeichen standen,
fort: „Die Hauptgewinnste, Lenette, bestehen
„beim Vogel in Zinngeschirr und in Geld, bei den
„andern Thieren, wornach wir schiessen, meist in
„Viktualien: ich glaube, ich und Du werden am
„Andreastage nicht nur aus einer neuen Braten-
„Schüssel speisen, sondern auch einen frischen Bra-
„ten darin, den ich Dir samt der Schüssel in die
„Küche schiessen kann: wenn ich mich sonst an-
„kreuge. — — Ueberhaupt ängstige Dich nicht,
„Schöne, weil unser Geld ausgeht: stelle Dich
„nur hinter mich; ich bin Dein Erbsack oder
„Schanzkorb oder gar Deine Tranchee-Katze,
„und mit meiner Kugelbüchse, besonders aber mit
„meinem Dintenfasse gedenk' ich den Teufel der
„Armuth in einiger Entfernung von uns zu hal-
„ten, bis mir mein ehrlicher Vormund das Vä-
„terliche bescheert. Nur stören mußt Du meinen
„Fleis nicht durch Deinen — Dein Besen und
„Dein Lappen haben mich heute um baare 16
„Ortsthaler *) gebracht. Denn so bald ich 1
„Druckbogen meiner teuflischen Papiere nur zu

---

*) Ein Ortsthaler gilt 6 gr.

„48 Reichsthlr., (den Rthlr. à 90 Kr.:) rechne —
„ er kann freilich noch mehr betragen — so hätt'
„ ich heute 48 Ortsthaler erschreiben können,
„ wenn ich außer dem Druckbogen noch einen
„ halben gemacht hätte. — Ich mußte aber mit-
„ ten im Feuer in der Kammer zu Dir viele Worte
„ sagen, für die ich keinen Kreuzer Honorar bekom-
„ me. — Du sollst mich überhaupt für einen alten
„ Kranken halten, der mit der Zeit ein Goldkorn
„ wird, so oft ich eintunke, zieh' ich mit der Feder
„ einen Goldfaden aus dem Dintenfaß, denn ich
„ habe Gold im Munde eben in der Morgen-
„ stunde —

   „ Iß hinunter und horche zu: ich bringe Dir
„ jetzt das Vorzüglichste vom Werthe eines Autors
„ bei und gebe Dir den Schlüssel über Vieles.....
„ In Schwaben, in Sachsen, in Pommern sind Städ-
„ te, in denen Autorenfleischtaxatores sitzen wie hier
„ unser alter Metzgermeister; man nennt sie aber ge-
„ meiniglich die Schmeckherren *) oder Geschmacks-
„ herrn, weil sie vorher jedes Buch kosten und nach-
„ her den Leuten sagen, ob es ihnen schmecken wer-

---

*) Schmeckherren nennt man in verschiedenen Städten
   die Bier-Polizeilieutenants, die herumgehen und
   den Werth der Biere kosten.

„be. In der Erbosung nennen wir Autores sie
„freilich oft Rezensenten: aber sie können uns ge-
„richtlich darüber belangen. Da die Schmeck-
„herren selten Bücher schreiben, so haben sie besser
„Zeit, die der fremden Leute durchzusehen und
„zu taxieren. Ja oft haben sie selber schlechte
„gemacht und wissen also sogleich, wie ein schlech-
„tes sein muß, wenn sie eines vorbekommen.
„Manche sind deswegen Schußpatrone der Auto-
„ren und ihrer Bücher, weswegen der h. Nepo-
„muck der Schußpatron der Brücken und der
„Leute, die darüber gehen, ist — weil er einmal
„selber von einer ins Wasser geworfen worden.
„Unter diesen Herren wird nun meine Schreiberei
„dort herumgeschickt, so bald sie in Druck ge-
„bracht worden ist, wie Dein Gesangbuch. Jetzt
„gacken sie meine Sachen durch, ob ich recht deut-
„lich und leserlich (weder zu grob noch zu klar)
„geschrieben — ob ich keine falschen Buchstaben,
„kein kleines e statt eines großen E, oder ein F
„statt eines Ph gesetzt — ob die Gedankenstriche
„nicht zu lang und nicht zu kurz sind, und was
„sonst dergleichen ist — ja oft urtheilen sie so gar
„(welches ihnen aber nicht gebührt) über die
„Gedanken selber, die ich hingeschrieben. Krauest
„Du nun mit dem Besten hinter mir herum; so

mach' ich vieles falsch und dumm und es wird
„nachher so hingedruckt. — Das thut einem Men-
„schen entsetzlichen Schaden; Denn die Schmeck-
„herren reißen mit ihren fingerlangen Nägeln —
„der Knopfmacher ihre sind kürzer, aber nicht die
„der Beschneider bei den Juden — bevor sie dem
„Buche, wie die Beschneider dem Judenbuben, ei-
„nen Namen geben, überall wo es verdruckt ist,
„abscheulige Schnittwunden und Fissuren ins
„schönste Papier — Dann lassen sie einen fließpa-
„pierenen Zettel draußen im Reiche, in Sachsen
„und Pommern herumlaufen, auf dem sie mich
„ausfilzen und mir einen bösen Leumund machen
„und es vor allen Schwaben gerade zu sagen,
„ich wäre ein Esel .... Gott bewahre! Und ei-
„nen solchen Staubbesen hätt' ich blos Deinem
„Besen zu danken — Schreib' ich freilich vor-
„trefflich und leserlich und recht mit wahren Ver-
„stand — wie denn dort kein Bogen von meinen
„teuflischen Papieren ohne Vernunft gemacht ist
„—, überleg ich jedes Wort und jedes Blatt, eh'
„ichs schreibe; scherz' ich auf diesem Bogen, lehr'
„ich auf jenem, gefall' ich auf allen: so muß ich
„Dir auch sagen, Lenette, daß die Schmeckherren
„Leute sind, die so etwas zu goutieren wissen und
„die sich nichts daraus machen, sich hinzusetzen

„und

„und Laufzettel zirkulieren zu lassen, auf denen
„das Geringste, was sie von mir sagen, das ist,
„daß ich von Universitäten etwas mit hinweg ge-
„bracht habe und für solche also wieder etwas
„liefern könne. Kurz, sie sagen, sie hättens nicht
„in mir gesucht und ich hätte Gaben. Ein der-
„gleichen Lobpreisen aber, daß dem Manne wie-
„derfährt, Lenette, das kömmt nachher auch sei-
„ner Frau zu statten; und wenn sie in Augspurg
„herumfragen: wo hält sich denn dieser treffliche
„Siebenkäs eigentlich auf? so wirds in der Fug-
„gerei allemal Leute geben, die sagen: „„In Kuh-
„„schnappel: er hat eine Rathskopisten-Tochter
„„Egelkraut aus hier geheirathet.""

Aber nach diesem lustigen Essen erschien eine
nebelvolle Minute. Der hektische Friseur brachte
sie herauf. Er war nämlich bei allen Konklavisten
seines Hauses herumgegangen und hatte um so
viel Vorschuß vom nahen Martini-Haußzins an-
gehalten als er heute bedurfte, um sein Schützenloos einzukaufen. Die ganze Besatzung war einer solchen Geldprästation, schon darum sechs
volle Wochen vor dem Zahlungstermin nicht ge-
wachsen, weil die meisten es am Termine selber
nicht vermochten. Der Sachse kam also mit seinem Gesuche zum Granbat seines Hauses, zum

Advokaten. — Dieser konnte die geduldige Haut,
die sich über alle vorige Nein nicht erzürnte, mit
keinem neuen erschrecken. — Er und die Frau tru-
gen, was sie an kleiner Münze hatten, zusammen
und entließen den frohen Miethherrn mit der wirklichen Hälfte des Zinses, mit drei Gulden. Sie
selber behielten nichts als die — Angst, was sie
abends — anzünden wollten: nicht 2 gr. zu einem
halben Pfunde Lichter waren mehr da; nicht einmal die Lichter in natura.

Ich kann nicht sagen, daß er todtenblaß oder
ohnmächtig oder wahnsinnig darüber wurde.
Gepriesen sei jede Männerseele, die die stoischen
Eisenmolken nur einen halben Frühling lang ge-
trunken und die nicht wie eine Frau, vor dem kalten Gespenste der Armuth gelähmt und erfroren
zusammenstürze. Die übertriebenste Deklamazion
gegen den Reichthum ist in einem Jahrhundert
von alle Bessere Sehnen entzwei geschnitten worden, nur die allgemeine des Geldes nicht, ersprieß-
licher und edler als die richtigste Herabwürdigung
der Dürftigkeit: denn Paspuille auf den Goldkoth
effektuiren dem Reichen das Glück; falls auch
die Glücksgüter scheiterten, und dem Armen
schrieben sie statt herber Gefühle den süßern Sieg
darüber unter. Und Ärmel in uns, alle Schnüre,

die Phantasie und alle Beispiele sind ohnedas ver-
einigte Lobredner des Goldes: warum will man
noch der Armuth zwei uneinige Parentatores und
chevaliers d'honneur abspenstig machen, die
Philosophie und den Bettelstolz? —

Das erste, was er jetzt statt des Maules aufmachte, war die Thüre und in der Küche der Zinnschrank: aus diesem hob er leis und ernsthaft eine
Glockenschüssel und einige Dubletten von zinnernen
Tellern auf einen Stuhl. Lenette konnte nicht
länger schweigend zuschauen: sie schlug die Hände
zusammen und sagte schamhaft-leise: „ach du
„barmherziger Gott! wir werden doch nicht unser
„Zinn verkaufen?" — „Versilbern will ich's
„nur — sagt' er — Wie die Fürsten aus Thurm-
„glocken, so können wir aus der Glockenschüssel
„Glockenthaler gewinnen. Du wirst Dich doch
„nicht schämen, elendes Eßgeschirr, solche thieri-
„sche Särge fein auszumünzen, da der Herzog
„Christian zu Braunschweig 1662 einen silbernen
„Fürsten-Sarg in eigentlichem Sinne zu Geld
„machte, nämlich zu Thalern. Ist denn ein Tel-
„ler ein Apostel? — Und doch haben große Für-
„sten viele Apostel, so bald sie von Silber waren,
„gleich dem Hugo von S. Caro und andern, die
„Werke derselben, gleichsam in Kapitel und Verse

„und Legenden zerfället und sie, analysiert, aus-
„gesandt aus der Münze in alle Welt?"

„Thorheiten!" versetzte sie. Er bat sie blos,
das Zinn mit in die Stube zu tragen, er wolle
darinnen vernünftig aus der Sache sprechen. Er
hätte eben so gut vor einer mit Heu ausgepolster-
ten Menschenhaut seine Gründe ausgeführt.
Drinnen rückte sie ihm vor, er habe durch den
Einsatz in die Schützenkasse seine ausgeleeret.
Dadurch brachte sie ihn selber auf die beste Re-
plik: „Ein Engel, sagt' er, hat mir das Einsetzen
„gerathen: am Andreastage kann ich alles wie-
„der verdienen und verzinnen, was ich heute ver-
„silbere. — Dir zu gefallen, will ich nicht blos
„die Schüssel und die Teller, sondern auch das
„übrige Zinnservice, das ich als Schützenglied
„herunterschiesse, behalten und zum Zinnschrank
„schlagen. Ich gestehe Dir, anfangs wollt' ichs
„verhandeln." —

Was war zu machen? — In der Dämme-
rung wurden die verwiesenen Meubeln in den Korb
der alten Sabel (Sabine) gesenkt, die im ganzen
Reichsmarktflecken sich in den Ruf gesetzt, daß sie
außer ihrer Proprehandlung diese Kommissions-
handlung mit der verschwiegendsten Schonung ihrer Kommittenten betreibe. Sie ließ es nicht

auswinden aus sich, wem das gehöre, für den sie herumtrug.

Ihr Armen! was hilft euch aber dieser Sabbath *) oder diese Christus-Höllenfarth in euerer Vorhölle? Heute legen sich die Flammen um und ein kühler Seewind labet euch; aber morgen, übermorgen steiget wieder der alte Rauch und das alte Feuer über euere Herzen auf! —

Den andern Tag drang Siebenkäs blos darum auf eine größere Stille um sich, weil er eine so lange Rede dafür gehalten hatte. Die gute Lenette, die eine lebendige Waschmaschine und Fegemühle war und für welche der Wasch- und der Küchenzettel die Natur eines Beicht- und Einleitzettels **) anzog, gab alles eher aus den Händen — fast seine — als den Bohnerlappen und Kehrbesen. Sie dachte, es sei nur sein Eigensinn, indeß es ihrer war, gerade in der Morgenstunde, die für ihn ein doppeltes Gold, im Munde hatte, das aus dem goldnen Zeitalter und das metallische, den Blasbalg des Schnarrkorpus zu treten

---

*) Nach den Rabbinen setzet am Sabbath die Quaal der Verdammten aus; nach den Christen am Höllenfahrtstage Christi.

**) testimonium integritatis, das priesterliche Zeugniß, daß eine Verlobte nie etwas mehr gewesen.

und hinter dem Autor zu orgeln und zu brausen. Nachmittags konnte sie ein 32füßiges Register ziehen, wenn sie wollte; aber sie war nicht aus ihrem alten Gange zu bringen. Eine Frau ist der widersinnigste Guß aus Eigensinn und Aufopferung, der mir noch vorkam: sie lässet sich für ihren Mann den Kopf abschneiden vom parisischen Kopfabschneider, aber nicht die Haare daran. Ferner kann sie sich für fremden Nutzen viel, für eignen nichts versagen; sie kann für einen Kranken drei Nächte Schlaf, aber für sich, um selber besser zu schlafen, nicht eine Minute Vor-Schlummer außer dem Bette, abbrechen. Seeligen und Papillons können, obgleich beide ohne Magen sind, nicht weniger essen als eine Frau, die auf den Ball oder an den Traualtar gehen will oder die für Gäste kocht; verbeut ihr aber weiter niemand ein Esaus Gericht als der Doktor und ihr Körper, so ißet sie es den Augenblick. Der Mann ehret es mit selten Opfern gerade um. ———

Lenette suchte, von entgegengesetzten Kräften getrieben, von seinen Ermahnungen und ihren Neigungen, die weibliche Diagonallinie zu gehen und erdachte sich das Religionsinterim, daß sie ihr Fegen und Scheuern so lange abbrach als er saß und schrieb. Sobald er aber nur zwei Mi-

nuten ans Klavier, vors Fenster oder über die
Schwelle trat; so fassete sie wieder die Sublimier-
gefäße und Polirmaschinen der Stube an. Siebenkäs wurde bald diesen sämmtlichen Wechsel
und dieses Alternieren seines und ihres Besens
gewahr; und ihr wartendes Auflauern auf sein
Herumgehen mattete ihn und seine Ideen entsetzlich ab. Anfangs bewies er recht große Geduld,
so viel als ein Ehemann nur hat, nämlich eine
kurze; aber da ers lange im Stillen übersonnen
hatte, daß er und das Publikum unter dem Stu-
ben-Wixen mit einander leiden und daß eine ganze
Nachwelt von einem Besen abhange, der so bequem Nachmittags arbeiten konnte, wenn er bloß
die Akten vornehme: so platzte die zornige Ge-
schwulst plötzlich entzwei, er wurde toll, d. h. toller, sprang vor sie hin und sagte: „den Henker
„noch einmal! ich merk' Dich schon: Du passest
„auf mein Laufen. Erschlage mich lieber in der
„Güte und zeitig — Hunger und Aergernis rei-
„ben mich ohnedas vor Ostern auf. Bei Gott!
„ich fasse nichts: sie sieht es so klar, daß mein
„Buch unser Speiseschrank wird, woraus ganze
„Brodspenden herausfallen — und doch hält sie
„mir den ganzen Morgen die Hand, daß nichts
„fertig wird. Ich sitze schon so lange darauf und

„habe noch nichts heraus, als den Bogen E, wo
„ich die Himmelfarth der Gerechtigkeit beschreibe
„(p. 69.) — Lenette, ach Lenette!" — —
„Wie ichs aber auch mache, sagte sie, ists nicht
„recht. So lasse mich ordentlich kehren wie an-
„dere Weiber." Sie fragte ihn noch unschuldig,
warum ihn denn der Buchbindersjunge, — das
sind meine Worte, nicht ihre —, der den ganzen
Tag auf einer Kindergeige phantasierte und Alexanders Feste auf ihr setzte und hatte, nicht störe
mit seinen gellenden, enharmonischen Fortschrei-
tungen, und warum er das neuliche Essen-Kehren
besser als das Stuben-Kehren habe leiden können. Da ers nun in solcher Eile nicht in seinen
Kräften hatte, den großen Unterschied mit wenigen Worten aus einander zu setzen: so fuhr er lieber wieder auf und sagte: „ich soll Dir hier lange
„Reden gratis halten und dort entgeht mir ein
„Ortsthaler nach dem andern — Himmel! Kreuz!
„Wetter! Das bürgerliche Recht, die römischen
„Pandekten, lassen keinen Kupferschmidt in eine
„Gasse ziehen, worin ein Professor arbeitet —
„und meine Frau will härter sein als die Dige-
„sten? will der Kupferschmidt selber sein? — —
„Lenette, schau', ich frage warlich den Schulrath
„darüber!" — — Das half.

Nun wurde der Hausfriede geschlossen und die Augen waren die Friedensinstrumente. — —

Aber diesen Frieden verbitterte bald die Empfindung, daß die Hausgöttin der Armuth, Penia, die eine unsichtbare Kirche und tausend Stille im Lande und die meisten Häuser zu Stiftshütten und Lararien hat, wieder ihre körperliche Gegenwart und Allmacht äußerte. Es war kein Geld mehr da. Er hätte eher alles verkauft, sogar seinen Körper wie der alte Deutsche, eh' er bei seinem wachsenden Unvermögen, heimzuzahlen, seine Ehre und seine Freiheit zu heimfallenden Pfändern verschrieben, ich meine, eh' er geborgt hätte. Man sagt, die englische Nationalschuld könne, wenn man sie in Thalern auszahle, einen ordentlichen Ring um die Erde wie ein zweiter Gleicher geben: ich habe diesen Nasenring am englischen Löwen, oder diese ringförmige Finsternis, oder diesen Hof um die brittische Sonne noch nicht gemessen. Siebenkäs, das weiß ich, hätt' einen solchen Pechkranz, gesetzt er wär' ihm nur um den Leib gegangen, für einen Stachelgürtel, für einen Eisenring der Schiffsleher und für einen Herz und Magen zusammenschnürenden Schmachtriemen gehalten. Gesetzt auch, er hätte borgen und nachher, wie Staaten und Banken aufhören wollen, zu zählen — welches kluge Schuld- und Edelleute leicht vermeiden, indem sie gar nicht anfangen, zu zahlen —: so hätt' er doch; da nur Ein Freund (der Rath Stiefel) und niemand weiter sein Gläubiger geworden wäre, unmöglich diesen Geliebten, der ohnehin in der ersten Klasse der transzendenten Kreditoren stand, in die fünfte oder durchfallende setzen lassen können: eine solche Doppel-Sünde gegen Freundschaft und Ehre zugleich erspart' er sich, wenn er nur geringere Dinge als beide verpfändete, nämlich Meublen.

Er bestieg wieder, aber ganz allein, den Zinnschrank in der Küche und untersuchte und besichtigte durchs Gitter, was drinnen-zwei, oder drei Mann hoch stehe. Ach ein einziger Teller stand wie ein doppeltes Ausrufungszeichen hinter dem Vormann. Diesen Hintermann zog er heraus, und gab ihm zu Reisegefährten und Refugies noch eine Heringschüssel, eine Sauciere und eine Saladiere mit: nach dieser Deportazion und Reduxion des Heers ließ er die restierende Mannschaft sich in eine längere Linie ausdehnen, und löste die drei großen Lücken in zwanzig kleine Zwischenräume auf. Dann trug er die Geächteten in die Stube und kam wieder und rief seine Lenette aus des Buchbinders seiner heraus in die Küche: „Ich

„betrachte schon — fieng er an — seit einer Ach-
„telstunde unsern Schrank: ich kann nicht
„merken, daß ich neulich die Glockenschlüssel
„und die Teller herausgehoben — merkst Du
„was?" — Ach alle Tage merk' ichs, be-
theuerte sie.

Nun geleitete er sie, bange vor einer längern
Aufmerksamkeit, eilig in die Stube vor die neuen
aktiven und passiven Absonderungsgefäße
und deckte ihr sein Vorhaben auf, dieses vierstim-
mige Quatuor aus dem Zinn-Tone in den Silber-
ton zu transponieren. Er schlug ihr darum das
Verkaufen vor, damit sie leichter ins Verpfänden
billigte. Aber sie rieß alle Register der weiblichen
Orgel, das Schnarrwerk, das Flötengedakt, die
Vogelstimme und zuletzt den Tremulanten heraus.
Er mochte sagen was er wollte: sie sagte was sie
wollte. Ein Mann sucht den eisernen Arm der
Nothwendigkeit nicht zu halten oder zu beugen,
er steht kalt dem Schlage desselben: eine Frau
zieht wenigstens einige Stunden auf den tauben
metallenen Ellenbogen, eh' er sie fället, los. Siebenkäs legte ihr vergeblich das gelassene Fragstück
vor, ob sie ein anderes Mittel wisse: auf solche
Fragen schwimmen im weiblichen Gehirn statt einer ganzen Antwort tausend halbe Antworten her-

um, die eine ganze machen sollen, wie in der Dif-
ferenzialrechnung unendlich viele gerade eine
krumme Linie formieren. — solche unreife, halb-
gedachte, flüchtige, sich nur wechselseitig schirmen-
de Gedanken waren: „Er hätte nur seinen Na-
„men nicht ändern sollen, so hätt' Er die Erb-
„schaft — Er könnte ja borgen — Draussen
„sitzen seine Clienten warm und Er fodere Sein
„Geld nicht von ihnen — Ueberhaupt sollte Er
„nur weniger verschenken. — Um die Defen-
„sionsgebühren von der Kindermörderin sucht
„Er nicht einmal nach — Er hätte nur den hal-
„ben Hauszins nicht voraus geben sollen.”
Denn vom letztern konnt' er wenigstens einige
Tage leben. — Man setze immer der Majorität
solcher weiblichen Halbbeweise die Minorität
eines ganzen entgegen: es verfängt nichts; die
Weiber wissen wenigstens so viel aus der schwei-
zerischen Jurisprudenz, daß 4 halbe oder ungül-
tige Zeugen 1 ganzen oder gültigen überwiegen. *)
— Am gescheutesten verfährt einer, der sie widerlegen will, wenn er sie — ausreden lässet

*) In Bern und im Pays de Vaud sind zu einem voll-
ständigen Beweise entweder 2 männliche oder vier weibliche Zeugen nöthig. Rösleins weibl. Rechte 1775.

und seines Ortes gar nichts sagt: sie werden ohnehin bald auf Nebendinge verschlagen, worin er ihnen Recht giebt, indeß er ihnen sogar in der Hauptsache mit nichts widerspricht als mit der That.
Sie verzeihen keinen Widerspruch als den — thä-
tigen. — Siebenkäs wollte leider mit der chirur-
gischen Winde der Philosophie die zwei wichtigsten Glieder Lenettens einrichten, den Kopf und
das Herz und hob derowegen an: „liebe Frau, in
„der Hauptkirche singst Du mit jedermann gegen
„die zeitlichen Güter und doch sind sie an Deinem
„Herzen angemacht wie Brust- und Herzgehenke —
„Sieb, ich' geh' in keine Kirche, aber ich hab' eine
„Kanzel in meiner eignen Brust und setze eine ein-
„zige helle Minute über diesen ganzen zinnernen
„Quark. — Sei redlich, hat denn Dein un-
„sterbliches Herz bisher den traurigen Verlust der
„Glockenschlüssel verspürt und ist dieß Dein Herz-
„beutel? — Nimm Dich zusammen, betracht'
„unsern Schuhflicker, tunkt er nicht eben so freu-
„dig in seine blecherne Saucière ein, in der sich
„zugleich der Braten ausstreckt? — Du sitzest
„hinter Deinem Nähkissen und kannst nicht sehen,
„daß die Menschen toll sind und schon Kaffee,
„Thee und Schokolade aus besondern Tassen,
„Früchte, Sallate und Heringe aus eignen Tel-

„ten, und Hasen, Fische und Vögel aus eignen
„Schüsseln verspeisen — Sie werden aber künf=
„tig, sag' ich Dir, noch toller werden und in den
„Fabriken so viele Fruchtschaalen bestellen, als in
„den Gärten Obstarten abfallen — ich thät' es
„wenigstens, und wär' ich nur ein Kronprinz oder
„ein Hochmeister, ich müßte Lerchenschüsseln und
„Lerchenmesser, Schnepfenschüsseln und Schnepfen=
„messer haben, ja eine Hirschkeule von einem Sech=
„zehn-Ender würd' ich auf keinem Teller anschnei=
„den, auf dem ich einmal einen Zwölf-Ender ge=
„habt hätte — — Da doch die beste Welt hienie=
„den die beste Kammer *), und die Erde eine gute
„Irrenanstalt ist, worin wie in einer Quäkerka=
„pelle einer um den andern als Irrenprediger vi=
„kariert: so sehen die Bedlamiten nur zweierlei
„Narrheiten für Narrheiten an, die vergangnen
„und die künftigen, die ältesten und die neuesten
„— ich würde ihnen zeigen, daß ihre von beiden
„annehmen.' —

Lenettens ganze Antwort war eine unbeschreib=
lich sanfte-Bitte: „thu es nicht, Firmian, ver=
„kaufe nur das Zinn nicht!" —

---

*) In Holland bedeutet beste Kammer das geheime
Gemach.

„Meinetwegen also! (erwiederte er mit bitter-
süßer satirischer Freude über den Fang des schil-
lernden Taubenhalses in der der Schnelt, die er so
lange vorgebeeret hatte) „Der Kaiser Antion
„schickte zwar sein ächtes Silbergeschirr in die
„Münze und mir war's noch weniger zu verar-
„gen; aber meinetwegen! Es soll kein Loth ver-
„kauft werden, sondern alles nur — versetzt.
„Du bringst mich zum Glück darauf: denn am An-
„dreastage kann ich, ich mag nun den Schwanz
„oder den Reichsapfel herunterschießen! oder gar
„König werden, alles mit Spaß auslösen, ich
„meine mit dem baren Gewinste, besonders die
„Saladière und Saucière. Ich lasse Dir Recht;
„haben wir denn nicht die alte Sabel im Haus,
„die alles hin und wieder trägt, das Geld und
„die Waare?"

Nun ließ sie es geschehen: Das Andreasschießen war ihr Nothschaß und Fortunatuswünschhüt-
lein, die hölzernen Flügel des Vogels waren an
ihre Hofnung als ein wächsernes Flugwerk ge-
schnallet und das Pulver und Blei war wie bei
Fürsten ihre Blumen-Schmierel künftiger Freudenblumen. Du Arme in doppeltem Sinn! Aber
eben Arme hoffen unglaublich mehr als Reiche!
Daher heißen auch Lotto-Direktoren wie andere

Epidemien und die Pest mehr arme Teufel an, als reiche. Siebenkäs, der nicht nur auf den Verkauf der Meubeln, sondern auch des Geldes verschmähend heruntersah, war im Stillen des geheimen Vorsatzes, den Bettel beim Zinngießer wie eine Reichspfandschaft ewig sitzen zu lassen, gesetzt auch, er würde König und bei dem Zinngießer, wenn er einmal unter dessen Werkstatt vorbei gienge, die Verpfändung in einen Verkauf zu verwandeln. —

Nach einigen hellen, stillen Tagen legte der Pelzstiefel wieder eine Abendvisite ab. Unter den Drangsalen ihrer Fruchtsperre, bei den Gefahren des Einschwärzens und da beinahe eine Thräne oder ein Seufzer, als Konsumzionsaccise, die entrichtet werden mußte, auf jeden Laib Brod gelegt war, da hatte Firmian kaum Muße, geschweige Lust gehabt, an seine Eifersucht zu denken — bei Lenetten muß es sich gerade umkehren und falls sie Liebe gegen Stiefel hat, so muß der Kontrast, den die Heilandskasse des Rathes mit der Armenkasse des Advokaten macht, solche steigern. Der Schulrath hatte kein Auge, das den versteckten Jammer eines Haushaltens unwillkührlich hinter dem Lächeln antrifft: er merkte gar nichts. Aber eben dadurch hatte dieses freundschaftliche Klee-

blatt

Glatt eine heitere Stunde ohne Nebel, worin wenn nicht die Glückssonne, doch der Glücksmond (die Hoffnung und die Erinnerung) schimmernd aufstieg. Siebenkäs hatte doch wieder ein kultiviertes Ohr vor sich, das sich in das närrische Schellengeläute und in die Trompeterstückgen seiner brittischen Laune fand. Lenette fand sich nicht darein, und auch der Pelzstiefel verstand ihn nur, wenn er sprach, nicht wenn er schrieb. Die zwei Männer sprachen wie die Weiber, anfangs blos von Personen, nicht von Sachen; nur daß sie ihre standalöse Chronik die Gelehrten- und Litterarhistorie heißen. Der Gelehrte will alle kleine Züge, sogab die Montierungsstücke und Leibgerichte eines großen Autors kennen: aus demselben Grunde hat die Frau auf die kleinsten Züge einer durch reisenden Großfürstin, bis auf jede Schleife und Franze ein ungemeines Augenmerk. Dann kamen sie von den Gelehrten auf die Gelehrsamkeit — und dann flohen alle Wolken des Lebens, und im Reiche der Wissenschaften wurde das trauernde, mit dem Hungertuche verhüllte Haupt wieder aufgedeckt und aufgerichtet. — Der Geist ziehet die Bergluft seiner Heimath ein, und blickt von der hohen Alpe des Pindus hinab und drunter liegt sein schwerer verwundeter Leichnam, den er wie

II.   C .

einen Inkuben seufzend tragen mußte. Wenn ein dürftiger verfolgter Schulmann, ein dürrer fliegender Magister legens, wenn ein Pönitenzpfarrer mit fünf Kindern, oder ein gehetzter Hauslehrer jämmerlich dort liegt, mit jeder Nerve unter einem Marterinstrument: so kömmt sein Kollege, um welche eben so viel Instrumente sitzen, und disputiert und philosophiert mit ihm, einen ganzen Abend lang, und erzählt ihm die neuesten Meinungen in und außer Königsberg — Wahrlich dann wird die Sanduhr der Folterstunde *) umgelegt — dann tritt glänzend Orpheus mit der Leier der Wissenschaften in die physische Hölle der zwei Kollegen, und alle Qualen brechen ab, die trüben Zähren fallen vom glänzenden Auge, die Furienschlangen ringeln sich zu Locken auf; das Irionsrad rollet nur musikalisch in der Leier um, und die armen Sisyphusse sitzen ruhig auf ihren zwei Steinen fest und hören zu . . . . Aber die gute Frau des Pönitenzpfarrers, des fliegenden Lesemagisters, des Schulmanns, was hat diese in der nämlichen Noth für einen Trost? — außer ihrem Manne, der ihr eben deswegen manches nachsehen sollte, hat sie keinen.

———

*) So lange die Tortur fortwährt, steht die messende Sanduhr aufrecht.

Der Leser weiß noch aus dem ersten Theile, daß Leibgeber 3 Programme aus Bayreuth geschickt: das vom D. Frank brachte Stiefel mit und trug ihm die Rezension desselben für den Kuhschnappel'schen Götterboten deutscher Programmen an. Dabei zog er noch ein anderes Werklein aus der Tasche, das öffentlich zu beurtheilen war. Der Leser wird beide Werke mit Freuden empfangen, da mein und sein Held kein Geld im Hause hat und also von der Beurtheilung derselben doch einige Tage leben kann. Die zweite Schrift, die aufgerollet wurde, betitelte sich: Leſſingii Emilia Galotti. Progymnaſmatis loco latine reddita et publice acta, moderante J. H. Steffens. Cellis. 1778. — Es sollen sich viele Abonnenten des Götterbotens deutscher Programme, über die späte Anzeige dieser Uebersetzung aufgehalten und den Boten gegen die allg. d. Bibliothek gehalten haben, die, ihres geräumigen allgemeinen deutschen Bezirkes ungeachtet, doch gute Werke schon die ersten Jahre nach ihrer Geburt anzeigt, zuweilen schon im 3ten, so daß oft wirklich noch das Lob des Werkes in letzteres eingebunden werden kann, weil sich die Makulatur davon noch nicht vergriffen. Aber der Götterbote hat mehrere Werke von 1778 nicht angezeigt und

überhaupt damals gar nicht anzeigen können,
weil er erst fünf Jahre darauf — selber ans Licht
trat.

Siebenkäs sagte freundlich zum Pelzstiefel:
„nicht wahr, wenn ich die Herren Frank und Stie-
„fens geschickt rezensieren soll, so muß meine gute
„Lenette nicht hinter mir hobeln und brausen mit
„dem Borstwisch?“ Das hätte warlich viel auf
sich, sagte ernsthaft der Rath. Nun wurde bei
ihm eine scherzhafte und gemilderte Berichtserstat-
tung aus den Akten des häuslichen Inhibitiv-
Prozesses eingereicht. Wendelinens freundliche
gespannte Augen suchten das rubrum und ni-
grum des Stieflischen Urthels aus seinem Gesichte,
das beide Farben trug, abzustehlen und wegzule-
sen. Aber Stiefel begann trotz seiner mit lauter
Seufzern der sehnsüchtigen Liebe für sie ausge-
dehnten Brust, sie anzureden, wie folgt: „Frau
„Armenadvokatin, das geht durchaus nicht —
„Denn etwas edlers hat Gott nicht erschaffen
„als einen Gelehrten, der schreibt und denkt.
„Zehnmal hunderttausend Menschen sitzen in al-
„len Welttheilen gleichsam auf Schulbänken um
„ihn und vor diesen soll er reden — Irrthümer,
„von den klügsten Völkern angenommen, soll er
„ausreuten, Alterthümer, längst verschwunden

„wie ihre Inhaber, soll er deutlich beschreiben, die
„schwersten Systeme soll er widerlegen oder gar
„erst machen — sein Licht soll durch massive Kro-
„nen, durch die dreifache Filzmütze des Pabstes,
„durch Kapuzen und Lorbeerkränze bringen und die
„gesammten Gehirne darunter erhellen — das soll
„er, das kann er; aber, Frau Advokatin, mit wel-
„cher Anstrengung! — Es ist schwer, ein Buch
„zu setzen, noch schwerer, zu schreiben. Mit wel-
„cher Spannung schrieb Pindar und vor ihm
„schon Homer, ich meine in der Ilias! — Und
„so einer nach dem andern bis auf unsere Zeiten —
„Ists dann ein Wunder, wenn große Skribenten
„in der entsetzlichsten Anstrengung alle ihrer Ideen
„oft kaum wußten, wo sie waren, was sie thaten
„und wollten, wenn sie blind und taub und ge-
„fühllos gegen alles wurden, was nicht in die
„fünf innern geistigen Sinnen fiel, wie Blind-
„gewordne im Traume herrlich sehen, im Wachen
„aber wie gesagt blind sind? — Aus einer sol-
„chen Anstrengung kann ich mirs erklären, war-
„um Sokrates und Archimedes dort standen und
„gar nicht wußten, was um sie tobe und stürme
„— warum im tiefen Denken Kardanus sein Zip-
„perlein vergaß — andere die Gicht — ein Fran-
„zos die Feuersbrunst — und ein zweiter das Ster-
„ben seiner Frau.”

„Siehst Du, sagte Lenette leis' und naiv zu
„ihrem Manne, wie will ein gelehrter Herr es hö-
„ren, wenn seine Frau wäscht und fegt?" —
Stiefel gieng unerschüttert weiter im Sorites:
„Zu einem solchen Feuer, besonders ehe man noch
„hineinkommt, ist Windstille zuvörderst erfoder-
„lich. Daher wohnen in Paris die großen Ge-
„lehrten und Künstler blos in der St. Viktor-
„straße, weil die andern Straßen zu laut sind.
„So dürfen eigentlich neben Professoren keine
„Schmidte, Klempner, Föllenschläger in Ei-
„ner Gasse arbeiten." —

Siebenkäs setzte ernsthaft dazu: „besonders
„Föllenschläger. — Man sollte nur beden-
„ken, daß die Seele mehr Ideen als ein halbes
„Dutzend *) nicht beherbergen kann: tritt nun
„die des Getöses als eine böse Sieben ein, so
„macht sich eine oder die andere, die man durch-
„denken oder niederschreiben könnte, natürlicher
„Weise aus dem Kopfe fort."

Stiefel foderte mit Recht Lenetten den Hand-
schlag ab als Pfandstück ihrer künftigen Viertels-
pausen unter Firmians Accompagnement. Sie

*) Wirklich behauptete Bonnet, daß sie nicht mehr als
6 Ideen auf einmal haben könne. S. Hallers große
Phofiologie.

gab dem Rathe die Hand; und er schied zufrieden von Zufriednen und hinterließ ihnen die Hofnung gefriedigter Stunden.

Ach! ihr Guten, wozu dienet euch der Friedensetat bei euerem halben Solde, in dem kühlen, leeren Waisenhaus der Erde, in dem ihr darbet, bei den dunklen labyrinthischen Irr-Klüften eueres Schicksals, worin der Ariadnens Faden selber zur Schlinge und zum Garne wird? — Wie lange wird sich der Armenadvokat mit dem Pfand-Schilling des Zinns und mit dem Ertrage der 2 Recensionen, die er nächstens machen wird, hinfristen können? —

Aber wir sind alle wie der Adam in den Epopeen und halten unsere erste Nacht für den jüngsten Tag und den Untergang der Sonne für den der Welt. Wir betrauern alle unsere Freunde so, als gäb' es keine bessere Zukunft dort, und betrauern uns so, als gäb' es keine bessere hier — Denn alle unsere Leidenschaften sind geborne Gottesläugner und Ungläubige.

―――――――

Sechstes Manipel.

Reisen — über das Reden der Weiber — Pfandstücke —
der Mörser und die Rappeemühle — der Kuß —
über den Trost des Menschen — Fortsetzung des sech-
sten Manipels.

Dieser Manipel fängt sich gleich mit Geldnoth
an: der jämmerliche, zerlechzte Danaiden-Eimer,
womit das gute Ehepaar seine wenigen Groschen
oder Goldkörner aus dem Paktolus aufzog, war
immer in zwei Tagen wieder ausgetropft, wenigstens in dreien. Das mal indessen konnten die
Leute doch auf etwas Gewisses fußen, das nicht
unbeträchtlich war, auf die 2 Rezensionen der
zwei da gelassenen Rezensierstücke — auf 4 fl.
konnten sie gewiß rechnen, wenn nicht auf 5.

Am Morgen nach dem Kusse setzte Firmian sich
wieder auf seinen kritischen Schöppenstuhl und
beurtheilte. Er hätte ein Heldengedicht machen

können, so wenig sausten die bisherigen Passat-
winde der Morgenstunden. Er zeigte der Welt
von früh 8 Uhr bis Mittags um 11 Uhr das Programm des D. Franks in Pavia günstig an, das
betitelt war: Sermo Academicus de civis
medici in republica conditione atque offi-
ciis ex lege praecipue erutis auct. Frank 1785.
Er beurtheilte, lobte, tadelte und exzerpierte das
Werkgen so lange, bis er glaubte, er habe damit
so viel Papier vollgemacht, daß der Ehrensold für
das Papier dem Pfandschilling für die Heringschüssel, für die Saladière und Saucière und den
Teller beikomme — nämlich einen Bogen lang
war seine Meinung über die Rede, und 4 Seiten
und 15 Zeilen.

Der Morgen war unter seinem Vehmgericht
so schön abgelaufen, daß unser Veimer nachmittags ein zweites halten wollte, über das restierende zweite Werkgen. Bisher hatt' ers nicht ge-
wagt: er hatte nachmittags nur obobjiert, nicht
rejicirt, und nur als Defensor, nicht als Fiskal
gearbeitet. Er konnte sich recht gut damit rechtfertigen, daß immer nachmittags die Mädgen und
Mägde mit Hauben kämen und — Mäuler voll
Sprachschätze mitbrächten und aufthäten, daß sie,
reicher als die Araber, die nur 1000 Wörter für

Gedanken haben, eben so viele Redensarten für Einen verwahrten und daß sie überhaupt wie verdorbne Orgeln, sogleich, ohne gegriffen zu sein, mit zwanzig Pfeifen flöteten, so bald nur die (Lungen-) Bälge giengen — — das war ihm gelegen: den in den Stunden, worauf diese weiblichen Wecker gestellet waren, ließ er seine juristischen losschnarren und trieb unter den Prozessen seiner Ketette seine eignen weiter. Es störte ihn gar nicht; er versicherte: „ein Advokat ist gar „nicht irre zu machen, er mag seinen Perioden er„öffnen und fortstoßen wie er will — sein Periode „ist ein langer Bandwurm, den ich ohne Schaden „prolongiere, abbreviere — denn jedes Glied ist „selber ein Wurm, jedes Komma ein Periode." —

Aber mit dem Rezensieren wollt' es nicht gehen: ich will indeß so viel für die Ungelehrten (denn die Gelehrten haben die Rezension längst gelesen) treulich niederschreiben, als er nach dem Essen wirklich fertig brachte. Er schrieb den Titel von Steffens lateinischer Uebersetzung der Emilia Galotti hin und fuhr so fort:

„Gegenwärtige Uebersetzung erfüllet endlich ei„nen Wunsch, den wir so lange bei uns herumge„tragen haben. Es ist in der That eine frappante „Erscheinung, daß bisher noch so wenige deutsche

„Klaffiker für Schulmänner ins Lateinische über-
„setzet worden sind, die für uns doch fast alle rö-
„mische und griechische Klaffiker verdeutschet ha-
„ben. Der Deutsche hat Werke aufzuzeigen, wel-
„che verdienen, daß sie ein Schulmann und
„Sprachgelehrter liefet; aber er kann sie nicht
„verstehen (obwohl vertieren), weil sie nicht la-
„teinisch geschrieben sind. Lichtenbergs Taschen-
„kalender tritt zugleich in einer deutschen Ausgabe
„— für Engländer, die Deutsch lernen — und
„in einer französischen für den deutschen hohen
„Adel ans Licht: warum werden aber deutsche
„Originalwerke, und dieser Kalender selber nicht,
„auch Linguisten und Schulmännern in die Hände
„gegeben in einer guten lateinischen, aber treuen
„Version? Sie sind gewiß die ersten, die die
„Aehnlichkeit (in der Ode) zwischen Ramler und
„Horaz bemerken würden, wäre jener vertiert.
„Rezensent gesteht gern, daß er immer große Be-
„denklichkeiten darüber gehabt, daß man Klop-
„stocks Meffiade nur in zwei Orthographien ge-
„liefert, in der alten und seinen — daß aber wir-
„der an eine lateinische Ausgabe für Schulleute
„— denn Lessing hat in seinen vermischten Schrif-
„ten kaum die Anrufung übersetzt — noch an eine
„im Kurialstyl für die Juristen, noch an eine im

„plänen prosaischen für Meßkünstler; oder an eine
„im Judendeutsch für das Judenthum gedacht
„worden."....

So weit hatt' er's: aber dann mußt' er aufhören, weil eine Hausjungfer nicht aufhörte, sondern immer wiederholte, was ihre Frau — die
Seckelmeisterin — wiederholet hatte, wie nämlich
die Nachthaube gesteckt werden sollte: zwanzig
male entwarf sie den Karton und Vorriß der
Haube und drang auf Eiligkeit. Lenette beantwortete und vergalt alle ihre Tautologien mit
ähnlichen. Kaum hatte die Hausjungfer die Thüre zugemacht: so sagte der Rezensent: „Ich habe
„nicht ein Wort geschrieben, so lang die Wind-
„mühle da klapperte. Lenette, ist's denn eine
„gänzliche Unmöglichkeit, daß ein Weib sagt, es
„ist vier Uhr, anstatt zu sagen, es hat vier Viertel
„auf vier Uhr geschlagen? — Kann keine sagen,
„morgen ist der Kopf-Lumpen fertig und damit
„gut? Kann keine sagen, einen Ortsthaler ver-
„lang' ich dafür und damit gut? Keine, lauf'
„Sie morgen wieder herauf und damit Holla?
„Kannst denn Du's nicht?" — Lenette versetzte
kalt: „Du denkst freilich, alle Leute denken wie
„Du?" —

Lenette hatte überhaupt zwei weibliche Unar-

ten, über die schon Millionen männliche Speïteu-
fel oder Raketen, nämlich Flüche in den Himmel
aufgefahren sind, — die aktive, daß sie dem Laufmädgen in der Stube jeden Auftrag wie ein Me-
moriale in Duplikaten überreichte und nachher mit
ihr hinaußgieng und ihr dieselbe Sache noch a
oder 3 mal anbefahl —, — zweitens die passive,
daß sie, Siebenkäs mochte schreien wie er wollte,
allezeit das erstemal fragte: „wie?" oder „was
„sagst Du?"   Ich rathe und preise selber den
Weibern, sobald sie über die Antwort verlegen
sind, diese Foderung eines — Sekundawechsels
und Dakapo's an; aber in andern Fällen, wo
man von ihnen statt der Wahrheit nur Aufmerksamkeit verlangt, ist dieses ancora und bis, das
sie dem eilfertigen Sprecher zurufen, eben so be-
schwerlich als entbehrlich. — Solche Dinge sind
in der Ehe so lange Kleinigkeiten, als ihr Märty-
rer sie nicht rügte; nach dem Rügegerichte aber
sind sie noch schlimmer — denn sie kommen öfter
vor — als Todsünden und Felonien und Brüche.

Würde der Verfasser dieses durch dergleichen
Pleonasmen in seinen Arbeiten gehemmt: so würd'
er weiter nichts machen — am wenigsten eine
Strafpredigt — als — weil man ihn gerade
aufmunterte — folgendes

Extrablättgen über das Reden
der Weiber.

„Der Verfasser des Buchs über die Ehe sagt:
„eine Frau, die nicht spricht, sei dumm. Aber es
„ist leichter, sein Lobredner, als sein Jünger zu sein.
„Die klügsten Weiber sind oft stumm unter Wei-
„bern, und die dümmsten und stummsten sind oft
„beides nur unter Männern. Im Ganzen gilt
„vom weiblichen Geschlecht die Bemerkung über
„das männliche, daß die Menschen am meisten
„denken die am wenigsten sprechen, so wie die
„Frösche aufhören zu quaken, wenn man ein
„Licht ans Weiher-Ufer stellt. — Uebrigens
„kömmt das viele weibliche Sprechen von ihren
„sitzenden Arbeiten: die sitzenden Handwerker,
„Schneider, Schuster, Weber, haben mit ihnen
„nicht nur die hypochondrischen Phantasien, son-
„dern auch das viele Sprechen gemein. Die Ar-
„beitstage der weiblichen Hände sind zugleich die
„Kanikularferien ihrer Phantasien; daher zer-
„streuet ein Brief oder ein Buch eine Verliebte
„mehr als vier Paar Strümpfe, die sie strickt.
„Die Affen reden nicht, — wie die Wilden sagen —,
„um nicht zu arbeiten; aber viele Weiber reden
„eben doppelt, weil sie arbeiten.

„Ich habe nachgedacht, zu welchem Zweck.
„Anfangs scheint es, die Natur ordne jenes ewige
„tautologische Sprechen, zur Ausbreitung meta-
„physischer Wahrheiten an: denn da nach Jakobi
„und Kant, Demonstration nichts ist als Fort-
„schritt in identischen Sätzen, so demon-
„strieren die Weiber, da sie immer vom Nämli-
„chen zum Nämlichen fortschreiten, unaufhörlich.
„Gleichwohl ist gewiß der Natur an folgendem
„Nutzen mehr gelegen. Die Baumblätter ver-
„harren, wie gute Naturforscher behaupten, in
„einer flatternden Bewegung, um die Luft durch
„dieses stete Geiseln zu konservieren und zu reini-
„gen: diese Vibrazion thut beinahe die Dienste
„eines schwachen kleinen Windes *). Es wäre
„aber ein Wunder, wenn die sparsame Natur das
„viel längere, das siebzigjährige Vibrieren der
„weiblichen Zungen ohne Absicht veranstaltet hätte.
„Die Absicht mangelt aber nicht: es ist dieselbe,

---

*) Nur kann man nicht sagen, daß der Wind durch
Verjagen böser Dünste nütze, weil er ja für alle
schlimme, die er meinem Hintermann von mir zu-
brächte, mir wieder alle schlimme meines Vormanns
zugeführet hätte, und weil das stehende Wasser
nicht darum modert, weil kein fließendes den Moder
wegschwemmt.

„ warum die Blätter wackeln, der ewige Pulsschlag
„ der weiblichen Zunge soll der Erschütterung und
„ Umrüttelung der Atmosphäre forthelfen, die
„ sonst anfaulte. Der Mond hat sein Wassermeer
„ und der weibliche Kopf sein Luftmeer, das er
„ gesund zu schütteln hat. Daher würde ein all-
„ gemeines pythagoreisches Noviziat in die Länge
„ Epidemien nach sich ziehen — und Nonnen-
„ Karthausen Pesthäuser. Daher nehmen unter
„ kultivierten Völkern, die mehr sprechen, die gras-
„ sierenden Krankheiten ab. Daher ist die Ein-
„ richtung der Natur wohlthätig, daß die Weiber
„ gerade in g r o ß e n Städten — ferner im W i n-
„ ter — ferner in Z i m m e r n — und in großen
„ G e s e l l s c h a f t e n am meisten sprechen, denn
„ eben in diesen Orten und Zeiten ist die Luft am
„ meisten verdorben, voll abgesetzten Phlogiston
„ und der Windfächel bedürftig. Ja die Natur
„ tritt hiein über alle Dämme der Kunst: denn
„ wiewohl viele europäische Weiber es den ameri-
„ kanischen nachzuthun versuchten, die, um zu
„ schweigen, den Mund voll Wasser nehmen; und
„ wiewohl sie daher bei Visiten ihn mit Thee oder
„ Kaffee vollmachten: so that doch gerade diese
„ Flüßigkeit, dem wahren weiblichen Sprechen mehr
„ Vorschub als Abbruch.

„Ich

„Ich bin hierin, hoff' ich, weit entfernt von
„jenen engbrüstigen Teleologen, die jedem großen
„Sonnengange der Natur noch kleine Holzwege
„und Endabsichten unterschieben und vorstecken:
„solchen mag es geziemen, — ich aber schäme
„mich —, zu vermuthen, daß das Oszillieren der
„weiblichen Zungen, deren Nutzen sich genugsam
„durch die Bewegung der Luft legitimiert, viel-
„leicht dazu diene, irgend einen Sinn oder Ge-
„danken geistiger Wesen —'z. B. der weiblichen
„Seele selber — auszudrücken als Typus. Das
„gehöret unter die Dinge, von denen Kant sagt,
„daß man sie weder behaupten noch widerlegen
„kann. Ja ich wollte eher glauben, daß das Re-
„den ein Zeichen sei, daß das Denken und innere
„Agieren aufgehöret, wie in einer guten Mühle
„die Warnglocke nicht eher klingeln darf, als bis
„jene kein Getraide mehr zu malen hat. — Jeder
„Ehemann weiß auch, daß die Zunge noch darum
„in den weiblichen Kopf eingeheftet worden, da-
„mit sie durch ihren Klang richtig ansage, wenn
„darin ein Widerspruch, etwas Unregelmäßiges
„oder etwas Unmögliches herrschet*). So hat

---

*) Denn es wird besonders der Frau viel leichter nach-
  zugeben und stillzuschweigen, wenn sie Recht, als
  wenn sie Unrecht hat.

IJ.   D

„auch H. Müller in seiner Rechenmaschine ein
„Glöckgen angebracht, dessen Klingeln blos erin-
„nern soll; daß in der Maschine ein falsches Re-
„chenexempel oder irgend ein Rechnungsverstos
„vorkomme. — Jetzt ists die Pflicht des Physi-
„kers, hierin weiter zu forschen und abzuurtheln,
„wie weit ich etwan fehlgehe." —

Ich wills nur offenbaren: der Advokat hat
dieses Blättgen gemacht. *)

Er vollendete seine Rezension erst den Morgen
darauf: er wollte freilich seine wenigen Gedanken
über die Version der Emilia so lange öffentlich
sagen, bis mit dem Gelde für die Gedanken seine
Stiefeln konnten vorgeschuhet werden, — andert-
halb Druckbogen verlangte Fecht für das Paar —
aber er hatte nicht die Zeit dazu, noch heute mußt'
er mit dem Setzer-Augenmaaß die Handschrift
ausrechnen und den Lohn erheben.

Die Rezensionen giengen ab an den Redakteur:
der kritische Kostenzettel lief — da für den Bogen
2 fl.; die Seite zu 30 Zeilen, kamen — auf
bis zu 3 fl. 4 gr. und 5 pf. — Sonderbar! der
Mensch lacht, wenn er Geistiges und Körperliches,

---

*) Und in jenem bittern Tone, der Stände und Geschlech-
ter statt ihrer Mängel rügt, ist die „Auswahl aus
des Teufels Papieren" geschrieben.

Verstand und Ehrensold, Schmerzen und Schmerzengeld in Verhältniß gestellet findet: ist denn
nicht unser ganzes Leben eine Aequazion (oder
Gesellschaftsrechnung) zwischen Seel' und Leib,
ist nicht alle Einwirkung auf uns körperlich, und
alle Rückwirkung aus uns geistig?

Ach das Laufmädgen brachte nichts zurück als
einen Grus statt der Silberblätter, wozu seine
Dinte sich krystallisieren sollte. Der Pelzstiefel
hatte gar nicht daran gedacht. Die Zerstreuung
des Studierens machte den Schulrath kalt gegen
eignen Reichthum und blind für fremde Armuth:
er bemerkte wohl einen Hiatus, aber der mußte
in keinem eignen oder fremden Strumpfe, Schuhe u. s. w. sein, sondern in einem Manuskripte.
Ein inneres Feuer verblendete diesen Glücklichen
gegen das faule phosphoreszierende Holz um ihn;
und glücklich ist jeder Schauspieler im Schuldra-
ma der Erde, dem die höhere innere Täuschung
die äußere ersetzt oder verdeckt, und vor dem im
Taumel seiner geistigen Rolle die stümperhaften
Landschaften an den Theaterwänden blühen und
rauschen unter der Regenmaschine aus Erbsen, und
den das Auseinanderschieben der Wände nicht
weckt.

Aber unsere zwei Geliebte beunruhigte die

schöne Blindheit des Rathes sehr: ihr kleines Sternbild, das ihnen heute leuchten sollte, sank in Sternschnuppen aufgelöst auf die Erde. — Stiefeln tadl' ich nicht, er hatte kein Auge, aber doch ein Ohr für das Elend: hingegen vor euch, ihr Großen und Reichen, die ihr unbehülflich im Honigfladen eures Genusses, und mit klebrigen Flügeln in euerm flüssigen Rosenzucker schwimmend, die ihr es nicht leicht findet, die Hand zu regen und damit aus der Chatoulle den Lohn für die zu ziehen, die euren Honigbehälter füllen halfen, vor euch wird einmal eine bittere Stunde treten, und euch fragen, ob ihr werth waret zu leben, geschweige zu genießen, wenn ihr sogar die kleine Mühe des Bezahlens flohet, indeß der Niedere sich der großen des Verdienens unterzog? Aber ihr würdet besser sein, wenn ihr bedächtet, wie viel Jammer euere gemächliche Trägheit, eine Chatoulle zu öffnen, oder eine kurze Rechnung zu lesen, oft unter Arme verbreite; wenn ihr euch das trostlose Zurückprallen einer Gattin vorstellet, deren Mann ohne Lohn umkehrt, und ihr Darben und das Durchstreichen so vieler Hofnungen und die kummerhaften Tage einer ganzen Familie....

Der Armenadvokat nahm also wieder sein nützliches Versilberungsgesicht vor und gieng in allen

Winkeln herum und trat den Preßgang nach Mo-
deln, die er preſſen wollte, mit dem Augenglaſe
an. Wie ein guter Fürſt oder auch ein guter eng-
liſcher Miniſter ſich zu Nachts im Bette aufſetzt
und den Kopf auf den Ellenbogen ſtützt und darin
nachdenkt, an welche Artikel oder Stämme voll
Birkenſaft er den Weinbohrer einer neuen Abgabe
anſetzen, oder wie er, in einer andern Metapher,
den Torf der Taxen ſo ſtechen ſoll, daß neuer nach-
wächſt: alſo Siebenkäs. Er unterſuchte den Ka-
perbrief in den Händen, jede Flagge, die ihm vorkam — er hob ſein Scheerbecken in die Höhe und
ſetzte es wieder hin — er rüttelte die pagodiſche
Lehne eines alten Seſſels und knarkte damit, er
probierte ihn noch mehr, indem er ſich hineinſetzte
und ſtand wieder auf — — Ich unterbreche
mich in meinem Perioden, wenn ich es flüchtig
hinwerfe, daß Lenette dieſes gefährliche Konſkri-
bieren und Meſſen der Landeskinder recht wohl
verſtand und daß ſie in einem fort gegen dieſes
Pfänderſpiel mit Hiobsklagen proteſtierte. — Er
hob ferner einen alten gelben Spiegel mit vergol-
detem Laubwerk, der in der Kammer dem grünen
Bette-Sparrwerk gegen über hieng, vom Haken
herab, beſah ihn an dem hölzernen Unterfutter
und der Rückſeite, ſchob ein wenig die Spiegelta-

auf und ab und hieng ihn wieder hin — einen
alten Feuerbock, desgleichen einen Kammertopf
die beide dreispännig da waren, nämlich als Dril-
linge, diese berührte er gar nicht, sondern schob
beide blos mit dem Fuß weiter unter ihre Beda-
chung — er wog mit beiden Händen einen Gewürzmörser und stellte ihn wieder in den Wandschrank zurück — er sah immer gefährlicher und
munterer aus — er zerrete mit den zwei Armen
ein Gefach aus der Kleiderkommode hervor, schob
Serviletten und ein italienisches Bosquet zurück
und wollte ein Trauerkleid von grillierten Kattun
ein wenig überblättern. . . . . Aber hier fuhr Lenette auf, fiel ihm in den blätternden Arm und
sagte: „Warten nicht gar! So weit soll's, will's
„Gott, nicht mit mir kommen!" . . . .

Er drückte kalt das Gefach hinein, sperrte den
Wandschrank wieder auf und hob den Gewürzmörser bedachtsam auf den Tisch heraus und sagte:
„meinetwegen! es kann also der Mörser forttan-
„zen!" — Dadurch, daß er diese Schand- und
Türkenglocke mit der ganzen Hand, wie mit einem
Dämpfer umgriff, könnte er den Stößel oder Klöppel recht gut ohne Sang und Klang aus der Hö-
lung ziehen. Er wußte längst, daß sie eher das
Kleid ihrer Seele als das grillierte Ueberkleid je-

nes Kleides verpfände; aber er wollte absichtlich, wie der römische Hof, um die ganze Hand anhalten, um leichter den Finger zu kriegen, nämlich den Mörser, — auch hofft' er durch bloßes Repetieren seiner Behauptung die Gründe derselben zu ersetzen—und Lenetten durch häufiges Vorführen des Popanzes und Wauwaums allmählig mit dem letzteren zu befreunden, ich meine mit dem Versatze des grillierten Kattuns. Er hob deßhalb so an: „wir haben freilich Jahraus Jahrein we-
„nig zu stampfen — außer wenn wir ein Viertel
„Mastvieh schlagen lassen — aber zu was das
„grillierte Kleid konserviert wird, — das sage
„mir — Du kannst den Kattun nicht öfter an-
„thun, als ein einziges mal, wenn ich für meine
„Person mit Tod abgehe. — Lenette, das frisset
„mir das Innere an — münze den Rock aus —
„märz' ihn aus — ich schließe aus meinem Klei-
„derschrank 2 Paar Trauerschnallen bei, mit de-
„nen ich nichts mehr einzuschnallen verhoffe!" —

Sie lärmte unbändig und kanzelte mit Verstand alle „leichtsinnige, lüderliche Haushälter" ab, eben weil sie zu befahren hatte, er werde nunmehr alle die Möbeln, die er heute wie ein Fleischbeschauer geschätzet und befühlet hatte, eines nach dem andern in das Schlachthaus unter das

Schächter-Messer führen und wohl gar. — du
treuer Jesus! — den grillierten Rock auch.
„Lieber leid' ich Hunger — sagte sie — als daß
„ich den Mörser um ein Spottgeld verschleudere.
„Morgen Abend kömmt ja der H. Rath und über=
„bringt Dir das Schreibgeld" (für die 2 Rezen=
sionen).

„Das lässet sich hören," sagt' er und trug den
ausgerissenen Stößel wagrecht mit zwei Händen
in die Kammer auf Lenettens Kopfkissen; dann
trug er den Mörser, als den Spielraum der Spiel=
welle; abgesondert nach und stellte ihn auf seines;
„wenn ihn die Leute, sagt' er, schellen hörten, so
„dächten sie, (denn wir stoßen nichts darin,) ich
„wollt' ihn versilbern; und das möcht' ich nicht
„gern."

Ihre beiderseitige Zentralkasse, die sich in sei=
ner baumwollenen grün=gelben Börse und in ih=
rer angehangenen breiten Geldtasche aufhielt; moch=
te sich auf drei — Groschen gut Geld belaufen.
Abends sollte ein Groschenbrod für die Baarschaft
geholt werden und der Rest des metallischen Sa=
mens mußte morgen als Saat des Früh= und
des Mittagsstückes ausgeworfen werden. — Das
Laufmädchen lief nach Brod aus; kam aber wie=
der mit dem Groschen und mit der Hiobspost: „ es

„ kge so spät nichts mehr auf allen Beckerläden
„ als Zweigroschenbrodte — der Vater (der Alt-
„ reis Fecht) habe auch nichts bekommen." Das
war eben erwünscht: der Advokat konnte sich mit
dem Schuster konföderieren und so, indem beide
Associés ihre zwei Groschen in Eine Kasse legten,
leicht den Zweigroschenlaib erstehen. Die Fechti-
schen wurden befragt: der Schuster, der gar kein
Geheimniß aus seinen täglichen Falliments machte, reparstierte: „von Herzen gern! es soll
„ ihn Gott strafen, verzeih' es ihm Gott, wenn
„ er und sein Lumpenpack heute etwas gefressen
„ oder etwas ins Maul genommen hätten, als
„ Schubdreck." — Kurz, die Vereinigung des
gelehrten Standes mit dem dritten hob den Brod-
mangel und die 2 Bündner wogen den zersäg-
ten Laib auf einer billigen Wage gleich, auf der
die Waare zugleich der Gewicht- und Passier-
stein war. — — Ach! ihr Reichen! ihr wisset
auf eueren Himmelsbrod-Wägen nicht, wie unentbehrlich der Armuth kleine Gewichte, Apothe-
kerwagen, Hellerbrode, eine Mahlzeit für 8 Kreuzer, wofür noch das Hemde unter dem Essen gewaschen wird *), und ein Brodschnitthandel ist,

---

*) Solche Restaurateurs für Bettler siehet in London.

wo bloße Brod-Scherben und pulverisirtes Spieker-
Brod *) für Geld zu haben, ist — und wie ein
ganzer froher Abend einer Familie daran hängt,
daß euere Zentner in Lothen feilstehen! — —

— Man aß sich froh und satt: Lenette war gefällig, weil sie ihren Willen durchgesetzt. Der Advokat stellte Nachts leise das wartende Pfandstück
auf einen weichen Sessel. Am Morgen machte sie
ihm durch Stille das Schreiben leichter. Es war
aber ein gutes Zeichen, daß sie den Mörser nicht
aus der Kammer in den Wandschrank zurücksetzte.
Siebenkäs schoß übrigens aus diesem Bomben-
mörser allerlei Fragen in Bögen ab; er wußte
gewiß, daß heute oder morgen diese Loretto- und
Harmonikaglöcke gegen geringes Abzugsgeld noch
über die Grdnzen marschiere. Eine Frau wartet
nur gern das Aeußerste ab.

Abends klopfte der Pelzstiefel an. — Es war
lächerlich und menschlich zugleich, zu erwarten,
das erste, was der Redakteur des Götterbotens
bringe, sei das kritische Macherlohn, damit man
dem Redakteur wenigstens einen brennenden Leuch-

---

*) In Paris wird mit den von den reichen Tafeln fal-
lenden Brodkrumen und Brod-Pulver ein ansehn-
licher Handels-Verkehr getrieben.

ter und ein volles Bierglas vorzusetzen vermöge.
Ueber eine solche Bangigkeit geht nichts, weil die
Beschämung auf einmal alle Springfedern im
Menschen zerbricht: Siebenkäs fragte nichts
darnach, weil er wußte, Stiefel frage auch nichts
darnach. — Aber die arme Lenette, deren Schamröthe besonders durch die Liebe gegen Stiefeln höher wurde! — Endlich zog der Rath aus der
Tasche — man erwartete allgemein die Erscheinung der Rezensier-Sportuln — blos seine Rap-
penmühle oder sein Schnupftabacksreißeisen und
griff in die Rocktasche, um eine halbe Stange
Rappee auf die kleine Hechselbank zu stellen. Er
hatt' aber die Stange schon aufgerieben. Er griff
in die Hosentasche, um Geld zu einer neuen zu holen. Wahrhaftig er hatte — hier stieß er einen
Fluch aus, für den er in England Fluchgebühren
hätte geben müssen — die ganze Börse sammt den
Beinkleidern nicht nur, (es waren seine plüschene)
sondern auch sammt dem richtig abgezählten Päckel
eingewickelter Rezensier-Gratifikazion aus Dumm-
heit zum Schneider geschickt. Er sagte, es wäre
nicht das erstemal, und der Meister sei recht ehr-
lich zum Glück: die Sache war aber, er hatte nie
den Inhalt seiner Börse auswendig gewußt. —
Unbefangen bat er Lenetten: „ihm eine Stange

„Kappee zu schaffen, morgen übersend' er das
„Darlehn zugleich mit dem gelehrten Arbeits-
„lohn." Siebenkäs sagte schelmisch bei: „laß
„auch Bier mit holen, Beste." — Er stellt sich
mit dem Pelzstiefel ans Fenster, aber er konnte
wohl vernehmen, daß die arme Frau — deren
Herz gedrückt unter Seufzern lag und das die
peine forte et dure ausstand, — in die Kammer schleiche und ungehört den Gewürz-Holländel
(Lumpenhacker) vom Sessel in die Schürze lege.

Nach einer guten halben Stunde kam endlich
Kappee — Bier — Geld — und Freude in die
Stube: die Glockenspeise des Mörsers war in
eine bessere für den Magen umgesetzt und diese
Glocke war gleichsam das Wandelglöckzen gewesen, das hier nicht blos wie bei den Papisten
eine Transsubstanziazion oder Brodverwand-
lung anzeigte, sondern sogar eine selber erfuhr.
Diese Gewürz-Lohmühle war schnell in Sägeblät-
ter für die Kappee-Sägemühle des Rathes aus
einander gelegt. — Das Blut lief jetzt nicht
mehr zwischen Klippen und Steinen, sondern ohne
Wellen neben Wiesen über kleine Silberkörner
des Lebens hinweg. So ist der Mensch: im
großen Elend richtet ihn die nächste frohe Minute
auf, im großen Glück schlägt ihn die entfernteste

noch unter dem Horizonte stehende trübe nieder. —
Ein Großer, der Küchenmeister, Kellerschreiber
und eine ganze Fruiterie und Mundbäckerei hat
wird von dem Vergnügen, zu bewirthen oder be-
wirthet zu werden, gelabt: er bekömmt, und er-
stattet keinen Dank; aber der arme Wirth steht
mit dem armen Gast, mit dem er den Laib und
die Kanne halbiert, im Wechselbunde des Dankes.

Der Abend unterband mit einem weichen Tour-
niquet den Morgen des Schmerzes — der Mohn-
saft von 60 Tropfen Freude wurde jede Stunde
eingenommen und die Arzenei betäubte und berauschte sanft. Siebenkäs gab beim Abschiede
dem alten guten Hausfreund einen herzlichen
dankbaren Kuß für seinen aufheiternden Besuch.
Lenette stand mit dem Leuchter in der Hand da-
neben. Der Mann, um sie zu entschädigen, daß
er heute ihren kleinen Eigensinn im Mörser zu
Grütze zerstoßen, sagte schnell und freundlich zu
ihr: „gieb ihm noch einen dazu.“ Die Röthe
schlug wie eine Flamme an ihren Wangen hinauf
und sie bog sich zurück, als hätte sie schon einem
Munde auszuweichen. Es lag am Tage, sie wäre,
hätte sie nicht das Amt einer Fackelträgerin versehen, davon gelaufen in die Kammer. Der Nath
stand in einer leuchtenden Freundlichkeit — wie

etwan eine weiße Wintergegend im Sonnenschein
— vor ihr und paßte darauf, daß — sie ihn
küsse. Das fruchtlose Lauern verdroß ihn zuletzt
und noch mehr das voreilige Zurückkrümmen:
beleidigt; aber im alten freundlichen Glanze warf
er die Frage auf: „bin ich keines Kusses werth,
„Frau Advokatin?" Der Mann sagte: „Sie
„werden doch nicht erwarten, daß die Frau ihn
„giebt — sie steckte ja mit dem Leuchter ihr Haar
„und alles in Brand." Jetzt neigte sich der Pelzstiefel langsam und bedächtig und gebietend auf
den umflammten Mund herab und setzte seinen
heißen auf ihren, wie eine halbe Stange tropfendes
Siegellack auf die andere halbe: Lenette gab ihm
durch das Zurückbiegen des Hauptes mehr Fläche;
jedoch muß man sagen, daß sie, indem sie den lin-
ten Arm mit dem Leuchter, der Feuersgefahr wegen, weit in die Luft hinaushielt, den Rath mit
der rechten, einer andern nähern Feuersgefahr
wegen, höflich wegzustemmen Vieles that. Noch
nach seinem Abgange schien sie ein wenig verlegen — ihr Gang hatte etwas Schwebendes, als
wenn eine große Entzückung sie mit ihren Flügeln
aufwehete — die Abendröthe hielt auf ihren
Wangen immer fort an, als der Mond schon hoch
stand — und ihre Augen glänzten, ohne Aufmerk-

samkeit, ihr Lächeln kam eher als ihre Worte und
sie sagte wenige — an den Gewürzmörser wurde
gar nicht gedacht — sie faßte alles leiser und
sanfter an und sah einigemal vom Fenster in den
Himmel. — sie hatte gar keinen Appetit mehr zum
halben Zweigroschenlaibe und trank kein Bier,
sondern einige Gläser Wasser mehr — — Ein
anderer, z. B. ich hätte die Finger aufgehoben
und geschworen, er seh' ein Mädgen schweben, das
heute vom Geliebten den ersten Kuß erlitten.

Ich würde meinen Schwur nicht bereuet haben, wenn ich am Tage darauf in das schnelle
Morgenroth gesehen hätte, das an Lenetten bei
der Ankunft der Gelder für die Rezensionen und
für den Rappée aufflog. Es war ein Wunder
und eine Höflichkeit, daß der Pelzstiefel das An-
leihen zur Tabacks-Pechscharre nicht zurückzuzah-
len vergessen hatte — kleine Schulden von 2, 3 gr.
kamen ihm immer aus dem zerstreueten Kopf.
Aber Reiche, die immer weniger Geld mit sich
schleppen als Arme und die es von diesen daher
entlehnen, sollten solche Klitterschulden an eine
Gedächtnißsäule im Kopfe schreiben, weil es ungerecht ist, in den Beutel eines armen Teufels einzu-
brechen, der noch dazu keinen Habedank für seinen
in den Lethefluß fallenden Groschen bekommt . . . .

— Ich gäbe zwei Bogen von diesem Manuskript darum, wenn das Schwenkschießen einmal käme, blos weil das gute Ehepaar so sehr darauf und auf die Vogelstange baut. Denn die Lage dieser Leute wird immer härter, die Tage ihres Schicksals gehen mit denen des Kalenders vom Oktober in den November, d. h. vom Nachsommer in den Vorwinter über, und moralische Fröste und Nächte nehmen mit den physischen zu. Ich will aber ordentlich fortfahren. —

Ueberhaupt ist schon der November, der die Britten novembrisieret, an sich der schlimmste Monat im ganzen Jahrgang, für mich ein wahrer Septembriseur: ich wollt' ich hätte den Winterschlaf bis zu Anfange des Christmonats. Der fünf und achtziger November hatte beim Antritte seiner Regierung einen fatalen pfeifenden Athem, eine kalte Hand wie der Tod und eine unangenehme Wolken-Thränenfistel: er war nicht auszustehen. Der Nordostwind, den man im Sommer so gern als einen Vorboten des beständigen Wetters hinter seinen Ohren herlaufen hört, bringt im Herbste blos eine beständige Kälte mit. Unsern Eheleuten war die Wetterfahne eine Trauerfahne: sie zogen zwar nicht wie arme Tagelöhner, mit Körben und Karren aus in den Wald nach abge-

falle.

fallenem Ast- und Leseholz; aber sie handelten doch
den Wald-Fahrern dieses Brennholz, das erst
durch ein zweites abgedampfet werden mußte,
nach dem Gewichte wie indische Hölzer ab. Das
naßkalte Wetter that aber dem Beutel des Advokaten nicht halb so viel Eintrag als seinem —
Stoizismus: er konnte nicht herumlaufen und
auf einen Berg steigen und sich umschauen und
sich rund im Himmel das suchen, was den beklom-
menen Menschen tröstet, was die Nebel des Lebens
niederschlägt, was uns hinter einer anglimmen-
den Nebelbank wenigstens führende Nebelsterne
zeigt. Wenn er sonst auf den Rabenstein oder
auf eine Höhe stieg: so hob sich die Aurora der
Glücksonne unter dem Horizont glimmend herauf — die Qualen des Erdenlebens lagen und
schossen wie andere Vipern nur in den Klüften und
Tiefen und keine Klapperschlange konnte sich mit
ihren Zähnen aufbäumen bis an seinen Berg —
ach da im Freien, da in der Nachbarschaft vor
dem Meere des unübersehlichen Lebens, und des
hohen Himmels, da zieht der blaue Kohlendampf
unserer erstickenden Lage tief unter uns, da fallen
die Sorgen wie Blutigel vom blutenden Busen,
da breitet der Erhobene die wundgedrückten los-
geketteten Arme wie fliegend im reinen Aether aus

II.   E

und will mit ihnen alles umfassen, was über ihm
ruht, und strecket sie, gleichsam wiederkommend,
nach dem unendlichen unsichtbaren Vater hin und
nach der sichtbaren Mutter, nach der Natur, und
sagt: „nimm nur diese Linderung nicht zurück,
„wenn ich drunten wieder in den Schmerzen und
„im Nebel bin.” — Und darum sind Gefangne
und Kranke so unglücklich in ihren festen Ketten:
sie bleiben in ihrer Tiefe angeschlossen, worüber
sinkende Wolken gehen, und sehen nur von weitem auf die Berge hinauf, wo man wie in Som-
mermitternächten auf denen der Polarländer,
die unter den Horizont gefallene Sonne mit einem
milden, gleichsam schlummernden Angesicht in
der Tiefe glimmen sieht. — Aber in solchem
schlechten einsperrenden Wetter war ihm statt des
Trostes der Empfindung der sich unter dem
freyen Himmel entwickelte, der Trost der Vernunft beschieden, der im Treibscherben der Stube fortkömmt. Sein größter, den ich jedem an-
lobe war dieser: die Menschen stehen unter einer
doppelten Nothwendigkeit, unter der täglichen,
die sie ohne Murren dulden, und unter der jähr-
lichen und seltenen, die sie nur jankend tragen.
Die tägliche und ewig wiederkommende ist die,
daß im Winter bey uns kein Getralde blühet —

daß wir auf den Wiesen des Mondes nicht spazieren gehen können — daß wir keine Flügel an haben. — Die jährliche oder seltene ist, daß es in die Kornblüte regnet, daß wir in manchen Erden-Sumpfmorästen nicht gehen und daß wir zuweilen weil wir Hühneraugen oder keine Schuhe haben, gar nicht gehen können. Allein die jährliche Nothwendigkeit ist ja so groß als die tägliche und es ist gleich unsinnig, sich gegen apoplektische Lähmung als gegen Flügellosigkeit zu sperren; alles Vergangne — und dieses allein ist der Gegenstand der Quaal — ist so nothwendig und eisern, daß es in den Augen eines höhern Wesens derselbe Unsinn ist, ob ein Apotheker über seine abgebrannte Apotheke murrt oder ob er darüber stöhnt, daß er nicht im Mond botanisieren kann, wiewohl er in den dasigen Phiolen manches fände, was er in den seinigen vermisset.

— Ich will hier ein Extrablättgen über den Trost in unserem windigen naßkalten Leben aufsetzen — — wer darüber sich nicht zu lassen weis, der suche eben seinen Trost im

Extrablättgen über den Trost.

Es kann, d. h. es muß noch eine Zeit kommen, wo es die Moral befiehlt, nicht bloß an

dere ungequält zu lassen, sondern auch sich; es
muß eine Zeit kommen, wo der Mensch schon auf
der Erde die meisten Thränen abwischt, und wär'
es nur aus Stolz! —

Die Natur reißet zwar mit solcher Eile Thränen
aus den Augen und Seufzer aus der Brust, daß
der Weise nie den Trauerflor vom Körper ganz
abheben kann; aber seine Seele trage keinen!
Denn ist es einmal Pflicht oder Verdienst, das
kleinste Leiden heiter zu übernehmen: so muß auch
das Verschmerzen des größten noch Verdienst sein,
nur ein größeres, so wie derselbe Grund, der die
Vergebung kleiner Beleidigungen gebietet, auch
für das Verzeihen der größten gilt.

Das erste, was wir am Schmerze — wie am
Zorn — zu bekämpfen oder zu verschmähen haben, ist seine giftige lähmende Süßigkeit, die
wir so ungern mit der Arbeit des Tröstens und
der Vernunft vertauschen und vertreiben.

Wir müssen nicht begehren, daß die Philosophie mit Einem Federzuge die umgekehrte Verwandlung von Rubens nachthue, der mit Einem
Striche ein lachendes Kind in ein weinendes um-
zeichnete. Es ist genug, wenn sie die ganze Trauer
der Seele in Halbtrauer verwandelt; es ist genug,
wenn ich zu mir sagen kann: „ich will gern den

„Schmerz tragen, den mir die Philosophie noch
„übriggelassen: ohne sie wär' er größer und der
„Mückenstich ein Wespenstich.“

Sogar der körperliche Schmerz schlägt seine
Funken bloß aus dem elektrischen Kondensa-
tor der Phantasie auf uns. Die heftigsten
Stiche erlitten wir ruhig, wenn sie eine Terzie
lang währten; aber wir stehen ja eben nicht eine
Schmerzensstunde aus, sondern nur zusammen-
gereihte Schmerzens-Terzien, deren 60 Strahlen
blos die Phantasie in den heißen Stich- und Brenn-
punkt einer Sekunde fasset und auf unsere Nerven
richtet. Das Peinlichste am körperlichen Schmerze ist das — Unkörperliche, nämlich unsere Ungeduld, und unsere Täuschung, daß er immer währe.

Wir wissen alle gewiß, daß wir uns über
manchen Verlust in zwanzig, zehn, zwei Jahren
nicht mehr betrüben: warum sagen wir nicht zu
uns: „so will ich denn lieber eine Meinung, die
„ich in 20 Jahren verlasse, lieber gleich heute
„wegwerfen: warum will ich erst 20jährige Irr-
„thümer abbanken, und nicht 20stündige?“

Wenn ich aus einem Traum, der mir ein Dra-
heite auf den schwarzen Grund der Nacht hinmal-
te, wieder erwache und das blumige Land zerfloß-

erblickt: so seufz ich kaum und denke, es war nur geträumt. Wie; und wenn ich diese blühende Insel wirklich im Wachen besessen hätte und wenn sie durch ein Erdbeben eingesunken wäre: warum sag' ich nicht da: die Insel war nur ein Traum. Warum bin ich untröstlicher bei dem Verlust eines längern Traums, als bei dem Verlust eines kürzern (denn das ist der Unterschied) und warum findet der Mensch eine große Einbuße weniger nothwendig und wahrscheinlich als eine kleine? —

Die Ursache ist: jede Empfindung und jeder Affekt ist wahnsinnig und fodert oder bauet seine eigne Welt; der Mensch kann sich ärgern, daß es schon oder erst 12 Uhr schlägt. — Welcher Unsinn! der Affekt will nicht nur seine eigne Welt, sein eigenes Ich, auch seine eigne Zeit. — Ich bitte jeden, einmal innerlich seine Affekten ganz ausreden zu lassen, und sie abzuhören und auszufragen, was sie denn eigentlich wollen: er wird über das Ungeheuere ihrer bisher nur halb gestammelten Wünsche erschrecken. Der Zorn wünschet dem Menschengeschlecht einen einzigen Hals, die Liebe ein einziges Herz, die Trauer zwei Thränenbächsen, und der Stolz zwei gebogne Kniee! —

Wenn ich in Widmanns Hofer Chronik die ängstlichen blutigen Zeiten des dreißigjährigen Krieges durchlas, gleichsam durchlebte; wenn ich das Hülferufen der Geängstigten wieder hörte, die in den Donaustrudeln ihrer Zeit arbeiteten und das Zusammenschlagen der Hände und das wahnsinnige Herumirren auf den zerstreueten mürben Brücken-Pfeilern wieder sah, gegen welche schäumende Wogen und reißende Eisfelder anschlugen — und wenn ich dann dachte: alle Wogen sind zerflossen, das Eis zerschmolzen, das Getümmel ist verstummt und die Menschen auch mit ihren Seufzern: so erfüllte mich ein eigner wehmüthiger Trost für alle Zeiten und ich fragte: „wer „und ist denn dieser flüchtige Jammer unter dem „Gottesackerthore des Lebens, den drei „Schritte in der nächsten Hole beschliessen, der fei-„gen Trauer werth?” — Warlich wenn es erst, wie ich glaube, unter einem ewigen Schmerze wahre Standhaftigkeit giebt, so ist ja die im fliehenden kaum eine.

Eine große aber unverschuldete Landplage sollte uns nicht, wie die Theologen wollen, demüthig machen, sondern stolz. Wenn das lange schwere Schwerdt des Kriegs auf die Menschheit niedersinkt, und wenn tausend bleiche Herzen zerspalten bluten — oder wenn im blauen reinen Abend am Himmel die rauchende heiße Wolke einer auf den Scheiterhaufen geworfnen Stadt finster hängt, gleichsam die Aschenwolke von tausend eingeäscherten Herzen und Freuden: so erhebe sich stolz dein Geist und ihn eckle die Thräne und das, wofür sie fällt und er sage: „Du bist viel zu klein, gemeines Leben, für die Trostlosigkeit eines Unsterblichen, zerrissenes unförmliches Pausch- und Bogen-Leben — auf diesem aus tausendjähriger Asche geründeten Globus, unter diesen Erdengewittern aus Nebel, in dieser Wehklage eines Traums ist es eine Schande, daß der Seufzer hier mit seiner Brust zerstiebt, und nicht eher, und die Zähre nur mit ihrem Auge.“ —

Aber dann mildere sich dein erhabener Unmuth und lege dir die Frage vor: wenn nun der verhüllte Unendliche, den glänzende Abgründe und keine Schranken umgeben und der erst die Schranken erschafft, die Unermeßlichkeit vor deinen Augen öffnete und Dir sich zeigte, wie er austheilt die Sonnen — die hohen Geister — die kleinen Menschenherzen — und unsere Tage und einige Thränen darin: würdest Du Dich aufrichten aus Deinem Staube gegen ihn und sagen: Allmächtiger, ändere Dich! —

— Aber ein Schmerz wird Dir verziehen oder vergolten: es ist der um Deine Gestorbnen. Denn dieser süße Schmerz um die Verlornen ist doch nur ein anderer Trost — wenn wir uns nach ihnen sehnen, ist es nur eine wehmüthigere Weise, sie fortzulieben — und wenn wir an ihr Scheiden denken, so vergießen wir ja so gut Thränen, als wenn wir uns ihr frohes Wiedersehen malen, und die Thränen sind wohl nicht verschieden.....

Fortſetzung und Beendigung des ſechſten Manipels.

Der grillierte Kattun — der italieniſche Strauß — der aus den Wolken gereichte Hülfs-Arm aus Leder — die Auktion.

Im ſiebenten Kapitel wird das Schwenk- und Andreasſchießen gehalten: das jetzige füllet der winterliche dornige Zwiſchenraum bis dahin, oder das Wolfsmonat mit ſeinem Wolfshunger. Siebenkäs würde ſich damals geärgert haben, wenn ihm jemand vorausgeſaget hätte, mit welchem Mitleiden ſein Aktivhandelsflor von mir werde beſchrieben, und mithin von den übrigen Leuten werde geleſen werden: er verlangte kein Mitleiden und ſagte: „wenn ich luſtig bleibe; „warum ſeid ihr denn mitleidig?” Die Meublen, die er neulich gleichſam wie der Tod berühret oder mit dem Waldhammer ſeiner Hand angeplätzet hatte; wurden nach und nach ausgeholzt und abgetrieben. Der geblümte Spiegel in der Kammer, der sich zum Glück selber in keinem sah, wurde zuerst von der Todten- oder Abendglocke, im Baartuch einer Schürze aus dem Hause geläutet. Eh' er ihn in die Kolonne dieses Todtentanzes zog, schlug er Lenetten einen Stellvertreter vor, das Trauerkleid von grillierten Kattun, um sie daran zu gewöhnen. Es war das cenſeo Carthaginem delendam (ich stimme für die Zerstöhrung Karthagos), das der alte Kato alle Tage auf dem Rathhaus nach jeder Rede sagte.

Darauf wurde der alte Sessel — anstatt daß der Armstuhl Shakspears lothweise, wie Safran abgesetzt wird, oder nach Karats — im Ganzen loßgeschlagen und der Feuerbock — ein Dachstuhl fürs Brennholz — zog als Begleiter mit. Siebenkäs war so vernünftig, daß er vorher sagte: cenſeo Carthaginem delendam d. h. thäten wir nicht gescheuter, wenn wir den grillierten Kattun versetzten?"

Sie konnten kaum zwei Tage vom Bock und vom Sessel leben.

Jetzt wurde die alchymische Verwandlung der Metalle an dem Scheerbecken und dem Kammertopfe versucht, und Tafelgüter und Tafelgelder daraus gemacht. Freilich sagte er vorher: cen-

leo — Es ist der Mühe kaum werth, daß ich be-
merke, wie wenig ein Handelszweig Früchte ab-
warf, der mehr ein Holz- als Fruchtast war.

Man wird sich noch von oben erinnern, daß
er, da er die Todesanzeigen unter den Meubeln
austheilte, an die Servietten, die nicht weit vom
grillierten Rocke lagen: gar nicht kam; jetzt
wurd' er auch diesen ein Leichhuhn und Galgen-
pater und reütete sie bis auf wenige aus. Als sie
fort waren, sagte er: „ich seh' nun nicht ab, was
„die Serviettenpresse allein anfangen und pressen
„will? Sie kann wenigstens so lange Urlaub
„haben, bis wir selber aus der Glanz- und Ser-
„viettenpresse des Schicksals gehoben sind und bis
„die Servietten umkehren.“ — Anfangs war er
Willens gewesen, die Prozession umzuwenden
und die Presse als Vortänzerin und Vorlauf den
Tüchern vorauszuschicken, weil er den Sillogis-
mus mit der Prozession umgekehret hätte: „ich
„sehe nicht, was wir mit den Tüchern anstellen
„und wie wir sie glatt erhalten, bevor die Presse
„wieder im Hause ist.“

Ich bin es fest und steif überzeugt, daß hier
die meisten wie Lenette über meinen Handelskon-
ful Siebenkäs und über seinen hanseatischen Bund
mit allen Leuten, die etwas an sich handelten,

die Hände über den Kopf zusammenschlagen, und
wie diese sagen werden; „der leichtsinnige Mensch!
„So muß er zum Bettler werden: die herrlichen
„Möbeln!!” — Firmian antwortete ihr allemal:
„ich soll demnach herknien und heulen und vor
„Trauer wie ein Jude den Rock zerreißen, der
„schon zerrissen ist und die Haar ausraufen, da
„sie der Gram oft in einer Nacht ausrupft. —
„Ists denn nicht an Deinem Heulen genug, bist
„Du nicht meine verordnete praefica und Klage-
„frau? — Weib, ich schwöre aber Dir und so
„theuer als wenn ich auf Schweinsborsten *) stän-
„de, will es Gott haben, der mich so lustig geschaf-
„fen, will ers haben, daß ich mit achttausend
„Löchern im Rocke und ohne Sohlen an Strüm-
„fen und Stiefeln in der Stadt herumziehe, soll
„ich immer mehr verarmen (hier wurden seine Au-
„gen wider Willen feucht und seine Stimme un-
„gewiß): so soll mich der Teufel holen und mit
„der Quaste seines Schwanzes todtpeitschen, wenn
„ich nicht dazu lache und singe — und wer mich
„bejammern will, dem sag ich ins Gesicht, er ist
„ein Narr. Beim Himmel! Die Apostel und

---

*) Auf einer Schweinshaut mußte sonst der Jude seinen
nächsten Eiden sehen und schwören.

„Diogenes und Epiktet und Sokrates hätten sel-
„ten einen ganzen Rock um Leibe, ein Hemd gar
„nicht — und unser einer soll sich in diesem
„kleinstädtischen Jahrhundert nur ein graues
„Haar darüber wachsen lassen?"

Recht, mein Firmian! — Verachte das enge Schlauch-Herz der großen Kleidermotten um
Dich und der menschlichen Bohrkäfer in den Möbeln. — Und ihr, armen Teufel, die ihr mich
jetzt leset — ihr möget nun auf Akademien oder
auf Schreibstuben oder gar in Pfarrwohnungen
sitzen — die ihr vielleicht keinen ganzen, wenigstens keinen schwarzen Hut aufzusetzen habt, richtet euch an der großen griechischen und römischen
Zeit, worin ein edler Mensch wie das Bildniß
des Herkules unbeschämt ohne Tempel und ohne
Kleider war, über die großmütterliche Nachbarschaft euerer Tage auf und verhütet es nur, daß
euer Geist nicht mit euerer Lage verarme, und
dann hebet stolz euer Haupt in den Himmel den
ein ängstlicher Nordschein überzieht, dessen ewige
Sterne aber durch das nahe blutige dünne Gewitter brechen!

— Es waren nur noch einige Wochen auf das
Andreasschießen hin, auf das Lenette alle ihre
Wünsche vertröstete und assignierte: gleichwohl

käm an Tag, woran sie etwas schlimmers wurde
als traurig — trostlos.

Der Martinitag wars: die erwähnten Servietten und die Presse emigrierten Mittags aus
diesem Salzburg — und das war nicht die Quelle
ihres Grams, sondern das, daß die Ausgewan-
derten nicht schon vorgestern ausgezogen waren.
Die Sache ist die: für den Heimfall der Verewig-
ten war so spät wenig mehr zu kaufen, geschweige — zu braten, am wenigsten eine Martins-
gans. Die Weiber — die weniger nach Essen
und Trinken fragen als die besten aszetischen Phi-
losophen, ja mehr nach diesen selber als nach
jenen — sind gleichwohl nicht zu bändigen,
wenn ihnen gerade gewisse chronologische
Viktualien entgehen: ihr Hang zu bürgerlichen
Festlichkeiten macht, daß sie lieber Festlieder und
Evangelien entrathen, als zu Weihnachten die
Stollen — zu Ostern die Käskuchen — am Martinitag die Gans; ihr Magen fodert wie ein ka-
tholischer Altar an jedem h. Feste einen andern
Fest-Ueberzug. Daher ist dieses kanonische Ge-
bäck ihr zweites Abendmal, das sie, wie das erste,
nicht des Gaumens halber nehmen, sondern „der
„Ordnung wegen.“ — Siebenkäs fand im An-
tonin und Epiktet kein Mittel und kein Sur-
rogat

rogat der Gans, womit er die wimmernde Leute
hätte stillen können, die immer sagte: „wir sind
„doch auch Christen und gehören zur lutherischen
„Gemeinde: und heute haben alle Lutheraner Gän-
„se auf dem Tisch; so wars bei meinen seel. El-
„tern — Aber Du glaubst an nichts.“ — Er
kaufte, um ihre freie Religionsübungen nicht zu
binden, noch Abends einen Kontrovers-
Ganser ein, der zur Polemik und zu den Unter-
scheidungslehren zu gehören schien; und den Tag
darauf aßen die zwei Doktoranden Martinisten
Lutheristen den schmalkaldischen Artikel nach —
wie denn oft durch die schmalkald. Eisenartikel die
theologischen verfochten wurden — gar nach;
und das Kapitolium der lutherischen Konfession
war wie mich dünkt, leicht durch dieses Thier
(das man über einem Autodafee briet) errettet.

Aber an eben diesem Morgen kam der Perückenmacher herauf, den er allemal mit dem größten Vergnügen sah — heute aber nicht, denn gestern, am Martinitag war der Quatemberschoß
der Hausmiethe bekanntlich gefällig gewesen.
Der Friseur präsentirte sich gleichsam als einen
stummen Wechsel auf Sicht; aber er foderte höflich nichts, sondern meldete blos: „den Mon-
„tag vor Andreas sei öffentliche Versteigerung

„von diesen Sachen und wenn Er etwan etwas
„dazu zusammensuchen wolle; so woll' er als be-
„stallter vom Groß- und Kleinen-Rath bestallter
„Verauktionierungs-Proklamator es ihm hiemit
„gemeldet haben.”

Er war kaum die Treppe wieder hinab, so
gab Lenette die größten, aber leisesten Zeichen des
Kummers von sich; „daß er sie gemahnt habe,
„und daß nun alle Leute im Hause ihr unordent-
„liches Haushalten wüßten, weil er von Möbeln
„geredet habe.” Es war unbegreiflich, wie nun
die Frau hoffen konnte, daß bisher Niemand es
gemerkt habe, da Arme die Armuth am ersten errathen. Indeß hatte sich doch auch Firmian ge-
schämt, zum Friseur zu sagen, er habe sich bisher
das Bestallungsschreiben eines Aukzionators seinen
eignen Möbeln zugefertigt. Hier fühlte er, daß
er vor Einer Person und vor Armen mehr über
seine Dürftigkeit erröthe, als vor einer ganzen
Stadt und vor Reichen — und er fuhr zornig
auf über die verdammten Wind-Versetzun-
gen der menschlichen Eitelkeit in die edelsten
Theile. —

Sogar dem Leser kann der mit lauter Distel-
köpfen eingefaßte Weg zum Andreastage nicht
länger vorkommen, als meinem Helden, der noch

dazu die Distelköpfe insgesammt anfasse und
ausreißen mußte: sein Garten des Lebens glich
immer mehr einem guten englischen, worin nur
stachlichte und leere, aber keine Obstbäume geli-
ten werden,

o) Jeden Abend, wenn er das Schloß am Gitter-
bette aufdrückte, sagt' er äußerst vergnügt zu seiner Lenette; „jetzt sind nur noch 20 (oder
„19, oder 18, oder 17) Tage hin auf das
„Schwenkschießen." Aber nun hatte der Haar-
kräusler und Aufzugsproklamator Lederden; —
sobgleich die Abende lang und dunkel und vortreff-
lich für arme Pfandherren waren, und den ver-
schämten nackten Jammer der armen Leute zudeck-
ten, — gänzlich verdorben: sie schämte sich vor
den Leuten im Hause. Firmian, der sich über die
Unerschöpflichkeit seines Kopfes und seines Hauses zugleich verwunderte und der immer zu sich
sagte: „ich bin doch neugierig darauf, was mir
„heute wieder beifallen wird, und wie ich mich
„aus dieser Affäre ziehe." — Firmian hatte
einige Tage nach dem Marktenlassen wieder zwei
gute Möbeln im Vorschlag, einen langen Stechheber und ein breites großes Schaukelpferd (von
seiner Kindheit): „Wir haben weder ein Faß noch
„ein Kind" sagte er dazu: aber die Frau bat ihn

um Gotteswillen: „das Schauckelpferd, (sagte sie
als es in den Pfandstall gezogen werden soll-
te,) und der Stechheber stechen zu weit aus der
„Schürze und aus dem Korbe heraus, und im
„Mondschein kanns jeder sehen — thu mir zum
„Gotteswillen die Schande nicht an!"

Und doch mußte etwas fort: Firmian sagte
in einer sonderbaren, schneidenden und gerührten
Laune: „sein muß es — das Schicksal trommelt
„wie Prizel *) unten auf der Trommel und der
„Hafer springt in die Höhe — wir müssen aber
einmal vom Trommelfelle fressen."

„Alles, sagte sie erschöpft, nur nichts Rau-
„schendes — laß mich selber suchen." Sie suchte,
zog die oberste Schublade der Kommode und hob
ein Brustbouquet von italienischen Blumen empor
und sagte: „lieber das da!" und weinte nicht
und lächelte nicht. Er hatt' es oft gesehen, aber
da er ihrs selber am vorigen Neujahrs- und Ver-
lobungstage als seiner Verlobten geschenkt hatte,

---

*) Man muß gelesen haben, daß Prizellus Bataillen-
pferde an die trommelnde Schlacht so gewöhnt, daß
es ihren Hafer auf die Trommel schüttet, und auf
deren zweitem Felle unten trommelt, während sie vom
ersten das hüpfende Futter fressen.

und da es so romantisch schön war — eine weiße
Rose, zwei rothe Rosenknospen und ein Einfassungs-
gewächst von Vergißmeinnicht setzten den bunten
Nachschatten einer abgewelkten Flora zusammen —
so hatten sich alle Fibern seines empfindlichen Herzens vor der Entäußerung dieses bunten Schau-
gerichts aus einer reichern frohern Zeit gesträubt.
Dieses ernsthafte resignierende Hingeben des
Nachflors an ihrer Brust erschütterte die seinige, als wenn tausend große Seufzer sich darin
drängten. — „Lenette? (sagt er, unendlich er-
„weicht) es sind ja die Blumen bei unserer Ver-
„lobung.” —

„Aber wer wird sie viel kennen? (sagte sie un-
„schuldig und kalt). Und sie sind doch nicht so
„groß wie andere Sachen.”

„Hast Du es denn vergessen, stammelte er, wie
„ich Dir damals die Bedeutung des Straußes
„erklärte? —

„Ei, die Vergißmeinnicht (sagte sie noch kälter
„und naiver und über ihr Gedächtniß erfreuet) wo-
„len sagen, daß ich Dein nicht vergesse und Du
„mein nicht — die Knospen bedeuten Freude —
„nein, die Knospen bedeuten die Freude die noch
„nicht ganz da ist — und die weiße Rose — das
„weiß ich wahrhaftig selber nicht mehr. . . . . .

„Schmerz bedeutet sie (sagte er bängstlich)
Unschuld und Gram und ein bleiches weißes An-
gesicht bedeutet sie." — Er fiel ihr weinend um
den Hals und rief es beinahe: „Du Gute! Du
„Gute! ich kann ja nichts dafür — ich wollte
„Dir gerne alles geben, aber ich habe nichts"....

Er hörte plötzlich auf, denn sie hatte unter
der Umarmung das Schubfach in die Kommode
zurück gedrückt und sah ihn mit hellen sanften
Augen an, in denen keine einzige Thräne war.
Sie fuhr im Tone der vorigen Bitte, und mit einer größern Hofnung fort: „nicht wahr, ich be-
„halte den Heber und das Pferd? — Und für
„das Bouquet bekommen wir auch mehr." —
Er sagte in einem fort, und in immer weichern
Tönen: „Lenette! — beste Lenette!" —

„Warum denn nicht?" fragte sie immer sanfter; denn sie verstand ihn nicht. „Lieber den Rock
„vom Leibe versetzt!" antwortet' er. Aber da sie
jetzt besorgte, er ziel' auf ihr grilliertes Trauerkleid, und da sie eben darum in Rührung kam —
und da sie auf einmal die wärmsten Predigten gegen alles Verpfänden großer Möbeln hielt —
und da er so klar ersah, ihre vorige Kälte sei keine künstliche: so wußt' er leider alles, so wußt'
er das Herbste, was kein Philosoph mit seinen

süßen Tropfen mildern und versetzen kann — —
nämlich: [illegible] — entweder sie liebt Ihn nicht mehr, oder sie
hab' ihn nie geliebt. [illegible] Nun waren die Flechsen seiner Arme entzwei geschnitten, die sonst das Unglück wegsäumten: er
konnte in der Entkräftung des (geistigen) Faul-
fiebers nichts sagen als das: „mache was Du
willt; mir gilts nun gleich.“ — Darüber gieng sie
froh und eilig hinaus zur alten Sabel, kam aber
sogleich wieder; denn diese saß beim Buchbinder,
und bei diesem saß wieder der Venner von Meyern,
der sich seit mehrern Wochen angewöhnt hatte,
vom Pferde abzusteigen und beim Buchbinder nach-
zuschauen, ob die Novitäten schon glasieret wären,
oder beim Schuhflicker nachzufragen, ob er nicht
eine Stulpe am Reitstiefel zunähen wollte. Die
Welt — d. h. zwei oder fünf verdammte Zungen-
drescherinnen — setzt dazu, der Venner habe gar
in außer Lenetten noch eine ganze weibliche Vo-
lerie auf dem Korn; es sollte mich aber wun-
dern. Genug Lenette nahm eine treue fromme
Flucht vor dem Vogelsteller Rosa. Mit einer
Schamröthe über die Wandelbarkeit des Men-
schenherzens muß ichs erzählen, daß jetzt Firmians
zusammengedrückte Brusthöhle um viele Zolle wei-

ter, und geräumig für ein Vergnügen wurde, blos weil Lenette so bald wieder kam — sie war doch treu, wenn nicht warm. Er ließ ihr einen Willen, der nicht ihr Gefühl versehrte, sondern nur seines; und die kleine Gedächtniß-Staude wurde bei einer höflichen Frau, die den Titel Patrizin führte, unter dem Schwure verpfändet, sie mit dem ersten Thaler, der am Andreastage von der Vogelstange falle, einzulösen. — —

Das Blutgeld des seidnen Gebüsches wurde so zerstückt, daß man es in den kothigen Weg bis zum Sonntage vor dem Schwenkschießen, gleichsam als Steingen zum Auftreten werfen konnte. Dieser Sonntag (27 Nov. 1785.) war vor dem Montag, auf den die Aukzion anberaumet war — den Mittwoch steht er (hofft er) und wir alle (hoff ich) an der Vogelstange gewiß.

Freilich am Sonntage mußt' er durch einen von mehreren Gewittern angelaufnen Strom hindurch: wir wollen alle nach, aber ich sage voraus, in der Mitte ists tief.

Der Magen seines innern Menschen zeigte einen unglaublichen Eckel und eine umgekehrte peristaltische Bewegung gegen alles Verpfänden', seit der Blumenaffaire. Die Sache war: er konnte die Frau auf nichts mehr verweisen — anfangs verwies er sie auf die Vogelstange — dann, als Mörser und Sessel die Festung ohne Sang und Klang geräumet hatten, Dinge, die nicht als Schützen-Prämien um den Vogel hiengen, dann verwies er sie auf öffentl. Versteigerungen, worin er alles um halbes Geld zu erstehen sich getraue — zuletzt verwies er zwar immer auf Aukzionen, aber nicht um Passiv- sondern um Aktivhandel darin zu treiben und ihnen Fabrikate nicht so wohl abzunehmen, als zuzuführen, worin Spanien hinter ihm bleibt.

Oft wird der Sieger über große Beleidigungen von der kleinsten übermannt; eben so ist's mit unsern Schmerzen: die harte feste Brust, auf die eine qualenvolle Vergangenheit vergeblich drückte, bricht oft, wie ein lang überspültes Eis, unter dem leichtesten Fußtritt des Schicksals ein. Er hatte bisher sich ganz gut aufrecht gehalten und seine Landfracht ungebückt getragen, und froher als viele. Er hatte bisher den Henker nach allem gefragt. Hatt' er sich nicht (um nur einiges anzuführen) im Anzuge über den deutschen Kaiser gesetzt, der (sagt' er) an seinem Ehrentage in Frankfurt nichts anzuziehen habe, als einen entsetzlich-alten von Karl abgelegten Kaiserrock, nicht viel besser als Rabelais alter, indeß seiner

um viele Säkula jünger sei, als der kaiserliche?
Hatt' er nicht seiner Frau, da sie trübe seinen perennierenden überständigen Kleiderflor überschaue-
te, zugemuthet, sich vorzustellen, er diene mit
tausend andern Anspachern in der neuen Welt und
das Schiff, das ihnen neue Monturen zuzufah-
ren habe, werde gekapert, so daß die ganze Mannschaft nichts anzuziehen behielte, als was sie hatte ablegen wollen? — Und er sußte seit langem
auf etwas besseres — offenbar auf ächte Apa-
thie — als auf sein einziges Stiefelpaar, das
sich durch zweimaliges Vorschuhen wie ein Ta-
schenperspektiv oder eine Posaune zusammengescho-
ben hatte zu guten Halbstiefeln, so wie die lange
Kultur auch die deutschen Körper um vieles ab-
kürzte, und aus diesem Langgewehr Kurzgewehr
machte.

Aber am Sonntag, wovon ich sprechen will,
machte ihn ein einziger kleiner Raub- und Unglücksvogel, der über die öde Sarawüste seiner
Tage flog, viel zu scheu. Er selber hätte eher das
Gegentheil erwartet: denn da er bisher die Sitte
hatte, sich gegen alle dunkle Trauerscenen voraus
zu rüsten, durch Probekomödien, ich meine, da
er alle künftige Aktenstücke, die der Heimlicher
von Blaise gegen ihn liefern konnte, im Voraus

durchlas und so die künftige Last als eine gegenwärtige spielend auflud, um nachher das
Spiel umzukehren: so nahm es ihn sehr Wunder,
daß das gewisseste vorausgesehene Uebel, sobald
es aus der Zukunft nahe an uns herantritt, in
der Nähe längere Dornen habe, als in der Fer-
ne: Als nämlich am Sonntage in den luftleeren
Raum seiner Brust nach der — Pedel der Erbschaftskammer mit dem lang erwarteten dritten
Fristgesuche des Heimlichers kam, und mit dem dritten Ja-Dekret darauf: so wurde es seiner Seele
bei diesem neuen Zug des Stiefels aus der öden
Luftglocke übel und engbrüstig. — —

— Ich habe im Schwalle meiner offiziellen
Berichte das zweite Fristgesuch absichtlich un-
erwähnt gelassen, weil ich wohl hoffen durfte,
daß jeder Leser, der nur ein halbes Schiffspfund
Akten oder nur eine einzige Liquidazion von Rechts-
freunden in Händen gehabt, es ohnehin voraus-
setzen werde, daß nach dem ersten Dilazionsge-
suche nothwendig das zweite erscheine. Eine
Schande ist es für unsere Justiz, daß ein redli-
cher, rechtlicher Beistand so viele Gründe, ich
möchte sagen Lügen, aufsetzen muß, eh' er die
kleinste Nothfrist erficht: er muß sagen, seine
Kinder und seine Frau wären todtkrank, er habe

Fatalien und 1000 Arbeiten und Reisen und Krankheiten; indeß es hinreichen sollte, wenn er beobachte, daß die Verfertigung der unzähligen Fristgesuche, mit denen er überhäuft sei, ihm wenig Zeit zu andern Schriften belasse. Man sollte einsehen, daß die Fristgesuche offenbar wie andere Gesuche auf die Verlängerung des Prozesses hinarbeiten, wie alle Räder der Uhr blos zur Hemmung des Hauptrades in einander greifen. Ein langsamer Pulsschlag verkündigt nicht nur in Menschen, sondern auch in Rechtshändeln ein langes Leben. Ich denke, ein Advokat, der Gewissen hat, nöthigt gern, so lang er kann, nicht so wohl dem Prozesse seines Klienten — diesen schlöß er sogleich, könnt' er sonst — als dem seines Gegners ein ausgedehntes Leben auf, um den Gegner theils heimzusuchen, theils abzuschrecken oder um ihn ein günstiges Urthel, wofür niemand stehen kann, von Jahr zu Jahr zu entrücken; so wie in Gullivers Reisen Leute mit einem schwarzen Stirn-Klecks zur Quaal ein unaufhörliches Leben erhalten. Der gegenseitige Sachwalter denkt nun wieder der gegnerischen Seite dieselbe Kriegs-Verlängerung zu — und so wickeln beide Patronen beide Klienten in ein langes Akten-Zuggarn ein und jeder meint es gut. Ueberhaupt sind Rechtsfreunde die Leute, nicht, denen die Rechte so gleichgültig sind, wie das Recht, und sie wollen lieber dagegen handeln als schreiben: wie Simonides auf die königliche Frage, was Gott sei; sich einen Tag Bedenkzeit ausbat — dann wieder einen — und wieder einen — und immer einen, weil kein Leben diese große Frage erschöpfe: so hält der Jurist nach jeder Frage, was ist Rechtens, von Zeit zu Zeit um Fristen an — er kann sie nie auflösen — ja er würde, wenns die Richter und die Klienten wollten, seine ganze Lebenszeit mit der schriftlichen Beantwortung einer solchen Rechtsfrage zusetzen. Advokaten machen aus einer solchen Denkungsart, so gemein ist ihnen solche, wenig. — —

— Ich bin zurück. Siebenkäs sank beinahe unter dem weltlichen eisernen Arm und dessen langen Diebs- und Schreibfingern darnieder. Die Dünste auf seiner Lebensbahn zogen sich in Strohgennebel zusammen — diese in Abendwolken — diese in Regenschauer. „Es geht manchem armen Teufel zu hart" sagt' er. „Hätt' er eine lustige Frau gehabt, er hätt' es nicht gesagt; aber eine Kreuzschlepperin voll Jeremiaden, eine ästhetische Dichterin voll Hiobswoch war selber ein zweites Kreuz.

die? Er durchsann zwar alles: er hatte kaum so
viel, um den künftigen Kalender zu kaufen —
oder einen Bund Hamburger Federn (denn seine
Satiren erschöpften weniger seine Kräfte, als die
Fieberwische Lenettens, so daß er manchmal den
gerötheten Pfeifenansatz des Pelzstiefels zu einem
Schreibkiel verschneiden wollte) — er wollte
gern Teller in Konsumptibilien (es waren aber
keine da) verwandeln und den Galliern nachschla-
gen, die ein rundes Stück Brod anfangs zum Teller, dann zum Nachessen verbrauchten, oder gar
den Hunnen, die ihren Sattel von Fleisch, den
sie gar ritten, nachher verspeiseten — seine
Halbstiefeln mußten für das bevorstehende Schwenkschießen zum drittenmal vorgeschuhet und abbru-
sirt werden, und es war nichts dazu da, als
der Artist Fecht — er hatte an jenem großen Tage überhaupt nichts anzuziehen, nichts einzustecken, und weder im Beutel etwas noch im Ku-
gelsack noch im Pulverhorn....

Ein Mensch treibe nur absichtlich seine Angst
aufs Höchste: so fällt der Trost plötzlich, wie
ein warmer Regentropfen, vom Himmel in sein
Herz. — Siebenkäs katechesirte sich jetzt schär-
fer, was ihn denn eigentlich peinige: nichts als
die Furcht, auf dem Schießgraben ohne Geld,

ohne Pulver und Blei und ohne merkliche Ab-
breviatur der Stiefeln zu erscheinen. „Weiter
nichts?" antwortet er. „Was wollt mich denn
„zwingen, überhaupt zu erscheinen?" Ich bin ja
der Affe, setzt er hinzu, der jammert, daß er die
mit Reis gefüllte Pfote nicht aus der enghälsigen
Vase ohne Korkzieher bringen kann — ich darf
ja nur mein Schützenloos und meine Büchse verkaufen, ich darf ja nur die Pfote aufmachen und
leer herausziehen.

Er beschloß, am Auktionstag die Büchse zu
holen und sie dem Proklamator und Friseur in
die —Versteigerung mitzugeben.

Er stieg wundgedrückt vom Tage ins Bette,
auf dessen unbestürmten Ankerplatz er sich den ganzen Tag vertröstete: „das Gute hat doch die
„Nacht an sich —" sagte er, indem er darin sitzend
„die Federn gleich verbreitete — daß sie dem
„Menschen lichtfrei, holzfrei, kostfrei, zechfrei,
„kleiderfrei hält, nur ein Bette muß einer ha-
„ben — ein Armer ist doch so lange glücklich, als
„er liegt, und zum Glücke steht er nur die
„Hälfte seines Lebens." Die Ohnmachten der
Seele oder des Frohsinns gleichen denen des
Körpers, die nach Zimmermann*) aufhören,

*) Von der Erfahrung. I. B. p. 444.

wenn der Kranke eine horizontäle Lage annimmt. —

— Wär' am Bett' ein Bettzopf gewesen; so hätt'
ich diesen die Ankerwinde genannt, womit er sich
am Montag langsam vom Ruheplatz in die Höhe
drehte. Er stieg darauf zum Dachstuhl hinauf,
wo in einer alten vernagelten langen Feldkiste seine Büchse gegen Mißbrauch verschlossen lag. Sie
war ein kostbares Erbstück von seinem Vater, der
Piquer und Büchsenspanner bei einem großen
Reichsfürsten gewesen. Er hob mit dem Baumhe-
ber, d. i. mit einem Eisenkloben das Brett sammt
den Wurzeln d. h. Nägeln auf; — und das erste, was voranlag, war ein lederner Arm, der
ihm ordentlich durch die Seele fuhr. Denn der
Arm hatt' ihm sonst häufig ausgeprügelt. . . .
— Es wird mich nicht zu weit verschlagen, wenn
ich nur ein einziges Wort darüber verliere. Diesen Adoptiv-Arm hatte nämlich am Leibe wie im
Felde eines Wappen Siebenkäsens Vater seit der
Zeit geführet, daß er seinen wahren angebornen
Arm in Militairdiensten des gedachten großen
Reichsfürsten zugesetzt hatte, der ihn sogleich zu
einiger Belohnung als Piqueur und Büchsenspanner bei der Obrist-Jägermeisterei anstellte. Den
adjungierten Arm trug der Büchsenspanner an ei-

nem Hacken der linken Achsel, mehr wie einen Ma-
quelor - Aermel oder verlängerten Hand- und Arm-
schuh zur Zierde, als etwan wie einen Repräsen-
tanten zum Betrug. Bei der Erziehung aber
that ihm der lederne Arm die Dienste einer Schul-
buchhandlung und Bibelanstalt und war der Kol-
laborator des fleischernen. Gemeine Fehler, z. B.
wenn unter Firmian falsch multiplicierte — oder
neben das Schwarze der Scheibe wegschoß — oder
unreinlich war, oder herumlief, oder eine Ta-
backspfeife zerbrach, solche strafte der Büchsenspanner gelinde, nämlich blos mit dem Stock,
der überhaupt in guten Schulen an den Kinder-
rücken als Saftröhre und Sechheber anläuft,
und solche mit wissenschaftlichen Nahrungssaft
tränkt, oder der die Deichsel bleibt, woran ganze
vorgespannte Winterschulen lustig ziehen. Aber
zwei andere Fehler sucht er ernsthafter heim: wenn
nämlich ein Kind unter dem Essen lachte, oder wenn
es in den langen Tisch- und Abendgebeten stockte,
oder irrte; so amputierte er schnell mit dem angebornen Arm den erworbnen und schlug mit dieser Kriegsgurgel — sein eigner Ausdruck — seine lieben Kleinen entsetzlich. Firmian erinnerte
sich noch recht gut als wär' es ihm gestern begegnet, daß einmal er und seine Schwestern ein-

ganze halbe Stunde unter dem Essen von diesem Streitflegel alternierend gedroschen wurden, was das eine zu lachen anfieng, indem um das andere ernste dieser lange Muskel flatterte. Noch heute erbitterte das Leder sein Herz. Ich sehe recht gut ein, daß ein Mann, ein Lehrer es mit Nutzen versucht, mit dem organisierten Arm den leeren auszuhenken und vermittelst dieser Vereinigung und Anastomosierung des weltlichen und geistlichen Arms einen Zögling zu schlagen; aber nur muß es allezeit geschehen: über nichts ergrimmen Kinder mehr, als über neue Marterinstrumente oder über einen neuen Spielraum der alten. Ein an Rückenstrafen und Lineale gewöhntes Kind darf nicht mit Ohrfeigen und nackten bloßen Händen angegriffen werden: ein an diese verwöhntes leidet wieder Lineale nicht. Der Verfasser dieser Blumenstücke wurde einmal in seinen frühern Jahren mit einem Pantoffel geworfen — Die Narbe von diesem Wurfe bricht noch jetzt in seiner Seele auf; indeß er ordentlicher Prügel sich nur schwach erinnert. —

Siebenkäs zog den Vice-Arm heraus und die Büchse dazu; aber welch' ein Fund lag darunter! — Jetzt war ihm geholfen. — Wenigstens konnt' er doch zu Andreas mitschießen in

kürzern Stiefeln — und überhaupt konnte er
doch einige Tage essen was er wollte. — Was
freilich ihn und mich bei der ganzen Sache am
meisten frappierte (erklären lässet sichs aber immer), war blos, daß er nicht eher daran gedacht
hatte, da doch sein Vater ein Jäger war; wiewohl ich auf der andern Seite gern gestehe, daß
dieser Tag nicht besser auserlesen sein konnte, weil
da gerade die Versteigerung fiel.

Der Knebelspies — der Pferdeschwanz — der
Vorlaß — das Fuchseisen — der Stoßdegen —
die Hausapotheke und die Maske mit einem Halse,
lauter Dinge, die er bisher in der Feldkiste nicht
gesucht hatte, konnten ja den Augenblick hinabge-
tragen und aufs Rathhaus geschoben werden, damit der frisierende Sachse sie losschlüge. —

Und das geschah auch. Er war nach langen Un-
glücksfällen warm durchfreuet über einen Teufels-
zufall. Er zog der ganzen zur Aukzion abgegangenen
Kiste — blos die lederne Schlag-Ader und die Büchse
blieb zurück — selber nach, um zu hören, was
man droben biete.

Er stellte sich zunächst an den hektischen Haus-
herrn hinter die Versteigerungstafel mit seinen zu
langen Halbstiefeln. Das ganze gleichsam in einer Feuersgefahr oder Plünderung zusammenge-

worfne Möbeln-Heergeräthe, meistens verkauft von Verarmenden, meistens gekauft von Armen, machte seine Begriffe von Minute zu Minute immer kleiner von diesem zusammengesetzten Schöpf- und Pumpenwerk und überhaupt von der Maschinerie, die die Fontaine eines kleinen Lebensstrales springend erhält, und er selber, der Maschinenmeister, wurde immer männlicher. Es ärgerte ihn, daß sein Geist gestern ein unächter Edelstein gewesen, den ein Tropfen Scheidewasser verdunkelt und der Farbe beraubt: denn ein ächter glänzet fort. — Nichts macht humoristischer und gegen die Ehre der Stände kälter, als wenn man die des seinigen vertauschen muß mit der Ehre der Person oder des Werths, und überhaupt wenn man sein Inneres immer mit Philosophie gleichsam wie ein Diogenesfaß gegen äußere Verletzungen überziehen, oder wenn man, in einer schönern Metapher, wie die Perlenmuschel die Löcher, welche Würmer in unsere Perlenmutter bohren, mit Perlen der Maximen vollschwitzen muß. — Inzwischen sind Perlen besser als eine unversehrte Perlenmutter: ein Gedanke, den ich mit Goldtinte schreiben sollte.

Ich stelle so viele Philosophie mit gutem Grund' voraus, weil ich den Leser dahin bringen

will, daß er nicht zu viel Lärm über das erhebt, was der Armenadvokat jetzt — machen
will, genau betrachtet einen unschuldigen Spaß,
nämlich den, daß er — da ohnehin die gepuderte Lunge des Proklamators lieber keucht als
schreiet — diesem Hammerherrn den Auktions-
Glockenhammer abnimmt und alles selber versteigert. Er thats in der That nur eine halbe Stunde lang und noch dazu bei seiner eignen Waare;
ja er hätte sich hier bedacht, das Hammerwerk
zu pachten, hätt' es nicht seiner Seele so unbe-
schreiblich wohlgethan, den Pferdeschwanz, den
Knebelspieß, den Vorlaß &c. in die Höhe zu heben
und hämmernd auszurufen: „4 Groschen auf
den Pferdeschwanz, zum erstenmal — fünf Kreuzer auf den Vorlaß zum zweitenmal — einen halben Ortsthaler auf das Fuchseisen zum erstenmal — zwei Gulden auf den Stoßdegen zum
dritten und letztenmal." Er that, was ein Auk-
zionator soll, er lobte die Waare: er blätterte
vor den anwesenden Jägern (der Adler auf der
Vogelstange hatte wie Aas entfernte hergelocket)
den Pferdeschwanz auf, strich ihn nach dem Haar
und wider das Haar und versicherte, er getraue
sich mit den Schlingen davon die Dohnenschnait
durch den Schwarzwald durchzuführen. Den Vor-

laß setzt' er in sein Licht, er zeigte der Gesellschaft
den hölzernen Schnabel, die Schwingen, die Fän-
ge und den Ueberzug mit dem Feberspiel und
wünschte, es wär' ein Falke da, um das Luder
auf den Vorsaß zu legen und ihn zu locken.

Die Rechnungen in seinem Haushaltungska-
lender, die ich darüber wegen meines elenden Ge-
dächtnisses zweimal nachgesehen, setzen die Sum-
me, die er von den vielen gegenwärtigen Jägern
erhob, auf 7 fl. Fr. ohne die Groschen. Und
dabei ist die Hausapotheke und die langhälsige
Maske nicht einmal gerechnet: denn diese mochte
kein Mensch. — Zu Hause ließ er den ganzen
Kronschatz und Tilgungsfond in den breiten Gold-
Tornister Lenettens laufen, wobei er sie und sich
vor den Gefahren eines großen Reichthums warnte
und beiden die Exempel von übermüthigen Begü-
terten vorhielt, so am Ende fallieren mußten.

— Im siebenten Manipel, den ich sogleich anfangen werde, kann ich nach so viel tausend Haus-
plagen das gelehrte Deutschland in den Schies-
graben transportieren, und ihm meinen Helden
vorführen, als ein löbliches Schützenmitglied,
das Kugeln und Büchsen hat, und das anstän-
dig — gekleidet weniger als — gestiefelt ist:
denn jetzt werden Kugeln gegossen, Büchsen ge-

theuert und Stiefeln ziehen Schuhe an.   Fecht
näht die dreiviertels Stiefeln auf seinem Knie zu
halben um und besohlet sie mit dem — ledernen
Arm, über den bisher Redens genug war. In
meinen Tagen, wo man so gar Babinen von leder trägt, als wären die welken Arme daraus,
hätt' aus dem Jägersarm ein Stock in einem bessern Sinne gemacht werden können, wie man
noch die Nashorns-Felle in Spazierstöcke zer-
schneidet.

Siebentes Manipel.

Das Vogelschießen — das Schwenkschießen — Rosa's Andreas-Kampagne — Betrachtungen über Flüche, Küsse, und Landmilizen.

Nichts thut mir bei dieser an sich schönen Historie mehr Schaden, als daß ich mir vorgenom-
men, sie in drei Alphabete zusammenzubrängen;
ich habe mir dadurch selber allen Platz geraubt,
auszuschweifen. Ich gerathe hier metaphorisch
in den Fall, worin ich einmal ohne Metapher
war, als ich den Diameter und die Peripherie der
Stadt Hof ausmessen wollte: ich hatte nämlich
den Catel'schen Schrittzähler mit einem Haken
rechts an den Hosenbund und die am Schenkel
niederlaufende Seiden-Schnur unten am Knie
an eine krumme Stahlspitze angemacht, und die
drei Weiser auf Einer Scheibe — denn der 1te
Weiser zeigt 100, der 2te 1000 Schritte, der 3te
bis 20,000 liefen ordentlich wie ich selber, als
ein Frauenzimmer kam, das ich nach Hause füh-

ren sollte. Ich bat sie, mich zu entschuldigen,
da ich den Catel'schen Schrittzähler angethan und
nun in der Longemetrie von Hof schon so viele
Schritte gemacht: „Sie sehen offenbar, setzt' ich
„dazu, daß der Schrittzähler wie ein Gewissen je=
„den Schritt aufschreibt — und mit einem Frau=
„enzimmer muß ich noch dazu kleinere Schritte
„machen und tausend in die Queere und Rück=
„wärts: das rechnen die drei Weiser aber alles
„zum Durchmesser, — es geht gar nicht, Vor=
„treffliche!” Jetzt sollt' es eben deswegen gehen
und man lachte mich aus. Ich schraubte mich
aber fest ein, und schritt nicht vor. Zuletzt ver=
sprach ich doch, daß ich sie mit meinem Schritt=
zähler heimführen wollte, wenn sie — denn ich
konnte mich nicht niederkrempen bis auf die Hüf=
te — zweimal nach meinen Weisern sehen und
mir sie ablesen würde, das erstemal jetzt, das
2te mal in ihrem Hause, damit ich die Schritte,
die ich mit besagtem Frauenzimmer thäte, von
der Größe Hofs subtrahieren könnte. — —
Das Paktum wurde redlich genug gehalten. Dieser
kleine Bericht soll mir einmal Nutzen schaffen, falls
mein perspektivischer Abriß von der Stadt Hof—
die Hoffnung dazu will ich nicht genommen haben
— wirklich aus Licht träte, und falls Hofer, die

mith mit dem Frauenzimmer und mit dem nach-
schleifenden Zähler am Knie gesehen, mir vorwür-
fen, es hinke alles, und neben einem Frauenzimmer könne man kaum seine Schritte abmessen, geschweige die einer Stadt. — —

   Der Andreastag war schön und hell und nicht
sehr windig: es war ordentlich warm und nicht
so viel Schnee in den Furchen, daß man damit
eine Nußschaale voll Wein abkühlen oder einen
Kolibri hätt' erwerfen können. Dienstags vorher
hatte Siebenkäs mit hinaufgeschauet, als die Vogelstange ihren majestätischen Bogen beschrieb und
niedergieng, um den schwarzen Gold-Adler mit
seinem offenen Flugwerk aufzuspießen und mit ihm
in die Höhe zurückzusteigen. Er wurde bewegt,
da er dachte, der Raubvogel droben hält und ver-
theilt in seinen Fängen die ängstlichen oder die hei-
tern Wochen deiner Lenette und unsere Fortuna hat
sich in diese schwarze Gestalt zusammengezogen,
und nur die Flügel und die Kugel behalten.—
   Als er am Andreasmorgen in seinen abgekürzten mit Galoschen besetzten Stiefeln von Lenetten
mit Küssen schied, sagte sie: „unser Herr Gott
„gebe Dir Glück und Stern — und bewahre Dich,
„daß Du mit dem Gewehr kein Unglück anrich-
„test.” — Sie fragte noch etliche male, ob er

nichts vergeſſen habe; — das Augenglas — oder
das Schnupftuch — oder den Beutel: „Ueber-
„wirf Dich ja nicht, (bat ſie noch zuletzt) drauſ-
„ſen mit dem H. v. Meyern!” — Und noch zuletzt, als vor dem Rathhauſe ſchon einige Probe-
Donnerſchläge der Trommel fielen, ſetzte ſie ängſt-
lich hinzu: „erſchieße Dich um Gotteswillen nicht
„ſelber — es wird mir den ganzen Vormittag
„eiskalt über den Leib laufen, ſo oft ein Schuß
„geſchieht.” —

Endlich wickelte der zuſammengeringelte Schü-
ßenknäul ſich in langen Fäden ab und der wallende Zug ſchlug wie die lange Rieſenſchlange unter Trommetenſchall und Trommelknall laufende
Wellen und jeder Schütze war ein Schlangenbu-
ckel. — Eine Fahne, gleichſam der Kamm der
Schlange, war auch dabei, und unter ihr war
ein Fahnenträger angebracht, der ſeinen Rock als
die tiefere Fahne trug — Die Stadt-Solda-
teska, die mehr durch Gehalt als Anzahl glänzte,
durchſchoß mit weißen Rockblättern den geſteckten
Kalender der Schützengeſellſchaft — Der Auk-
ſionsproklamator tanzte als der einzige gepuderte
gemeine Mann mit der bleichen Hutgriffſpitze daher, in der gehörigen Entfernung von den vornehmen ledernen Zöpfen, die er heute angethan-

ten und gepudert hatte. — Die Metzger fühlten
was wahre Hoheit sei, als sie gebückt hinauf sah
zum Schützendirektor, zum H. Heimlicher von
Blaise, der mitzog als die Aorte des ganzen Ader-
systems, als das Elementarfeuer aller dieser Irr-
lichter und Zündpulver, und kurz zu reden als
schottischer Meister der Schützenloge. — Glücklich war die Frau, die herausgukte und vor welcher der Mann vorbei zog als Schützenglied —
glücklich war Lenette, denn ihr Mann war mit
dabei und sah höflich hinauf und die kurzen Stiefeln standen ihm recht gut, die im alten und neuen
Styl zugleich gearbeitet waren, und wie Menschen an den alten Adam den kurzen neuen angezogen hatten.

Ich wünschte, der Schulrath Stiefel hätte
etwas nach dem Andreasschießen gefragt und her-
ausgesehen nach seinem Orest; aber er rezensierte
fort. —

Als nun diese Prozessionsraupen auf der Vo-
gelwiese des Schießgrabens wie auf einem Blatte
wieder an einander krochen — als der Adler im
Horste des Himmels wie das Wappenthier der
Zukunft hieng — als die Blasinstrumente, die
bisher die wandelnde musikalische Truppe nicht
fest genug am Mund ansetzen konnte, jetzt ge-

rabe. aus Mariecn an den Lippen der stehen=
den, — und als der Zug, laut trabend und die
Gewehre auf den Boden stauchend, ins leere hal=
lende Schießhaus rauschte: so war, genau ge=
nommen, kein Mensch mehr recht bei Sinnen, son=
dern jeder Seelenbetrunken; und es war doch noch
nicht einmal geloset, geschweige geschossen. Sie=
benkäs sagte sich selber: „es ist nur eine Lumperei,
„aber seht, wie wir alle taumeln, wie blos eine
„welke ununterbrochne zehnmal ums Herz
„herumgeführte Blumenkette von süßen Klei=
„nigkeiten es halb erstickt und halb verfinstert.“
Unser saugendes Herz ist aus durstiger Brauserde
gemacht, die ein warmer Regen aufbläht und die
dann im Schwellen und Steigen allen Pflanzen' in
ihr die Warzeln entzweireißet.

Nun ließ H. v. Blaise, der in einem fort mei=
nen Helden anlächelte und die andern anfuhr mit
der Grobheit der Herrschsucht, die Loose ziehen,
welche die Ahnenfolge der Schützen ordneten und
entschieden. Der Leser kann dem Zufalle nicht
ansinnen, daß er das Glücksrad halte und hinein=
greife, und hinter seiner Binde unter 70 Num=
mern gerade die erste für den Advokaten heraus=
fühle und fange; indessen zog er doch die 12te für
ihn. — Endlich gaben die tapfern Deutschen

und Reichsstädter auf den römischen Adler Büch-
senfeuer. Zuerst trachtete man ihm nach der Krone. Der Eifer und das Zielen der Kronwerber
war der Wichtigkeit der Sache angemessen: wären
nicht mit diesem goldnen Liripipium, wenn es die
Kugel herabstieß, die Kroneinkünfte von 6 fl. Frk.
verbunden, wobei ich beträchtliche Kronengüter
nicht einmal anschlage, die in drei Pfund Werg
und in einem zinnernen Balbierbecken bestehen? —
Die Menschen thaten was sie konnten; aber das
Schießgewehr setzte die Krone des Adlers leider
nicht unserem Helden, sondern No. 11 seinem
Vormann, dem hektischen Sachsen auf. Der
Mann braucht' es, da er wie der Prinz von Wal-
lis die Kronschulden noch eher hatte, als die
Krone selber.

Nichts wendet bei einem solchen Vogelschießen
alle Langeweile mehr ab, als die gute Einrichtung,
daß dazwischen ein Schwenkschießen eingeschoben
wird; ein Mann, der auf das langsame Viertel-
ausschlagen von 69 Schüssen mit seinem eignen
warten muß, hat Kurzweile genug, wenn er un-
terdessen seine Büchse für niedrigere Dinge la-
den kann, z. B. für einen Kapuzinergeneral. Das
Schwenkschießen in Kuhschnappel ist nämlich von
dem an andern Orten eingeführten nicht verschie-

den, sondern eine Leinwand rutschet hin und her,
auf der die gemalten Eßwaaren wie auf einem
Tischtuch stehen, die man durchlöchern muß, um
die Originale davon einzudrucken, wie die Kron-
prinzen die Portraits ihrer Bräute und dadurch
diese selber erheben, oder wie Hexen blos das Ab-
bild zerstechen, um das Urbild zu treffen. Die
Kuhschnapler schossen diesesmal nach einem auf
die Seh-Leinwand gefärbten Kniestück, von dem
recht viele behaupteten, es repräsentiere einen
Kapuzinergeneral. Es ist mir bekannt, daß
einige sich mehr an den rothen Hut, den das
Stück aufhatte, hielten und es darum gar für
einen Kardinal ausgaben, oder für einen Kar-
dinalprotektor; aber diese habens offenbar erst mit
denen auszufechten, die beiden Sekten widerspre-
chen und sagen, es stelle nur die babylonische
Hure vor, nämlich eine europäische. Aus diesem
mag man ungefähr schließen, was an einem andern Gerüchte sein mag, dem ich in der ersten
Stunde widersprach, daß nämlich die Augspur-
ger sich an dieses effigie-Arkebusieren gestoßen,
und daher wirklich dem Reichsfiskal schriftlich vor-
gestellet hätten, sie wären graviert und die eine
Konfession litte darunter, sobald im h. röm. Reich
nur ein Ordensgeneral und nicht zugleich ein be-

therischer Generalsuperintendent abgeschossen würde.   Ich hätte gewiß mehr davon vernommen,
wärs nicht bloßer Wind.   Ja ich muthmaße sogar, daß dieses Mährgen weiter nichts als eine
falsche Tradizion von einem andern Mährgen sei
das mir neulich ein Wiener von Geburt über dem
Essen vorlog: es hätten sich nämlich in den an-
sehnlichen Reichsstädten, worin die Riodtierwage
des Religionsfrieden ein schönes Gleichgewicht
der Papisten und Lutheristen festgestellt, viele lu-
therischer Seits geregt und beschwert, daß, ob
darin gleich Nachtwächter und Zensores d. i.
transzendente Nachtwächter, Wirthe und Bücher-
verleiher in gleicher Zahl vorhanden wären, doch
stets ein zahlreicheres papistisches Personale gehangen würde, so daß recht klar, es sei nun mit
oder ohne Jesuiten, ein so wichtiger und hoher
Posten im Staate als der Galgen sei gar nicht
nach jener reichsgesetzlichen Parität, wie das R.
Kammergericht, sondern mit einiger Partheilich-
keit für Katholiken besetzet worden. — Ich wollte
neulich im Dezemb. der Litteraturzeitung öffentlich gegen die Sage auffstehen; aber das Reich
wollte die Inseratgebühren nicht auf sich nehmen.

Ob man gleich aus dem Schießstand nur auf
einen Lerufiner hielt: so war doch das Schwenk-

Schließen in seiner Art so wichtig, als das stehende. Ich muß sagen, es waren Eß-Prämien auf
die verschiedenen Gliedmaßen des Ordensgenerals
gesetzt, die anlockend waren für Schützen, die
dachten. Ein ganzes böheimisches Schwein wurde als Pürschgeld für das Herz des gedachten
Kapuziner-Pelschwa's gegeben, das man aber
nur durch einen einzigen Rus-Klecks, nicht größer
als eine Schmink-Musche, angedeutet hatte,
um den Schützen den Trefbank mit Fleiß recht sauer
zu machen. Der Kaldinalshut war leichter zu
bekommen, daher war er nur mit 2 Fluß-Hech-
ten besetzt. Der Zierbank eines Okulisten, der
den zwei Augäpfeln des Protektors neue aus Kugeln einsetzte, bestand in eben so viel Gänsen. Da
er mitten im Gebet gemalet war; so verlohnt' es
wohl der Mühe, durch seine gefalteten zweischürige
zweimächtige Hände eine Kugel zu treiben, weils
nicht weniger war, als schoß man einem rennenden
geräucherten Schweine die zwei Vorderschinken
unter dem Leibe hinweg. Jeder Fuß aber war
nur auf einen Hinterschinken fundiert. Ich mache mir nichts daraus, es auf Kosten des Reichsflecken öffentlich zu erklären, daß nichts am ganzen Protektor schlechter — mit einem schmälern
Maalschaz und Treffer — salarieret war, als der

Nabel:

Nabel; denn es war nichts aus ihm mit der besten Kugel zu holen, als eine Bologneser Wurst.

Der Advokat war um die Krone gekommen; aber das Glück warf ihm nachher dafür den Kardinalshut zu, worin zwei Flußhechte lagen. — Hingegen den Kopf des Adlers und den Kopf des Generals deckte eine ächte passauische Kunst vor seinen Kugeln zu. Er hätte der babylonischen Hure wenigstens gern ein Auge ausgeschossen, um eine Gans zu fällen — es gieng auch nicht.

Die Pürschregister, die ächt sind, weil sie unter den Augen des Thurniervogts v. Blaise vom Schützensekretair geschrieben wurden, melden, daß der Kopf, der Ring im Schnabel, und das Fähnlein wirklich den Nummern 16, 2, 63 in die Hände fielen.

Siebenkäs hätte seiner lieben Frau wegen, die mit der Mittagssuppe auf ihn wartete, sehr gewünscht, wenigstens den Zepter, worauf man jetzt hielt, den Adlersfängen auszubrechen und an seine Büchse anzuschienen als Bajonet.

Alle Nummern, die diesen goldnen Eichenzweig zu brechen suchten, waren vorüber; nur die schlimmste nicht, sein Vormann und Hausherr — dieser feuerte und der vergoldete Harpune zitterte —

Siebenkäs feuerte und der Aalstachel schoß hernieder. — —

Die Herren Meyern und Blaise lächelten und
gratulierten — die Queer- und Gerade-Pfeifer
stießen bei der Ankunft eines neuen Vogelglied-
maßes in ihre Hifthörner (wie Karlsbader bei der
Ankunft eines frischen Badgasts thun) und sahen
dabei strenge und aufmerksam in ihre Partitur, ob
sie gleich ihr Trompeterstückgen schon öfter gebla-
sen hatten wie Nachtwächter — alle Infanten,
ich meine alle Jungen, stellten ein Wettrennen
nach dem Szepter an — aber der Pritschenmeister trat zerstäubend unter sie und las den Szepter
auf und händigte mit der einen Hand die Regie-
rungsinsignie dem Advokaten ein, mit der andern
seine haltend, die Pritsche.

Siebenkäs besah lächeld den kleinen Holzast,
an dem oft die summenden Schwärme ganzer an-
fliegender Staaten fortgetragen werden, und verbarg seine Freude unter diese Satire, die der re-
gierende Heimlicher vernahm und auf sich bezog:
„ein schöner Froschschnepper! — Es sollte ei-
„gentlich ein Honigvisierer sein, es werden aber
„die Bienen selber darkt zerknickt, um ihre Honig-
„bläse auszuleeren — wie Kinder bringen die
„Woiwoden und Dynasten die Landes-Bienen

„um, und zeideln statt der Waben die Mägen. —
„Ein recht närrisches Gewehr! — Es ist von
„Holz und etwan ein abgebrochenes, vergoldetes,
„zugespitztes, ausgezacktes Stück von einem
„Schäferstabe, womit die Schäfer oft auf der
„Weide das Fett aus den Schafen winden *) —
„in so fern, ja!” — Er fühlt' es selber nicht
mehr, wenn er die größte satirische Bitterkeit aus-
goß, von der in seinem Herzen kein Tropfen war:
er verkehrte oft mit einem Scherze, den er nur
aus Scherz sagte, Bekannte in Feinde, und be-
grif nicht, was die Leute böse machte und warum
er nicht mit ihnen so gut wie ein andrer spaßen
dürfe.

Er steckte den Szepter unter den Ueberrock und
trug ihn, weil vor dem Essen nicht bis zu seiner
Nummer herumgeschossen werden konnte, in seine
Behausung. Er hielt ihn straf und steif voraus
wie der Schellenkönig seinen und sagte zu Lenetten: „da hast Du einen Vorlegelöffel und
„eine Zuckerzange in Einem Stück!” Er
meinte nämlich die zwei zinnernen Schieß-Prä-

---

*) Der Stoff der Allegorie ist leider wahr: die Schä-
fer wissen lebendigen Schafen mit Stäben das Fett
aus dem Leibe zu drehen.

mien, den Vorlegelöffel und die Zuckerzange, die
beide in Gesellschaft einer Ambe von 9 fl. frnk.
dieses Szepterlehn begleiteten.   Er war genug
für einen einzigen Schuß.   Darauf stattete er den
Bericht vom Hecht-Fang ab.   Lenette, von der
er wenigstens erwartet hätte, sie würde in den
ersten fünf Sekunden die fünf Tanzpositionen in
einem Hausballe durchmachen, und Eulers Rössel-
sprung dazu auf dem Schachbrett der Stube, Lenette that was sie konnte — nämlich gar nichts,
und sagte was sie wußte — nämlich die Nachricht, daß die Hausherrin sich bei der Buchbinderin über das Außenbleiben des Miethzinses gräu-
lich aufgehalten und über ihren eignen Mann dazu, der ein Fuchsschwänzer und Klomplimentarius
wäre, und die Leute nicht grob genug mahnte.
„Ich erzähle — wiederholte der Szepter-Inhaber
„—, ich habe heute die Flußhechte und Einen
„Szepter glücklich geschossen, Wendeline Egel-
„kraut!" und klopfte vor Ingrimm mit der
„Szepter-Zornruthe auf den Tisch, auf den die
„zwei Gedecke und Bestecke getragen wurden.   Sie
antwortete endlich: „Lukas ist schon gelaufen
„gekommen und hat mir alles hinterbracht; ich
„habe eine rechte Freude darüber, aber ich glaube,
„Du wirst noch viel mehr schießen.   Das sagt' ich

„auch zur Buchbinderin." Sie lenkte wieder ins
Fahrgleis; aber Firmian dachte: „jammern kann
„ sie laut genug, aber jubilieren nicht, wenn unser
„ einer mit Hechten und Szeptern unter den Ar-
„ men heimkehrt! —" Gerade so war die Ehe-
frau des zärtlichen Racine, als dieser einen ge-
schenkten langen Beutel mit Louis XIV d'or in
die Stube warf.

— Woher habt ihr lieben Weiber die Unart
her, daß ihr gerade, wenn der Eheherr gute Nach-
richten oder Geschenke bringt, einen unausstehli-
chen Kaltsinn gegen seine Fracht auskramt, und
daß in euch gerade, wenn das Schicksal den Wein
euerer Freude blühen lässet, die Fässer mit dem
alten trübe werden? Kömmts von euerer Sitte,
an euch, wie euer Ebenbild, der Mond, nur die
eine Seite zu zeigen, oder von einer mürrischen
Laune gegen das Schicksal, oder von einem süßen
überströmenden Freudengefühl, das dies Herz zu
voll macht und die Zunge zu schwer? — Ich
glaube, es kömmmt oft von allem auf einmal her.
— Bei Männern — und auch bei Weibern, immer bei einem unter Trillionen — kanns noch
von der melancholischen Betrachtung über die
Haifische kommen, die uns den Arm abreissen,
mit dem wir unten im finstern Meer vier Perlen

der Freude beklommen und athemlos sammeln; oder von einer noch tiefern Frage: ist nicht die innigere Wonne nur ein Oelblatt, das uns eine Taube über unsere um uns brausende ausgedehnte Sündfluth hereinträgt *) und das sie aus dem fernen hoch über die Fluthen steigenden sonnen-hellen Paradiese abgenommen? Und wenn wir von dem ganzen Olivengarten statt aller Früchte und Blüthen nichts erhalten als nur ein Blatt, soll uns dieses Friedensblatt und diese Friedens-taube mehr geben, als Frieden, nämlich Hof-nung? —

Firmian gieng mit einer Brust voll wachsen-der Hoffnungen auf den Schießgraben zurück. Das Menschenherz, das in Sachen des Zufalls gerade gegen die Wahrscheinlichkeitsrechnung kal-kuliert, und das darum auf eine Terne hofft, weil es eine gewonnen — denn daraus sollt' es eben das Widerspiel schließen — oder das darauf zählt, die Adlersklaue zu holen, weil man den Szepter dazu aufgelesen, dieses im Fürchten und Hoffen un-

---

*) Bellarmin und die Rabbinen sagen, daß die Taube das Blatt, das sie dem Noah zutrug, aus dem Pa-radies abgeblattet, das zu hoch für die Sündfluth lag.

bändige Menschenherz brachte auch der Abbokat auf den Graben mit.

Er erwischte aber die Klaue nicht. Nach den in einander gefalteten betenden Fängen oder Händen des Kapuzinergenerals, diesen Exponenten und Devisen zweier Vorderschinken, feuerte Siebenkäs gleichfalls — umsonst.

Es that nichts: es war noch immer mehr am Adler als jetzt an Pohlen wäre, wenn man dieses oder sein Wappen — es ist ein silberner im rothen Blutfelde — auf einem Throne oder einer Vogelstange in die Höhe richtete, und von einer Schützengesellschaft verschiedener Armeen abschiessen ließe.

Noch nicht einmal der Reichsapfel war herunter. Nro. 69, ein schlimmer Vorfahr, H. Everard Rosa v. Meyern, hatte zum Schusse angelegt — er wollte diesen verbotenen Apfel brechen — ein solcher Sodomsapfel war zu wichtig, als daß er des Gewinnstes wegen nach ihm hätte fangen wollen, ihn flammte blos die Ehre an — er schoß .... und er hätte eben so gut rückwärts zielen können. Rosa, dem diese Obstart zu hoch hieng, mengte sich erröthend unter die Zuschauerinnen und theilte selber Aepfel, nämlich Parisäpfel aus, und sagte jeder, wie schön sie sei, um sie zu überreden, er sei

es selber. In den Augen einer Frau ist ihr Lobredner anfangs ein recht gescheuter Mensch,
endlich ein ganz hübscher Mensch: Rosa wußte,
daß die Weihrauchskörner der Anis sind, denn
diese Tauben wie toll nachfliegen.

Unser Freund brauchte sich vor keinem Obst-
brecher zu ängstigen als — vor dem 2ten, 8ten,
9ten gar nicht — als vor dem 11ten, vor der
Büchse des Sachsen, der wie ein Teufel schoß.
Es gab wenige unter den Siebzigern, die nicht
diese verdammte Galgennummer zum Henker, wenigstens ins — Pflanzenreich) verwünschten, wo
sie gerade mangelt *). Der Friseur drückte ab —
schoß dem Adler ins Bein — und das Bein blieb
sammt dem Globus droben hängen.

Der Miethsmann und Advokat trat ein, aber
der Hausherr blieb im Schießstand, um sich über
seinen Unstern satt zu fluchen. Jener setzte sich
unter dem Anlegen seines Kugelziehers der erhöh-
ten Kugel vor, gar nicht auf diesen zu halten,
sondern auf den Schwanz des Adlers, um dieses
Obst blos herab zu — schütteln.

---

*) Denn bekanntlich giebt es keine Gewächse mit elf
Staubfäden.

In einer Sekunde fiel der wurmstichige Welt-
apfel ab, und dieser Himmelsglobus sank auf den
Erdglobus hernieder — Der Sachse fluchte über
alle Beschreibung.

Siebenkäs betete beinahe innerlich, nicht weil
eine zinnerne Senfdose, eine Ditto Zuckerdose und
5 fl. frk. mit dem Apfel in seinen Schoos nieder-
regneten, sondern über das gute Schicksal, über
die warme, wie ein Glanz heraus tretende Sonne
im Ringe eines fernen Gewölkes. „Du willst,
„dacht' er, meine Seele prüfen, gutes Geschick,
„und bringest sie daher wie die Menschen Uhren
„in alle Lagen, in steilrechte und wagerechte, in
„ruhige und unruhige, um zu sehen, ob sie recht
„gehe — und recht zeige, — — Wahrlich sie
„soll es." —

Er ließ diese kleine bunte Vexier-Erdkugel von
einer Hand in die andere laufen und spann und
waiste folgenden Spruches; „welche Kopien-Ah-
„nenfolge! Lauter Gemälde in Gemälden, Ka-
„mödien in Komödien! — Der Reichsapfel des
„Kaisers ist ein Bild der Erdkugel, und hat eine
„Hand voll Erde als Kern *) — mein Reichs-

---

*) Wenigstens schreibts ein Wittenbergischer Chroniker,
es sei Erde im Apfel, den freilich kein Nürnberger auf-
schneiden darf. Wagenseil. de civ. Norimb. p. 239.

„apfel da ist wieder ein verkleinertes Bild des kai-
„serlichen und hat noch weniger Erde, gar keine —
„die Senf- und Zuckerdosen sind wieder Bil-
„der dieses Bildes — Welche Reihe von Verklei-
„nerungen ehe der Mensch genießet!" — Die
meisten Freuden des Menschen sind bloße Zurüstun-
gen zur Freude, und seine erreichten Mittel hält er
für erreichte Zwecke: die brennende Sonne des Entzückens wird unserem schwachen Auge nur in den 70
Spiegeln unserer 70 Jahre gezeigt — jeder Spiegel
wirft ihr Bild dem andern milder und bleicher zu
— und aus dem siebzigsten Spiegel schimmert sie
uns erfroren an und ist ein Mond geworden*).

Er lief nach Haus, aber ohne den Apfel, dessen Ernte er seiner Frau erst abends notifizieren
wollte. Es letzte ihn sehr, wenn er während seiner Schieß-Vakanzen aus dem öffentlichen Getümmel in seine enge stille Stube schleichen, das
Wichtigste hurtig erzählen und sich dann wieder
ins Getöse werfen konnte. Da seine Nummer eine
Nachbarin von Rosa's Nummer war und da also
beide dieselben Schießferien hatten: so wunderts

---

*) D. Hooke räth den Sternsehern, sich das Sonnen-
bild so lange von Planspiegeln reflektieren zu lassen,
bis es erloschen erscheint. Priestley's Geschichte der
Optik.

mich, daß er auf den Benner v. Meyern nicht auf demselben Steige unter seinem Fenster traf; denn dieser wandelte seines Orts mit aufgehobenem Kopfe da wie eine Ameise auf und nieder. Wer einen jungen Herrn dieser Art erschlagen will, such' ihn unter (wenn nicht in) dem Fenster eines Mådgen auf, so hebt ein vorsichtiger Gårtner, der Maueresel oder Kelleraffeln tödten will, nur die Blumentöpfe in die Höhe und mårzet sie dar- unter in Partien aus.

Siebenkås traf den ganzen Nachmittag keinen Spahn mehr; den Schwanz selber, an den er sich vorher so glücklich gewandt hatte, um den h. rö- mischen Reichsapfel zu kriegen, bracht' er nicht herunter. Er ließ sich spåt mit der Miliz des Reichsfleckens nach Haus pfeifen und trommeln. Er machte vor der Thür seiner Frau den Rup- precht, der den Kindern am Andreastage zum er- stenmale Schrecken und Obst zubringt, brummend nach, und warf ihr statt aller Aepfel den — ge- schossenen ein. Man halt' ihm den Spaß zu gut; ich sollte aber solche Winzigkeiten gar nicht berichten.

Als sich Firmian aufs Kopfkissen legte: sagt' er zu seiner Frau: „morgen um diese Zeit wissen „wirs, Frau, ob wir zwei gekrönte Håupter auf

„diese Kopfkiſſen bringen oder nicht — morgen
„unter dem Niederlegen will ich Dich wieder an
„dieſe Minute erinnern.” — Als er aus dem
Bette ſprang, ſagt' er: „heute ſpring' ich wohl
„zum letztenmal als ein gemeiner Mann ohne Kro-
„ne heraus.”

Er konnt' es nicht erwarten, bis er den be-
thaueten defekten Vogel voll Schußwunden und
Knochenſplitterungen wieder ſah; aber ſeine Hoffnung, ſich an ihm zum König zu ſchießen, hielt
nur ſo lange an, als er den Adler nicht ſah. Er
gieng daher gern einen Vorſchlag des liſtigen
Sachſen ein, der immer den Kugeln ſeines Num-
mernachbars mit ſeinen vorgearbeitet hatte; der
Vorſchlag war: „halb Part im Gewinnſt und Ver-
luſt beim Vogel und Kardinal.” Dieſe Maſkopie
verdoppelte die Hoffnungen des Advokaten, indem
ſie ſolche halbierte.

Aber die zwei Waffenbrüder brachten den ganzen Vormittag nicht einen bunten Splitter herunter: denn nur gefärbte Spähne können Vogel-
ſchützen und nur ungefärbte können Weſpen brauchen. Jeder hielt innerlich den andern für ſeinen
Unglücksvogel: denn in Sachen des Zufalls will
lieber der Menſch nach abergläubigen Gründen erklären, als gar nicht erklären. Die flatterhafte

babylonische Hure wich so spröde aus, daß der
Friseur einmal nahe am Kerle, der sie hin und
her zog, vorbei knallte.

Aber nachmittags traf der Friseur endlich mit
seinem Kupidos Pfeil ihr schwarzes Herz und also
das Schwein dazu. Firmian erschrack fast: er
sagte, er nehme von diesem Schwein, diesem
Herzpolypen am Herzen des babylonischen Lustmäd-
gen, nichts an als den Kopf, er müßte den selber
etwas treffen. Jetzt stand nur noch der Vogel-
Torso, gleichsam das Rumpfpaëliament an die
Stange gepfählt, das die Kron-Lustigen zu dis-
solvieren suchten. Das Lauffeuer des Enthusiasmus gieng jetzt von Brust zu Brust, von jedem
Zündpulver aufgeschürt, das von einer Büchsen-
pfanne auflog; und mit dem arkebusirten Vogel
zitterten allemal die übrigen Schützen zugleich. —

Ausgenommen den H. von Meyern, der fort-
gegangen und — da er alle Menschen, besonders
unsern Helden, in solchem Erwartungen sah — zur
Frau Siebenkäsin marschieret war, bei der er der
König einer Königinn und mit mehr Gewißheit
als ein Schützenkönig zu werden hoffte. Das
Augenglas, hinter dem er nach jenem Adler und
nach dieser Taube zielte, — denn er lorgnirte
wie Pariser, mitten in der Stube — soll' ihn

dacht' er, wenigstens die Taube erlegen helfen.
Aber ich und die Leser schleichen ihm nachher alle
in die Siebenkäsische Stube nach.

Die 70 Nummern hatten schon zweimal ver-
gehlich zum Königsschusse geladen: der zähe Stum-
mel auf der Stange regte sich kaum. Die armen
zappelnden Menschen-Herzen wurden beinahe von
jeder Kugel durchbohrt und erschüttert. Die Be-
sorgnisse wuchsen, die Hoffnungen wuchsen; aber
die Flüche am meisten, diese Stoßgebete an den
Teufel. Die Theologen hatten im 7ten Jahrzä-
hend dieses Jahrhunderts den Teufel oft in der
Feder, als sie ihn entweder läugneten oder behaupteten; aber die Kuhschnapler Schützen weit
mehr, besonders die Patrizier. —

— Seneka hat unter den Mitteln gegen den
Zorn das einfachste ausgelassen: den Teufel. Die
Kabbalisten rühmten zwar die Heilkraft des Schem-
hamphorasch, eines entgegengesetzten Namens,
sehr; aber ich sehe, daß das Fleck- und Schar-
lachfieber des Zorns, das man leicht aus dem
Phantasieren des Pazienten vermerkt, vielleicht
eben so gut, als ob man Amulete umhienge,
nachlässet und weicht, wenn man den Teufel an-
ruft; in dessen Ermanglung die Alten, denen der
Satan ganz fehlte, bloßes Hersagen des Abc's

anriethen. worin freilich der Name des Teufels mit schwimmt, aber in zu viele Buchstaben ver⸗ dünnet. So erlösete auch das Wort Abraka⸗ dabra, diminuendo ausgesprochen, vom kör⸗ perlichem Fieber. Wider das Entzündungsfieber des Zorns müssen nun desto mehrere Teufeln ge⸗ nommen werden, je mehr materia peccans durch die Sekrezion des Mundes abzuführen ist. Gegen kleinen Unwillen ist „der Teufel!" oder „alle Teu⸗ fel:" hinlänglich. Aber gegen die seitenstechende Pleureste des Zorns würd' ich schon „den Satan „und seine höllische Großmutter" verschreiben, und das Mittel doch noch mit einem Adjuvans von einigen Donnerwettern und Sakramen⸗ ten versetzen, da die Heilkräfte der elektrischen Ma⸗ terie so bekannt sind. Man braucht mir nicht zu sagen, daß gegen völlige Hunds⸗ oder Zorn⸗ wuth solche Porzionen dieses spezifischen Mittels wenig verfangen: ich würde allerdings einen Preßhaften dieser Art „von allen Schock⸗Teufeln fortführen und zerreißen" lassen. Immer bleibt der Teufel offizinel: denn da sein Stich uns in Zorn versetzt, so muß er selber dagegen genommen werden, wie man den Skorpionenstich durch zerquetschte Skorpionen heilt. — —

Der Tumult der Erwartung rüttelte die Edel⸗

Leute mit der Gröschengallerie des Staats in Eins
zusammen: die Edelleute oder Patrizier vergessen
bei solchen Gelegenheiten — so auch auf der Jagd,
in ökonomischen Geschäften — wer sie sind, nämlich etwas besseres als Bürgerliche. Einem Edelmann sollt' es meines Erachtens nie aus dem Kopfe kommen, daß er sich zum Volke verhalte,
wie die Schauspieler jetzt zum Chorus. Zu
Thespis Zeiten sang der Chorus die ganze Tragödie handelnd ab, und ein einziger Akteur, der
Protagonist hieß, fügte einige Reden ohne Gesang über die Tragödie hinzu — Aeschylus führte
einen 2ten Akteur ein, genannt Devteragonist —
Sophokles gar einen dritten, den Tritagonisten — Neuerer Zeiten blieben die Akteurs stehen,
und der Chorus wurde gar weggelassen, man
müßt' ihn denn, als applaudierend, in Rechnung bringen. So ist nach und nach auf der
Erde, dem Nazionaltheater der Menschheit, der
Chorus, oder das Volk weggeschoben worden —
nur mit mehr Vortheil als auf dem engern Theater — und aus Spielern, wozu man besser die
Protagonisten (Fürsten), die Devteragonisten
(Minister) und die Tritagonisten (Große) en-
gagiret, zu richtenden und klatschenden Zuschau-
ern erhoben worden, und der athenische Cho-

rus

rus ſitzt bequem auf dem Parterre neben dem Orcheſter und Theater unſerer guten Haupt- und Staatsakzionen. —

Es war ſchon 2¼ Uhr und der Nachmittag kurz: der letzte Vogel wankte nicht. Alle Welt ſchwur, der Schreiner, der ihn ausgebrütet, aus dem Bloch, ſei eine Kanaille und hab' ihn aus zähem Aſtholz gebauet. — Endlich ſchien er ſich entfärbt und geſchunden zu ſenken. Der Friſeur der wie alle gemeine Leute nur gegen einzelne Perſonen, nicht gegen eine Geſellſchaft gewiſſenhaft war, nahm jetzt ohne Bedenken ſtatt der Doppelflinte heimlich doppelte Kugeln; eine für ſich, eine für ſeinen Moitiſten, um durch dieſes Menſtruum den Adler niederzuſchlagen. — — „Der Satan „und ſeine hölliſche Großmutter," ſagt' er nach dem Schuſſe und brauchte gehörig die oben gedachte kühlende Methode. —

Er fußte nun auf ſeinen Miethsmann und gab ſeine Büchſe dazu her. Siebenkäs platzte hin auf — — „ alle Schock Teufel, ſagte der Sachſe, „ ſoll mich zerreißen," wobei er die Doſis der Teuſei wie die Kugeln ohne Noth gegen ſein Fieber verdoppelte. —

Beide ließen nun muthlos ihre Hoffnungen wie ihre Büchſen ſinken: den es waren mehrere

Prätendenten an diesen Thron vorhanden, als
man deren einmal unter dem Gallenus zählte, die
auf den römischen wollten und deren nur dreißig
waren. Die feuernde Septuaginta hielt abwech-
selnd entweder Schießröhre oder Sehröhre in Händen, um zu sehen, daß dieses im Himmel hängen-
de Sternbild mehr Kugeln einschließe, als das
astronomische des Adlers. Alle Gesichter der Zuschauer waren gegen diese Keblah des Vogels ge-
breitet, wie die jüdischen nach dem ruinierten Je-
rusalem. — Die alte Sabel saß ohne Kunden,
hinter ihrem Ladentisch voll Viktualien und guckte
selber hinauf. — Die ersten Nummern gaben sich
gar nicht die Mühe, ein Successivpulver wieder auf die Pfanne zu schütten — Firmian bejammerte die dumpfen im dicken Erdenblute
schwimmenden Menschenherzen, für die jetzt die
untergehende Sonne und der gefärbte Himmel
und die weite Erde unsichtbar waren, oder vielmehr eingekrochen zu einem zerhackten Holzkrunk:
das gewisseste Zeichen, daß ihre Herzen im ewigen
Gefängniß des Bedürfnisses lagen, war, daß niemand eine witzige Anspielung auf den Vogel oder
auf das Königwerden machen konnte. Der Mensch
kann nur an Dingen, die seine Seele ohne Ketten
lassen, Aehnlichkeiten und Beziehungen wahr-

nehmen. Firmian dachte: dieser Vogel ist für
dieses Volk der wahre Vorlaß mit dem Federspiel,
den ich versteigert habe, und das Geld liegt als
das Luder darauf. Er hatte aber doch drei Gründe, weswegen er gern König geworden wäre —
erstlich um sich todt zu lachen über seine Krönung
— zweitens seiner Lenette — und drittens des
Sachsen wegen.

Allmählich feuerte die zweite Hälfte der 70 Ältesten ab und die ersten Nummern luden doch zum
Spas. Kein Mensch schoß mehr ohne eine zwei-
spännige Ladung. Unsere zwei hanseatischen
Bündner näherten sich wieder dem Schusse und
Siebenkäs borgte sich, da der Abend immer dunkler wurde, eine schärfere Lorgnette, die er wie
einen Finder am Teleskop, auf die Büchse
schraubte.

Nro. 10. hob das Vogelpräparat aus der An-
gel, der Schießkloß klebte nur noch durch seine
Schwere daran, weil sie das Holz fast mit Blei
saturiert und inkrustiert hatten, so wie gewisse
Quellen Holz in Eisen umsetzen. —

Der Sachse durfte den Adler-Rumpf nur be-
streifen, so fuhr der Stößer nieder, ja nur die
Stange — ach, der Abendwind durfte nur einmal stark ausschnauben. Er legte an — zielte

ewig, (denn 50 fl. hiengen jetzt in der Luft) drückte los — das Zündkraut verloderte allein — die
Musikanten hielten schon die Trompeten wagrecht
und die Kompofizion fteilrecht. — die Jungen
ftanden schon um die Stange und wollten das
fallende Gerippe auffangen — der Pritschenmei-
fter konnte vor Erwartung keinen Spaß mehr
machen und seine ftaunende Seele saß mit oben
neben dem Federvieh. — der gepreßte Friseur
rückte wieder ab — — das Zündkraut brannte
wieder allein — er schwitzte, glühte, bebte, lud,
zielte, drückte und schoß — — entweder zwei,
oder drei Hasfurthische Ellen hoch über den Vogel
hinaus.

Er trat ftill und bleich und mit kalten Schweißen
zurück und that keinen einzigen Fluch; ja ich ver-
muthe, er schickte einige heimliche Gebete ab, damit sein Bundsgenoß das Federwildpret durch
Gottesgnade erangelte. —

Firmian trat hin, — dachte mit Fleiß an etwas anders, um seine pochende Erwartung an-
zuhalten — zielte nach diesem im Abenddunkel
schwebenden Anker seiner kleinen Sehnsucht. Nicht
lange — feuerte — sah den Block wie Fortunens
Rad sich oben dreimal umkreisen und endlich —
losspringen und herunterfliegen.

— Wie bei der Krönung der alten französischen Könige allzeit ein lebendiger Vogel in den Himmel flatterte; — wie bei der Apotheose der römischen Kaiser ein Adler aus dem Scheiterhaufen gen Himmel stieg: so flog bei der Krönung meines Helden einer herunter. — —

Die Jungen und die Trompeten schrien — der eine Theil des Volkes wollte den neuen König wissen und sehen, der andere strömte dem Hanswurste entgegen, der das zersplitterte Kugeln-Etui und Besteck, den Adlersbauch emporgehalten durch die Mitläufer trug — der Friseur lief schreiend entgegen, vivat der König, und sagte, er selber sei einer mit — und Firmian trat still unter die Thüre und war froh, aber gerührt . . . .

Jetzt ist es einmal Zeit, daß wir alle in die Stadt laufen und nachschauen, was Rosa, während der Ehemann den Thron bestieg, bei der Frau desselben gewann, ob einen schönern, oder einen Pranger, und wie viele Stufen er zu einem von beiden hinauf kam. —

Rosa klopfte vor Lenettens Thür an und schritt sogleich hinein, damit sie nicht erst heraus käme und sähe, wer da sei. „Er habe sich von der „Schützengesellschaft losgerissen, — ihr Mann „komme bald nach und er erwarte ihn hier —

„Die Büchse desselben sei wieder recht glücklich:‟
mit diesen Wahrheiten gieng er der Erschrocknen
entgegen, aber mit einer angenommenen vornehmen
kalten Zone auf dem Gesicht. Er gieng gleichgültig
in der Stube auf und ab. Er fragte, ob das
Aprilwetter sie gesund lasse, ihn matt' es mit einem schleichenden Fieber ab. Lenette stand furcht-
sam am Fenster, mit den Augen halb auf der
Straße, halb in der Stube. Er blickte im Vor-
beygehen nach ihrem Nähtisch und nahm ein rundes papiernes Haubenmuster und eine Scheere
und legte alles wieder hin, weil ihn einige Nadelbriefe anzogen. „Das ist gar Numero
„8, sagte er, diese Nadeln sind viel zu groß, —
„Madam *). — Man könnte die Köpfe zu Schrot
„N. 1. gebrauchen — Hier haben Sie Schrot
„Nr. 8., nämlich einen Brief N. 1. — Die Dame
muß mir danken, an der Sie ihn verstecken.”

Dann trat er schnell an sie und zog ein wenig
unter ihrem Herzen, wo sie einen ganzen Köcher
oder eine Dornenhecke von Nadeln zum Verlage
stecken hatte, eine kühn und gleichgültig heraus

---

*) Den Lesern sag' ichs, daß eine große Numer große
Nadeln, und den Leserinnen sag' ichs, daß eine große
kleinen Schrot anzeigt.

hielt sie ihr unter die Augen, und sagte: „Sehen
„Sie die schlechte Verzinnung: jeder Stich damit
„schwärt." Er warf die Nadel zum Fenster hinaus und machte Miene, die übrigen Nadeln aus
der Gegend des Herzens, worein das Schicksal
ohnehin lauter übel verzinnte drückte, herauszu-
ziehen und wohl gar seinen Nadelbrief in dieses
schöne Nähkissen zu schieben. Aber sie sagte mit
einer eiskalten Gegenwehr der Hand: „geben Sie
„sich keine Mühe." — „Ich wünschte, sagt' er,
und sah nach der Uhr, Ihr H. Gemahl käme: der
Königsschuß muß längst gethan sein."

Er nahm wieder den papiernen Hauben-Kar-
ton und die Scheere zur Hand, aber als sie ihm
mit einem Blicke voll Sorge, er verderbe ihr Muster, nachsah, holt' er lieber ein in Hippokrene ge-
tauchtes poetisches Blatt heraus und schnitt es
zum Zeitvertreib wie einen flachen Diamanten zu
konzentrischen Herzen in einer Schneckenlinie. Er,
der das Herz immer wie Auguren dem Opfer-
vieh zu stehlen suchte, denn wie einer Koketten
Herzen, wie Eidexen die Schwänze, nachwuchsen,
so oft er seines verloren, er hatte das Wort Herz,
das die Deutschen und die Männer fast zu erwäh-
nen scheuen, immer auf der Zunge oder Gemmen-
abdrücke davon in der Hand.

Ich glaube, er ließ die Nadeln und die vollge-
reimten Herzen darum da, weil die Weiber immer
mit Liebe an einen Abwesenden denken, dessen Nach-
laß ihnen vor Augen steht. Rosa gehörte unter
die Menschen beiderlei Geschlechts, die überall keinen Scharfsinn, keine Feinheit und keine Men-
schenkenntniß zeigen, außer in der Liebe gegen ein
fremdes Geschlecht.

Er katechisierte aus ihr jetzt allerhand Koch-
und Waschrezepte heraus, die sie trotz ihrer frommen Einsylbigkeit, mit aller Fülle von Wörtern
und Ingredienzien verschrieb. Zuletzt macht' er
Anstalt zum Remarsch und sagte: „die Zurück-
„kunft ihres Gemahls wär' ihm erwünscht, da er
„mit ihm über eine gewisse Sache nicht gut draus-
„sen auf dem Schießgraben unter so viel Leuten
„und im Beisein des H. v. Blaise sprechen könne."
— „Ich komme wieder," setzt' er dazu, „aber die
Hauptsache will ich Ihnen selber sagen," und setzte
sich mit Stock und Hut vor sie hin. Er wollte
eben anfangen, als er merkte, sie stehe: er legte
alles weg, um ihr einen Stuhl gegen über zu stellen. Seine Nachbarschaft schmeichelte wenigstens
ihrer Schneiderischen Haut: er roch paradiesisch,
sein Schnupftuch war ein Bisambeutel, und sein
Kopf ein Rauchaltar oder eine vergrößerte Zibeth-

kugel. So bemerket auch Shaw, daß das ganze Viperngeschlecht einen eignen Wohlgeruch aus-dampfe.

Er hob an: „Sie errathe leicht, daß es den fatalen Prozeß mit dem H. Heimlicher betreffe — Der H. Armenadvokat verdiene zwar in der That nicht, daß man sich für ihn verwende, aber er habe eine treffliche Frau, die es verdiene." (Er druckte „treffliche" durch einen flüchtigen Hand-druck mit Schwabacher) — Er habe das Ver-dienst, daß er den H. v. Blaise zu einem dreima-ligen Aufschub seines Neins gebracht, weil er sel-ber bisher nicht mit dem H. Advokat sprechen können — Endlich werde Blaise doch Nein sagen und die Erbschaft abschlagen — Darüber aber blut' ihm das Herz, zumal da er seit seiner Kränk-lichkeit zu vielen Antheil an allem nehme: er wisse recht gut, in welche mißliche Lage ihre (Lenettens) häusliche Verfassung durch diesen Prozeß gerathen; und er habe oft über Manches heimlich geweint — Er woll' ihr daher mit Freuden was sie zum Ko-stenverlage brauche, vorschießen" . . .

Die zitternde Lenette glühte vor Schaam über die Enthüllung ihrer Armuth und ihres Verpfän-dens. Er suchte die Wogen in ihr durch einige Tropfen glattes Oel zu stillen, und tadelte daher

seine Braut in Bayreuth vorläufig: „ Ich wün-
„ sche, sagt' er, daß sie, die zu viel lieset und zu
„ wenig arbeitet, in Ihre Schule der Haushal-
„ tung gehe. Warlich eine Frau von solchen Rei-
„ zen wie sie, die sie selber nicht kennt, von sol-
„ cher Geduld, von solchem häuslichen Fleiße sollte
„ ein ganz anderes Haushalten zum Spielraum
„ haben." Ihre Hand lag jetzt im Fußblock und
Personalarrest der seinigen still: die Demuth der
Dürftigkeit band ihr die Flügel, die Zunge und
die Hände. Seine Freundschaft und seine Hab-
sucht kannte bei Weibern keine Gränzsteine, die
er alle diebisch auszuheben suchte: die meisten
Männer gleichen in ihrem zerstörenden Hunger
dem Heher, der die Nelke zerrupft, um den Nel-
kensaamen aufzuhacken. Er drückte jetzt an ihr
niedergesenktes Auge einen langen feuchten Blick
der Liebe an, ließ ihn da noch fest, wenn sie es
aufhob, und brachte so absichtlich — indem er die
Augenlieder gewaltsam offen hielt, und noch dazu
an rührende Sachen dachte — mehr Tropfen aus
der Augenhöhle herauf als nöthig sind, k l e i n e r e
Kolibris zu erlegen. Jede erlogene Rührung wurde in ihm, wie in guten Schauspielern, eine wahre und jede Schmeichelei ein Gefühl der Achtung.
Er fragte, als er Tropfen genug im Auge und

genug Seufzer in der Brust verspürte: „Wissen
„Sie, warum ich weine?" Sie sah unschuldig-
und gutmüthig-erschreckend auf in seine Augen,
und ihre tropften. „Darüber, (fuhr er aufge-
„muntert fort) daß Sie kein so gutes Loos ha-
„ben, als Sie verdienen." — Egoistischer
Zwerg! jetzt hättest Du die bange-in allen Thränen einer langen Vergangenheit ertrinkende Seele
schonen sollen!

Aber er, der nur artistische, flüchtige, win-
zige Vexierschmerzen und nie erwürgende Quaalen
kannte, schonte die gequälte nicht. Was er indeß zur Brücke von seinem Herzen in ihres machen wollte, den Kummer, das war gerade der
Schlagbaum: ein Tanz, oder irgend ein fröh-
licher Taumel der Sinne hätte ihn bei dieser gemeinen rechtschaffnen Frau weiter gebracht, als
drei Kannen egoistischer Thränen. Er lud hof-
fend seinen blühenden mit Kummer befrachteten
Kopf, auf die Hände in ihren Schoos ab . . . .

Aber Lenette schoß in die Höhe, so daß er kaum
sich nachbringen konnte. Sie schauete ihm fra-
gend in die Augen . . . . rechtschaffene Frauen
müssen, glaub' ich, eine eigne Theorie über die Blitze der Augen haben, um die gelben der Hölle von
den reinen des Himmels abzusondern — unser Fi-

bertin wußte von seinem Auge so wenig, wie
Moses von seinem ganzen Antlitz, daß es blitze.
Ihr Auge fuhr gleichsam vor dem versengenden
fremden zurück: es ist aber auch meine historische
Pflicht — da so viele tausend Leser und ich selber
auf den wehrlosen Everard eindringen — es nicht
zu verbergen, daß Lenette den ganzen Abend an
die etwas rohen und freien Zeichnungen, die ihr
der Schulrath Stiefel von den Marschrouten aller Libertins, und besonders des gegenwärtigen
mit einer sehr breiten Reißkohle vorrassieret hatte, im Kopfe aufbreitete und über jeden Rück- und
Vorpas Rosa's argwöhnisch stützte.

Und doch werd' ich jetzt dem armen Schelm
mit jedem Worte schaden, daß ich weiter schreibe;
ja viele Damen, die aus den salischen Gesetzen
oder aus Meiners wußten, daß man sonst gerade so viele Strafgelder geben mußte, wenn man
die weiblichen Finger berührte, als wenn man
den männlichen mittlern weghieb, — nämlich 15
Schillinge, diese Damen, die schon über Rosa's
Finger-Drücken sich so sehr ereifert haben, und es
strafen wollen, diese werden vollends nicht zu versöhnen sein, wenn ich fortfahre; weil sie aus
Mallet *) wissen, daß sonst Leute, die wider frem-

____

*) Dessen introduction dans l'histoire de Dannemarc.

den Willen küßten, durch Urthel und Rechts-Lan-
des verwiesen wurden. — Ja viele jetzige Weiber beharren noch auf der Strenge der altteut-
schen Pandekten und verweisen den Lippendieb —
da in den Rechten*) Landesverweisung und
Verstrickung an Einem Ort einander ablösen
und ersetzen — zwar nicht aus dem Zimmer, aber
sie zwingen ihn doch darin zu bleiben: auf ähnliche Art verurtheilen sie einen Schuldner, dem sie
ihr Herz gegeben, und der's gar behalten will,
zum Einlager im Torus. — —

Der aufspringende Rosa hatte nach dieser Rien
nichts zur Entschuldigung seines Fehlers, mehr
übrig, als die Vergrößerung desselben — er um-
halste demnach die marmorne Göttin. ... Aber
es steht mir eine Bemerkung im Weg, die ich vorher machen muß. Viele gute Schönen beschirmen
nämlich ihr Versagen durch Gewähren: sie leisten,
um sich für ihren tugendhaften Feldzug selber zu
salarieren, in kleinern Dingen keinen Widerstand;
sie geben mehrere Besitzthümer und Verschanzun-
gen von Kleidern und Worten Preis, um geschickt
dem Feinde — zuvor zu kommen, und zu begeg-
nen, so wie kluge Kommendanten die Vorstädte

---

*) Art. 159. P. G. O.

abbrennen, um oben in ihrer Festung besser zu
fechten. —

Ich machte diese Reflexion blos, um zu bemerken, daß sie auf Lenetten gar nicht passe. Sie
hätte mit ihrem engelreinen Geiste und Körper
gerade zu in den Himmel eintreten können, ohne
sich erst umzukleiden: sie konnte ihr Auge, ihr
Herz, ihren Anzug, alles mit hinauf nehmen, nur
ihre Zunge nicht, die ungebildet und unbedacht-
sam war. Sie sträubte sich also gegen das Spo-
lium, das Eberard an ihren Lippen verüben wollte, auf eine Art, die für einen so kleinen Obstdieb-
stahl zu ernsthaft und zu unhöflich war, und die
es nicht so sehr gewesen wäre, wenn Lenette sich
des Schulraths grelle Weissagungen von Rosa
hätte aus dem Kopfe schlagen können.

Rosa hatte auf einen angenehmern Grad der
Weigerung gerechnet. Seine Hartnäckigkeit half
ihm nichts — gegen die größere. Ein Mücken-
schwarm von leidenschaftlichen Entschlüssen sauste
betäubend um ihn. Aber da sie endlich sagte —
sie wirds vom Schulrath haben: — „gnädiger
„Herr; es steht ja in den h. 10 Geboten, Du sollt
„Dich nicht lassen gelüsten nach deines Nächsten
„Weib:" so that er aus dem Kreuzwege zwischen
Liebe und Groll einen langen Sprung in seine —

Tasche und holte ein welsches Bouquet heraus. „So nehmen Sie nur, Sie häßliche unerbittli-„che, nur diese Vergißmeinnicht zum Angeden-„ken — mehr begehr ich beim Henker ja nicht." Er hätte den Augenblick mehr begehrt, wenn sie es nahm: aber sie drückte wegsehend den seidnen Strauß mit zwei Händen zurück. Jetzt wurde die Honigwabe der Liebe in seiner Seele zu ächtem Honigessig gesäuert; er wurde verflucht toll und warf die Blumen weit auf die Tafel hinüber und sagte: „es sind Ihre versetzten Blumen selber — „ich hatte sie ausgelöset bei der Tnratrizin — „Sie müssen sie wohl behalten." — Nun wich er von dannen, verbeugte sich aber und die wun-de Lenette thats auch.

Sie nahm den giftigen Strauß und besichtigte ihn am helleren Fenster — ach ja wohl waren es die Rosen und die Rosenknospen, an deren Eisen-dornen gleichsam das Blut von zwei zerstochnen Herzen hieng. Indeß sie so weinend und erliegend und mehr betäubt als aufmerksam durchs Fenster sah: nahm sie es Wunder, daß ihr Seelenpeini-ger, der laut die Treppe hinabgeflogen war, doch nicht herauskam aus der Hausthüre. Nach lan-gem aufmerksamen Lauern, worin die Angst wie ein Trost den Kummer überschrie und die Zukunft die

Vergangenheit, galloppierte pfeifend und mit der
Hutspitze gen Himmel zielend der gekrönte Haar-
kräußler daher und schrie einlaufend nur vorläufig hinauf: „Frau Königin!” Denn er mußte vor
allen Dingen in seine eigne Stube einbrechen, und
vier Leute auf einmal zu Königen ausrufen und
zu Königinnen. — —

Es ist nun Pflicht, den Leser in den Winkel
mitzunehmen, wo der Venner hockt. Er war von
Lenetten geradesweges zur Peruckenmacherin h i n
a b g e s t i e g e n, im doppelten Sinn, einer jener
gemeinen Frauen, die das ganze Jahr gar nicht
daran denken — denn kein Pferd muß so viel
wegarbeiten, wie Sie, — etwan untreu zu werden, und die es nur dann werden, sobald ein
Versucher kömmt, den sie weder locken noch fliehen, und die vielleicht beim nächsten Brodbacken
den Vorgang wieder vergessen haben. Ueberhaupt
ist der Vorzug, den die meisten weiblichen Honora-
ziores ihrer Treue vor der Treue der höhern Damen geben, eben so groß als zweifelhaft, da es
in den mittlern Ständen nur wenige Versucher
giebt — und nur rohe dazu. Rosa war — so
wie der Erdwurm *) zehn Herzen führt, die von

---

*) Der Bruder des D. Hunters fand sie. S. v. Ha-
lems Reise durch England.

einem Ende des Wurms bis zum andern langen — innen mit eben so viel Herzen besetzt und
gefüttert, als es Arten von Weibern giebt: für
feine, plumpe, fromme, indezente, für alle hatt'
er sein besonderes Herz zur Hand. Denn wie Lessing und andere so oft den einseitigen Geschmack
mißbilligen, und den Kunstrichtern einen allgemeinen predigen, der die Schönheiten aller Zeiten
und Völker empfindet, eben so dringen Weltleute
auf einen allgemeinen Geschmack für lebendige
zweifüßige Schönheiten, der keine Manier aus-
schließet, und den alle letzen. Den hatte der Venner. In seiner Seele war ein solcher Unterschied
zwischen seinen Empfindungen für die Peruckenmacherin, und zwischen denen für Lenetten, daß
er aus Rache gegen diese sich auf der Treppe vor-
setzte den Unterschied zur überspringen und zur
Hausherrin zu schleichen, deren engbrüstiger Mann
sich draußen für eine andere Krönung konföde-
rierte und abarbeitete. Sophia (so hieß sie) hatte
immer beim Buchbinder Perücken ausgekämmt,
wenn der Venner dort saß und schlechtere Roma-
ne brochieren ließ: da hatten beide einander durch
Blicke alles gesagt, was keine fremden verträgt.
Meyern trat mit der kühnen Miene in die kinder-
lose Stube, die einen Epopeen-Dichter verrieth,

II.   K

der sich über den Anfang wegsetzt. In der Stube
war ein Verschlag von Brettern, worin wenig
oder nichts war — kein Fenster, einige Wärme
aus der Stube, ein Wandschrank und das Bette
des Paars. —

Rosa hatte sich sogleich nach den ersten Kom-
plimenten unter die Thüre des Verschlags gestellet,
weil er so spät nicht gern jedem vorbeilaufenden
Auge — denn die Straße gieng dem Fenster vorbei — eine anstößige Vermuthung mitgeben wollte. Auf einmal sah Sophie ihren Gatten um das
Fenster rennen. Der Vorsatz einer Sünde verräth
sich durch überflüßige Behutsamkeit: Rosa und
Sophia fuhren so sehr über den Nenner zusammen, daß diese dem Edelmann rieth, in den Verschlag zurückzutreten, bis ihr Mann wieder auf
den Schießgraben zurück sei. Der Venner stol-
perte ins Allerheiligste zurück und Sophie stellte
sich unter die Pforte des Verschlags und that —
da ihr Mann die Thür aufmachte und hereintrat
— als wenn sie aus ihr heraus käme und zog
sie hinter sich nach. Er hatte kaum die Standes-
erhöhung ausgesprudelt, als er mit der Klage
entfloh: „die droben weiß es gar nicht." Die
Freude und ein schneller Trunk hatten seine lich-
testen Gedanken mit einem Heerrauch entkräftet

er lief an die Treppe hinaus, schrie unten hinauf — denn er wollte wieder zurück zur Schützen-Prozeſſion — „Madam Siebenkäsin!" — Sie eilte die Hälfte herab und hörte zitternd den frohen Bericht — und warf ihm entweder als Maſke der Freude, oder als eine Frucht der größern Liebe gegen den glücklichern Gatten — oder als eine andere, der Freude gewöhnliche, Frucht der Angſt die Frage hinab: ob H. v. Meyern noch drunten ſei. — „War er denn bei mir da?" ſagt' er — und ſeine Frau verſetzte ungebeten unter der Stubenthüre: „War er denn im Hauſe? — Lenette antwortete argwöniſch: „Hier oben — aber er iſt noch nicht hinaus."

Der Friſeur wurde mißtrauiſch — denn Hektiker trauen keiner Frau und halten wie Kinder jeden Schornſteinfeger für den Teufel mit Hörnern — und ſagte: „es iſt nicht richtig, Sophel!" Die kurze Hirnwaſſerſucht vom heutigen Trinken und der halbe Antheil am Throne und an den 50 fl. verſtärkten ſeinen Muth ſo ſehr, daß er ſich innerlich vorſetzte, den Venner auszuprügeln wenn er ihn in einem illegalen Winkel ertappte. Er machte demnach Entdeckungsreiſen — erſtlich im Hausplatz, und ſeine Fährte und Witterung war Roſas parfümierter Kopf — er folgte der

Weihrauchswolkensäule in die Stube nach und merkte zuletzt, der Ariadnensfaden, der Wohlgeruch, werde immer dicker und hier unter diesen Blumen liege die Schlange, wie überhaupt nach Plinius*) wohlriechende Wälder Nattern beherbergen. Sophia wünschte sich in die unterste von Dante's Höllen hinab, aber im Grunde saß sie ja schon drunten. Dem Friseur leuchtete ein, daß ihm, halte sich der Venner einmal im zugeklappten Maisenkasten des Verschlages auf, daß ihm dann der Petz gewiß bleibe im Bärenfang: und er sparte sich also bis zuletzt das Gucken in diesen auf. Es ist historisch gewiß, daß er ein Frisiereisen ergriff, um mit diesem Visitiereisen den Kubikinhalt des finstern Verschlages zu messen. Drinnen schwenkt' er im Dunkeln die Zange wagrecht, stieß aber an nichts. Darauf schob er die Sonde oder den Sucher in mehr als einen Ort hinein, zuerst ins Bette, dann unter das Bette, brauchte aber jedesmal die Vorsicht, daß er die Beißzange, die nicht glühend war, auf- und zubrückte, falls etwan eine Locke im Finstern zwischen die zwei Tellereisen fiele. Der Kloben fieng nur Luft. Jetzt kam er an einen Wand- und Kleiderschrank, dessen Thüre seit sechs

---

*) Pl. H. N. XII. 17.

Jahren aufklafte: denn da in diesem lüderlichen Haushalten der Schlüssel vor eben so vielen Jahren verloren war, so mußte das Einschnappen des Schlosses verhütet werden; aber heute war die Thüre eng angezogen — der schwitzende Venner thats und stand darin — Der Friseur drückte sie gar ins Schloß hinein und jetzt war das Zuggarn über die Wachtel gezogen.

Der Friseur konnte nun ruhig machen was er wollte, und allen Geschäften gelassen vorstehen: denn der Venner konnte nicht 'raus.

Er sandte die blutrothe widerbellende Sophia an den Schlosser und dessen Mauerbrecher ab; sie war aber des festen Vorsatzes, blos eine Lüge statt des Schlossers mitzubringen. Nach ihrem Abmarsch holt' er den Altreiß Fecht herab, damit dieser zugleich der Zeuge und der Meßhelfer dessen wäre, was er im Schilde führte. Der Schuhflicker schlich in die Stube nach. Der Hektiker gieng in den Kanarienbauer hinaus und redete den im Bauer selber inhaftierten Vogel an, indem er mit der Zange an die Pforte der Engelsburg klopfte: „gnädiger Herr, ich weiß, Sie sitzen dar= „in — regen Sie sich — jetzt bin ich noch mut= „terseelen allein — ich breche still mit der Zange „den Schrank auf und lasse Sie fort." — Er legte das Ohr an die Thüre dieses Spanhaus und sagte, als er den Arrestanten seufzen hörte: „Sie schnaufen jetzt, gnädiger Herr — denn ich „lieg’ an der Thür — wenn der Schlosser kömmt „und aufbricht, so sehen wir Sie alle und ich rufe „das ganze Haus her — Ich verlange aber nur „ein Geringes, — und lasse Sie im Stillen her- „aus springen, blos Ihren Hut will ich, und eini- „ge Groschen Geld und Ihre Kundschaft.“

— Endlich klopfte der Baugefangene innen an seine Klosetthüre und sagte: „Ja, ich stecke hier- „innen. Laß’ Er mich nur heraus, Er soll alles „haben. — Ich will von innen mit aussprengen.“ Der Perückenmacher und der Altreis setzten das Brechzeug am Sprachgitter des Burgvertieffes an und der Inhaftat stieß von innen heraus: wäh- rend dem Erbrechen der Jubelpforte unterhandelte der Friseur weiter und verfällete den Gefangnen in die Kosten des Schlosserlohns — und endlich setzte Rosa wie eine armierte Pallas, aus dem ge- öfneten Kranium ans Licht. „Ohne mich, sagte „Fecht, hätt’s der Hausherr gar nicht aufge- „bracht.“

Rosa machte große Augen über diesen Neben- Erlöser aus dem Personalarrest — nahm den wohlriechenden Hut ab, (den der berauschte Fri-

seur auf seinen Kopf und also in den Reglarrest
setzte) — warf beiden aus der Westentasche einige Tropfen vom goldnen Regen zu — und eilte,
aus Furcht vor ihnen und dem Schlosser, cha-
pequbas, im Finstern nach Hause. — Der Friseur aber, dessen Scheitel nahe an der dreifachen
Krone der vorigen Kaiser*) und der jetzigen Päb-
ste war — denn der Vogel warf ihm die Krone
zu, der Venner den Hut, und die Frau wollt' ihm
auch etwas aufsetzen — der Friseur gieng wohl-
gemuthet mit der neuen Märtyrerkrone aus Filz,
die er schon unter dem ganzen Schwenkschießen
dem Venner beneidet hatte, in den Schleßgraben
hinaus, um wieder herein zu ziehen mit seinem
Nebenkaiser unter seinen Reichskindern und Hin-
tersassen.

Der Friseur nahm seinen einem Vicere anstän-
bigen Hut vor dem königlichen Bruder, Siebenkäs, ab und erzählt' ihm einiges. Der Heimlicher

---

*) Bekanntlich wurde dem römischen Kaiser eine goldne
Krone in Rom aufgesetzt, eine silberne in Aachen,
eine eiserne in Pavia. Ein König hat einen Kopf,
der alle Kronen zu tragen vermag, Kronen von allen Ländern, von allen Metallen, sogar von Queck-
silber.

v. Blaise lächelte, wie Domizian heute freundlicher als jemals, wobei dem Vogelkaiser nicht wohl ward: denn Freundlichkeit und Lächeln macht das Herz wie spiritus nitri das Wasser kälter, wenn es kalt war, und wärmer, wenn es warm war — von einer solchen Freundlichkeit war nichts zu erwarten als ihr Widerspiel, wie in der alten Jurisprudenz *) die größere Frömmigkeit einer Frau blos bedeutete, daß sie mit dem Teufel einen Bund gemacht. Aus den Marterwerkzeugen Christi wurden heilige Reliquien — oft werden aus solchen Reliquien der Heiligen erst die Torturinstrumente. — Der herrliche Zug gieng unter dem nickenden Blitzen des ganzen wankenden Sternenhimmels, in den neue Sternbilder zerplatzender Raketen aufzogen. Die Nummern, die nach dem Könige den Schuß gehabt, feuerten in die Luft und salutierten mit dieser Kanonade gleichsam das königliche Paar. Die zwei Könige giengen neben einander und der zur Perückenmacherinnung zünf-

---

*) Zanger und Hell vermuthen aus dem häufigern Seufzen beim Namen Jesu, aus dem frühen Kommen in die Kirche, aus dem späten Gehen, nichts Gutes: etwas ist an der Sache und ein solches Subjekt nicht ganz vom Teufel rein.

tige konnte vor Freude und Bier nicht recht ste‹
hen, sondern hätte sich gern auf einen Thron ge‹
setzt — — Aber darüber, über diese 70 Jünger
des Ackers und über die zwei Reichsvikarien, ver‹
säumen wir ganz andere Dinge. —

Nämlich die Stadtsoldaten, die mit dabei sind
— eigentlich die Marktfleckssoldaten. — Ich
will viel über sie denken und nur halb so viel sa‹
gen. Eine Stadtmiliz, eine Landmiliz, besonders
die Kuhschnappelische ist ein ernsthafter Heerbann,
der blos zur Verachtung der Feinde gehalten wird,
indem er ihnen unhöflich stets den Rücken, und
was darunter ist, zukehrt, so wie auch eine gut
geordnete Bibliothek nur Rücken zeiget. Hat der
Feind Herz: so verehret der Heerbann wie der
tapfere Sparter die Furcht; und wie Dichter und
Schauspieler den Affekt selber heftig empfinden und
vormachen müssen, den sie mitzutheilen wünschen;
so sucht der besagte Bann das panische Schrecken
erst selber zu zeigen, in das er Feinde versetzen will.
Um nun einen solchen Kriegsknecht oder Friedens‹
knecht in der Mimik des Erschreckens zu üben, wird
er täglich am Thore erschreckt: man nennt es ab‹
lösen. Ein Friedenskamerad schreitet gegen das
Schilderhaus und fängt Feld- und Friedensge‹
schrei an und macht nahe vor seiner Nase feind-

liche Bewegungen: der wachhabende schreiet auch, macht noch einige Lebensbewegungen mit dem Gewehr und streckt es sodann und läuft davon; der Sieger aber behauptet in der kurzen Winterkampagne das Schlachtfeld und nimmt den Wachtrock um, den er jenem als Beute ausgezogen. Allein damit nicht einer allein auf Kosten der andern erschrocken werde: so wechseln sie mit dem Siegen ab. Ein solcher Krieger voll Gottesfrieden kann oft im Kriege sehr gefährlich werden, wenn er gerade im Laufen ist und sein Gewehr mit dem Bajonet zu weit wegwirft und so den zu kühnen Nachsetzer harpuniert. Kostbare Milizen dieser Art werden zu ihrer größern Sicherheit an öffentliche Plätze, wo sie unverletzlich sind, z. B, unter die Thore gestellt, und so werden solche Harpunierer recht gut von der Stadt und ihrem Thor bewacht; wiewohl ich doch oft, wenn ich vorbei gieng, gewünschet habe, man sollte einem solchen Ritterakademisten einen starken Knüttel in die Hände geben, damit er etwas hätte, womit er sich widersetzen könnte, falls ihm ein Durchreisender sein Gewehr nehmen wollte.

Manchem wird es vorkommen, als ob ich auf diese Art die Mängel der Landmilizen nur künstlich verdeckte und ich mache mich darauf gefaßt;

aber es ist nicht schwer einzusehen, daß dieses Lob auch auf alle kleine, auf der Fürstenbank stehende Heere reiche, die angeworben werden, damit sie anwerben. Ich will mich darüber jetzt auslassen. Villaume giebt Pädagogen den Rath, die Kinder „Soldatens" spielen zu lehren, sie exerzieren, kampieren und Wache stehen zu lassen, um sie durch dieses Spiel an gelenke und feste Stellungen des Körpers und Geistes zu gewöhnen, d. h. um sie gerade zu richten und abzuhärten. In Kampe's Institut ist dieses Soldatenspiel schon lange für Eleven im Schwung. War es denn aber H. Villaume so wenig bekannt, daß diese Schulexerzizien, die er uns vorschlägt, schon längst von jedem guten kleinen Reichsfürsten eingeführet waren? Glaubt er denn, es ist etwas neues, wenn ich ihn versichere, daß die Fürsten junge starke Kerle, so bald sie die heilige Länge haben, abholen und exerzieren lassen, um ihre Landeskinder Mores, Stellung und alles zu lehren, was in der Kreuz- und Fürstenschule des Staats erlernet werden muß? In der That verstehen oft in den winzigsten Fürstenthümern und Reichsgauen die Soldaten alles, was zu wirklichen gehört, sie präsentieren ihr Gewehr, stehen aufrecht an Portalen und können rauchen, wenn nicht feuern, lauter Dinge, die ein Pudel leicht erlernt, aber ein Bauerntölpel schwer. Ich leit' es aus diesen Kriegsübungen her, daß sich viele sonst gescheute Männer bereden ließen, die Vexier-Soldateska kleiner Reichsstände für eine wirkliche ernsthafte zu halten, da sie doch sonst hätten sehen müssen, daß mit so kleinen Heeren weder ein kleines Land zu vertheidigen noch ein großes anzufallen sei und daß es auch dieses gar nicht brauche, weil in Deutschland die Parität der Religionen schon die Parität der Mächte vertritt. — Hunger, Frost, Blöße, Strapazen sind die Vortheile, welche Villaume durch das Soldatenspiel seinen Zöglingen, als eben so viele Schulen der Geduld zu schaffen meint: das sind ja aber eben gerade die Vortheile, die die Staats-Realschule für die oben gedachten jungen Kerlen und noch besser als Villaume gewinnt, und darauf zweckt ja alles ab. Es ist mir recht gut bekannt, daß häufig ein Drittel des Landes gar nicht enrollieret und mithin in nichts geübt wird; es ist aber auch das wahr, daß, wenn es nur einmal so weit gebracht ist, daß zwei Drittel des Landes die Flinte statt der Sense auf der Achsel haben, daß alsdann dem letzten Drittel, weil es beträchtlich weniger zu mähen, zu dreschen und zu leben hat, die gedachten Vortheile

(des Hungers ꝛc.) faſt gratis zuwachſen, ohne
daß das Drittel einen einzigen Schuß thut. Man
verdielfältige nur in einem Lande — in einem
Ländgen — in einer Land⸗ — in einer Marg⸗ —
in einer Grafſchaft die Kaſernen in hinreichender
Anzahl: ſo werden ſich von ſelber die reſtierenden
Häuſer als Fuggereien und Wirthſchaftsgebäude
um die Kaſernen anlegen, ja als ächte Klöſter,
worin die drei Kloſter⸗Gelübde — es iſt niemand
Pater Provinzial als der Fürſt — nicht ſo wohl
abgelegt als gut gehalten werden.

Wir hören jetzt die 2 Reichsvikarien in ihre
Behauſung treten. Der Friſeur züchtigt ſeine Frau
mit nichts als mit dem Rapport der Sache und
zeigt ihr den Hut. Der Advokat belohnte die ſei⸗
nige mit dem Kuſſe, den ſie andern Lippen abge⸗
ſchlagen. Sie machte ihm, wenn nicht mit der
Erzählung, doch mit der Erzählerin eine Freude
und verſteckte überhaupt nichts als das italieni⸗
niſche Bouquet und deſſen Erwähnung — ſie woll⸗
te ſeinen frohen Abend nicht trüben und ihn nicht
auf die Schmerzen und Vorwürfe jenes andern
bringen, wo ſie es verpfändete — Ich hatte mit
vielen Leſern erwartet, Lenette werde die Bothſchaft
der Thronbeſteigung viel zu kaltſinnig aufnehmen
— ſie betrog uns alle: viel zu freudig that ſie's;

aber aus zwei guten Gründen: sie hatte die Nachricht schon vor einer Stunde erhalten und also hatte das erste weibliche Trauern über eine Freude, der Freude darüber schon Platz gemacht, denn Weiber gleichen dem Thermometer, das in einer schnellen Wärme einige Grade sinket, eh' es um viele ordentlich steigt. — Der zweite Grund, der sie so nachgiebig und theilnehmend machte, war ihr beschämendes Bewußtsein der vorigen Visite und des verhehlten Bouquettes: denn man ist oft hart, weil man stark war, und übt Toleranz — weil man sie braucht. — Nun wünsch ich der ganzen königl. Familie wohl zu schlafen und gesund im achten Manipel zu erwachen.

Achtes Manipel.

Bedenklichkeiten gegen das Schuldenbezahlen — Ehren-
feierlichkeiten — welsche Blumen auf dem Grabe —
neue Distel-Setzlinge des Zanks.

Siebenkäs, ein König und doch ein Armenadvokat und holzersparendes Mitglied, stand den
Morgen als ein Mann auf, der die Spesen 2c.
abgerechnet, baare 40 fl. frk. jede Stunde auf den
Tisch legen konnte. Er genoß den ganzen Vormittag das für Tugendhafte mit einem besondern
Reize versetzte Vergnügen, Schulden abzutragen
— erstlich beim Sachsen die Hausmiethe — bei
den Fleischern, Bäckern und andern Krankenwär-
tern unserer dürftigen Maschine die kleinen
Duodezrechnungen. Denn er glich den vor-
nehmsten Personen, die von den geringsten nur
Viktualien borgen und kein Geld, wie manche

Richter nur mit jenen, nicht mit diesem zu be-
stechen sind.

Daß er übrigens seine Schulden abführt, kann
ihm keiner verdenken, der weiß, daß er von ge-
ringem oder gar keinem Herkommen ist. Von einem Manne von Stande erwartet man, als seiner
anständiger, nicht daß er seine Zinsen bezahle —
wozu ihn die Kreuzzüge verbinden, worin seine
ältern Ahnen mit dienten und folglich, blos unter
den römischen Stuhl eingepfarret, nichts zu ver-
zinsen brauchten — am wenigsten seine Schuld-
posten. Denn einem Mann von feinem Ehrgefühl,
z. B. einem Hofmann etwas borgen, heißet dieses
Gefühl mehr oder weniger verlehren. Diese Beleidigung seines Gefühls sucht der feine Mann zu
verzeihen und will sich also die gänze Beleidigung
sammt ihren Umständen ganz aus dem Sinne
schlagen: erinnert ihn der Beleidiger seines Ehrgefühls daran, so stellet er sich mit wahrer Feinheit, als wiss' er kaum, daß er beleidigt worden.
Hingegen röthe Landjunker und Offiziere auf dem
Marsch zahlen wirklich aus; und schlagen sich —
wie in Algier, wo jeder Münzgerechtigkeit hat —
die Münzsorten dazu selber. Auf Malta ist eine lederne Münze, von 16 Sous in Werth, gäng und
gäbe, deren Randschrift heißet: non *aes sed fi-*
des

des *): diese suchtene Münze, wiewohl nicht rund,
sondern lang ausgeprägt wie spartisches Geld;
— daher sie noch häufiger unter dem Namen der
Hunds- und Reitpeitschen vorkömmt — zählen
Landsassen und Personen vom Dorfadel ihren Kut-
schern, Juden, Schreinern und andern Leuten,
denen sie schulden, so lange auf, bis Gläubigere
befriedigt sind. — Ja, ich stand schon am Tische
und sah, daß Officiere, die auf Ehre hielten, den
Degen von der Wand oder Hüfte nahmen und
damit den Stiefelwixer, der sein Geld wollte; es
in gedachter antiquarischer Rechnungsmünze —
und schon bei den tapfern Spartern waren Waf-
fen zugleich Münzen — wirklich hinzahlten, wobei noch dazu der Mann viel besser gewixet wurde
als die meisten Stulpenstiefeln, wofür er einfoderte.
Und sollt es im Ganzen und moralisch gesprochen,
ein Fehler sein, wenn auch Militairpersonen vom
höchsten Range ihre kleinern Schulden abführen
und oft dem winzigsten Mannsschneider, der Metall begehrt, die eiserne Elle aus den Händen
nehmen und ihm — indem sie ihn noch dazu ge-

---

*) Etudes de la Nature, T. III. p. 220. Der Ver-
faßer, ein Schüler Rousseaus, ist für Freunde
Rousseaus.

II.   L

rade mit dem Maaße messen, womit er sie und ihre Pelze maaß — nicht bloße Rechnungsmünzen oder auch Assignaten, sondern ein Metall, was das reiche Peru nicht hatte, nämlich besagtes Eisen als gutes Geld, wenn nicht in die Hand drükken, doch an einem Ort, der Konkursmassen tragen kann? Wenigstens hatten die Britten keine andere Münze als lange Eisenstäbe: kürzer ist die arabische Münze von Drath, Larin genannt, einen Zoll lang, 16 kr. im Werth (S. Eulers Wechselenzyklopädie). — Auf Sumatra sind die Schädel der Feinde unsere Lö'rs und die Kopf-Stücke; sogar dieses Schätzgeld, den feindlichen Schädel des Professionisten, der etwas geliefert hat, greift oft der edlere Schuldner an, nur um diesem genug zu thun. In der Kautelarjurisprudenz und im allerneuesten preuß. Gesetzbuch fehlet gleichwohl die Kautel: daß ein Kreditor sich im Schuldschein sogleich ausbedinnen solle, in welchem von den zwei gangbaren und alternierenden Geldsorten er von seinem hohen Gemeinschuldner wolle befriedigt werden, ob in Metall oder in Prügeln. . . . .

Siebenkäs hatte diesen Donnerstags-Morgen eine kitzelnde Disputiersübung über das halbe Herz oder halbe Schwein des Kardinalprotektors, das

ihm der Unterkönig, der Friseur, aufdringen wollte, um gewisser den halben Königsschuß zu bekommen: Als der Sachse den Schuß hatte, die
25 fl., stritt er kälter und ließ sich endlich gefallen,
daß künftigen Sonntag das halbierte Thier oder
in Firmians Stube von ihm, von den übrigen
Hausleuten und von den zwei Schützen-Landes-
pätern und -müttern in Gesellschaft des Schul-ra-
thes rein wie ein jüdisches Osterlamm sollte —
aufgezehret werden. —

Die Blumengöttin unserer Tage nahm jetzt einige Fingerspitzen voll Gesämesener Blumen, die
schnell aufgehen und die wie die Christwurzel oder
Nieswurz im jetzigen Dezember blühen, und säete
sie neben den Steig, den Firmian am häufigsten
gieng — — Aber wie lange, Freudiger! wird
die erzwungne Blüte an Deinen Tagen hängen bleiben? Und wird es Deinem philosophischern Dio-
nys und Brodbaum, der an der Stelle der
Klageiche gesetzet ist, nicht wie anderen abgehaue-
nen Bäumen ergehen, die man auch am Andreastage in die Stube und in Kalkwasser pflanzt und
die nach einem flüchtigen Ertrag von gelbem Laub
und dumpfer Blüte auf immer verschmachten? —

Den Schlaf, den Reichthum und die Gesundheit genießet man nur, wenn sie unterbrochen wer-

den: Bloß in den ersten Tagen, nachdem die Bür-
de der Armuth oder Krankheit abgeladen ist, thut
dem Menschen das Aufrechtstehen und das freie
Athmen am sanftesten. Diese Tage währten bei
unserem Firmian bis zum Sonntag. Er mauerte
einen ganzen Kubikfuß von der Teufelsmauer in
seiner Auswahl aus des Teufels Papieren auf —
er rezensierte — er prozessierte — er wachte listig
über den Hausfrieden, den die Einlösung der
Pfänder hätte stören können. Das will ich zuerst
erzählen, und dann erst das Plato's Gastmal am
Sonntag. Er handelte nämlich schon am
Königstage eine Duzenduhr für 21 fl. an sich,
um sein Geld nicht — nach und nach auszuge-
ben; er wollte überhaupt einen Hoffnungsanker
in die Uhrtasche auswerfen. Als nun die Frau
darauf antrug, die Saladière, die Heringsschüs-
sel und andere Pfänder auszulösen, und da das
nicht mit Kässen sondern mit seinem halbierten
Kapitale geschehen mußte: so sagt' er: „ich bin
„zwar nicht dafür — im Kurzen trägt sie die alte
„Sabel wieder fort — aber wenn Du willt, so thu'
„es immer, ich stelle Dirs frei.” Hätt' er sie be-
kriegt, er hätte gemußt; so aber, da er ihr das
meiste Geld in ihren Beutelhälfter goß und —
und da sie die wachsende Ebbe täglich ansich-

nete — und da sie sich) alle Tage an die Auslösung machen konnte: so machte sie sich eben nicht
daran. Die Weiber schieben gern auf und die
Männer fahren gern zu: bei jenen gewinnt man
durch Geduld, bei diesen, z. B. bei Ministern,
durch Ungeduld. Ich erinnere hier alle deutsche
Ehemänner, die etwas nicht auslösen wollen, noch
einmal daran, daß ichs ihnen klar gesagt habe,
wie sie mit ihren schönen Widerbellerinnen umzu-
springen haben.

Jeden Morgen sagte sie: „ei warlich, wir
„sollten doch einmal nach unsern Tellern schicken."
Und er antiphonierte: „meinetwegen nicht, ich
„lobe Dich eher deswegen." So gestaltete er seinen Wunsch in ein fremdes Verdienst um. Firmian hatte Kenntniß des Menschen, nicht der
Menschen — er war bei jedem neuen Weibe verlegen, aber nicht bei einem alten — wußte genau,
wie man unter gebildeten Leuten sprechen, gehen,
stehen müsse, bracht' es aber nicht nach — nahm
jede fremde äußere und innere Unbehülflichkeit wahr
und behielt seine — wurde, wenn er seine Be-
kannten Jahre lang mit Welt und Ueberlegenheit
behandelt hatte, erst auf Reisen innen, daß er, un-
ähnlich dem Weltmann, über Unbekannte nichts
vermöge — — Was soll ich viel Worte machen? Er war ein Gelehrter. —

Der Sonntag erschien und die Gäste dazu, die das halbe Herz der babylonischen Hure waschen wollten. Aber an diesem Tage trieb sein Schicksal eine Wolke, so groß wie das Ochsenauge am Kap, unter seinem Horizont herauf, und im Wolkenzug lag der Stoff zu Gewittern und Stürmen. —

Wenn die dreizehn vereinigten Staaten, nämlich ihre 13 Deputierten mit einander an einem runden Tische auf etwas, das sie ausgemacht, noch ein Abendmal nehmen — und durch diese Deputierte wird wenigstens so viel ausgemacht, daß, wenn 13 Leute an einem Tische speisen, der dreizehnte darum nicht sterbe: — so halten es die vereinigten Freistaaten, weil sie aus 13 Kassen spielen, leicht aus, daß ihre Abgeordnete so traktieret werden, wie — Firmians Leute in seiner Stube. — Es ist angenehm, das Weidevieh grasen zu sehen, aber nicht den Nebukadnezar, so bald er als eines herumgeht; und so ist es nur widrig, den feinern Mann, nicht aber das arme Volk mit zu vieler Lust auf der Wiese des Magens, am Eßtisch weiden zu sehen. Sie waren alle einig, sogar alle Eheleute; denn es ist der Hauptzug des gemeinen Volks, einander in 24 Stunden 12 Friedensinstrumente und eben so viel Manifeste zu schicken, und besonders jedes Essen zu einem Liebes-

und Versöhnungsmahl zu veredeln. Firmian sah in gemeinen Leuten gleichsam eine stehende Truppe, die Shakespears Lustspiele gab, und er glaubte hundertmal, dieser Theaterdichter sei der unsichtbare Souffleur derselben. Firmian hatte schon lange nach dem Vergnügen geschmachtet, eine Freude zu haben, von der er an arme Personen etwas weggeben konnte: er beneidete den reichen Britten, der für eine Schenke voll Taglöhner die Zeche bezahlt, oder der wie Zäsar ganze Dörfer freihält: Der Hausarme giebt dem Straßenarmen, der eine Lazzarone dem andern, wie Schaalthiere der Wohnplatz anderer Schaalthiere und Regenwürmer die Wohnerde kleinerer Würmer sind.

Abends kam der Pelzstiefel, der zu gelehrt war, um zwischen ungelehrten Plebejern Schweinfleisch oder einen Scheffel Salz zu essen. Nun konnte doch Siebenkäs wieder einen Einfall haben, den niemand verstand als der Pelzstiefel. Er konnte doch den Staaten-Perpendikel, den Szepter, und die bunte Glaskugel des Reichsapfels auf den Tisch legen und als Eß- und Vogelkönig *) sagen,

---

*) Griechen und Römer hatten bekanntlich bei Gastmalen einen Zeremonienmeister oder Speise-Consalloniere, dessen Regierung so lange dauerte als das Essen.

sein langes Flughaar diene ihm, wie den fränki-
schen Königen, statt der Krone, die sein Hausherr
geschossen — er konnte behaupten, die Einrichtung, daß blos der, unter dessen Händen der Adler stirbt, König werde, das sei offenbar eine
Nachahmung des Ordens der fraticellorum
Beghardorum, die nur den, in dessen Händen
ein Kind umkam, zum Pabst ernannten *) — er
könne zwar über den Reichsmarktflecken Kuhschnappel nicht so lange, sondern 14 Tage kürzer,
regieren, wie der König in Preußen über das
Reichsstift Elten, der darüber jährlich 15 Tage
herrsche — er habe zwar eine Krone mit Einkünf-
ten, die sehr herabgesetzt und in Wahrheit um die
Hälfte beschnitten wären und gleiche zu sehr dem
großen Mogul, der sonst jährlich 226 Millionen
einnahm und jetzt nur das Einhundertunddrei-
zehntel davon — aber bei seiner Krönung sei
doch statt aller schlimmer Gefangenen ein einziger
guter losgelassen worden, er selber — und er sei

---

*) Wolf. Memorab. Cent. XIII. p. 540. Es ist frei-
lich nur Verläumdung; aber in den finstern Zeiten
griff man mehr die Handlungen und jetzt mehr die
Lehrsätze der Ketzer an, weil jetzt Rechtgläubige und
Andersgläubige doch wenigstens — im Handeln
übereinkommen.

wie Peter II. von Arragonien mit nichts schlech-
terem gekrönt worden, als mit Brod *) — unter seiner ephemerischen Regierung sei niemand ge-
köpft, bestohlen oder todtgeschlagen worden und
was ihn am meisten freue, er stelle einen Fürsten
der alten Deutschen vor, der freie Leute beherrsch-
te, vertheidigte und vermehrte und selber darunter gehörte ꝛc.

Die Kehlen in diesem königlichen Apartement
wurden gegen Abend hin immer lauter und trock-
ner — die Rauchfänge am Munde, die Pfeifen,
machten die Stube zu einem Wolkenhimmel und
die Köpfe zu Freudenhimmeln — draußen lag die
Herbstsonne mit geflammten warmen Flügeln auf
der nackten kalten Erde, um den Frühling eher
auszubrüten — die Gäste hatten die Quinterne,
nämlich die 5 Treffer der 5 Sinne aus den 90
Nummern oder 90 Jahren des Lebenslotto gezogen
— jedes darbende Auge funkelte, und in Firmians Seele trieben die Knospen der Freude alle
ihre Häute aus einander und schwollen blühend.

---

*) Diese Krönung des Peters mit ungesäuertem Brod
(S. Jäger historisch. Tabell.) ist wie die jetzigen
mit den Surrogaten des Brods nichts als eine rhe-
torische Figur, die pars pro toto heißet.

heraus — — — Die tiefe Freude führt allezeit die Liebe an ihrer Hand, und Firmian sehnte sich heute unaussprechlich mit seinem freudetrunkenen schweren Herzen an Lenetten ihres, um an ihrer Brust alles zu vergessen, was ihm mangelte, oder auch ihr.

Alle diese Umstände wehten ihm einen sonderbaren Einfall in den Kopf. Er wollte nämlich das verpfändete seidne Blumenwerk heute auslösen, und es draußen in irgend eine schwarze Stätte pflanzen, an die er Lenetten noch abends — und wärs zu Nachts — scherzend führen wollte, um sie in ein schönes frohes Erstaunen über solche Blüten zu setzen. Er schlich sich auf den Weg zum Leihhaus; aber — da jeder Entschluß anfangs mit einem Funken in uns anfängt und mit großen Blitzen beschließet — so besserte er unterwegs den Vorsatz der Auslösung in den ganz andern um, sich wahre natürliche Blumen zu erhandeln und diese als ein Ziel in den nächtlichen Spaziergang einzustecken. Weiße und rothe Rosen konnt' er aus dem Treibhause eines Hofgärtners des Fürsten von Oettingen-Spielberg, der erst in den Ort gezogen war, recht leicht bekommen. Er gieng um die mit Blüten verhangnen Glasdächer herum und zum Gärtner und — erhielt was er wollte, blos keine Vergißmeinnicht; die der Mann natürlich den Wiesen überlassen hatte. Und Vergißmeinnicht waren zur Runde der liebevollen Illusion unentbehrlich. Er gieng daher mit dem authentischen Herbstflor zur Taxatrizin, in deren Händen seine Seidenpflanzen waren, um die todten tauben Eccons-Vergißmeinnicht in lebende Rosen einzubinden. Als er hin kam und die Taxatrizin darum angieng: vernahm er staunend, in seinem Namen habe das Pfand schon der H. v. Meyern eingelöset und mitgenommen, und ein so großes Pfandgeld dagelassen, daß die Taxatrizin sich bei dem Advokaten noch heute bedankte. Er fluchte wenig; auch gab sein frohes von der Liebe bewohntes Herz nicht zu, daß er die unschuldige Betrogene anfuhr. Er errieth nichts von dem, was ihm Lenette verschwiegen und war toll, daß zwischen Rosa's diebischen Fingern das schöne Pfand seiner reinen Liebe blühe. Er gieng aber nicht fort, bis ihm die höfliche Frau fremde Papier-Vergißmeinnicht zugeführet hatte. Draußen war er mit sich über die Pflanzstadt der Blumen streitig: er wünschte, er hätte in der Nähe ein frisch aufgeackertes Beet mit Modererde vor sich, deren dunkler Grund das Blumenroth und Blumenblau erhöbe. Endlich sah er ein Feld,

daß, im Winter und Sommer und in der größten Kälte zu Beeten aufgerissen wird — den Got-
tesacker, der nebst seiner Kirche außerhalb des
Orts von einem Hügel, wie ein Weinberg herab-
hieng. Er schlich oben durch ein Hinterthor hinein, und sah einen frisch aufgeworfnen Gränz-
hügel des beschlossenen Lebens: er war gleichsam
vor die Triumphpforte gewälzt, durch die eine
Mutter mit ihrem neugebornen Kinde auf dem
Arm in die hellere Welt gegangen war. Auf diese
Bahre aus Erde steckt' er die Blumen wie einen
Todtenkranz und gieng nach Haus.

Man hatt' ihn kaum in der glücklichen Sozietät vermisset, die in ihrem mit fremden Ingredienzien gefüllten Elemente wie betäubte Fische
schwamm, gleichsam gelähmt vom Gift der Lust:
Stiefel blieb vernünftig und sprach mit der Frau.
Es ist der Welt schon aus dem ersten Theile bekannt — und den Leuten im Hause sonst — daß
Firmian gern aus seiner Gesellschaft weglief, um
sich mit größerer Lust wieder in sie zu werfen und
daß er sein Vergnügen unterbrach, um es zu
schmecken, wie Montaigne sich aus dem Schlafe
wecken ließ, um ihn zu empfinden: er sagte also
bloß, er sei nur draußen gewesen.

Endlich verliefen die lautesten Wellen, und

es blieb nichts in der Ebbe zurück, als drei Per-
lenmuscheln, unsere drei Freunde. Firmian blickte die glänzenden Augen Lenettens mit zärtlichen
an, denn er liebte sie darum mehr, weil er ihr —
eine Freude aufhob. Stiefel wurde von einer so
reinen und tugendhaften Liebe ausgewärmt,
daß er sie für Mitfreude halten konnte, und daß
Liebe gegen die Frau der Liebe gegen den Mann
nicht Fesseln, sondern Flügel gab. — Der Rath
hatte daher keine andere Angst als die, er lasse
wohl seine „Mitfreude” nicht feurig genug aus-
kriechen. Firmian warf in den Freudenbecher Lenettens keine Kelchvergiftung durch die Nachricht
daß der Venner die seidnen Blumen erobert habe;
er war heute so froh, die kleine Spielkrone hatte
alle blutige Oeffnungen seines Kopfes, von dem
er die Dornenkrone ein wenig abgehoben, so
weich zugedeckt und gestillt, wie Alexanders Dia-
dem den blutenden Kopf des Lysimachs, daß er
nichts wünschte, als diese Nacht wäre so lang,
als eine Polarnacht, weil sie eben so heiter,
war. In solchen Augenblicken sind allen unsern
Schmerzen die Giftzähne ausgebrochen, und allen
Schlangen der Seele hat ein Paulus, wie denen
auf Malta, die Zungen versteinert.

Als Stiefel fortwollte, hielt er ihn nicht,

dräng aber darauf, daß er sich von beiden Begleiten ließe, nicht bis an ihre Thüre, sondern an
seine. Sie giengen. Der aufgedeckte Himmel mit
der Gassenbeleuchtung der Stadt Gottes, worin
jede Sonne eine Reverbere ist., zog sie aus den
engen Kreuzgängen des Marktfleckens in den aus-
gedehnten Schauplatz der Nacht hinaus, wo man
gleichsam das Himmelblau athmet und die Ost-
winde trinkt.— Jedes Stubenfest sollte man schließen und heiligen mit dem Kirchgang in dem kühlen weiten Tempel, auf dessen Kirchengewölbe die
Sternen-Musaik das ausgebreitete Heiligenbild
des Allerheiligsten zusammensetzt. Sie schweiften
umher von vorauseilenden Frühlingswinden, die
den Schnee von den Bergen spühlen, erfrischet und
gehoben: die ganze Natur gab das Versprechen
eines milden Winters, der die Hausarmen ohne
Holz sanft über das finsterste Viertel des Jahrs
hinüberführt und den nur der Begüterte ver-
wünscht, weil er nur den Schlitten und keinen
Schnee bestellen kann.

Die zwei Männer führten blos Gespräche, die
der erhabnen Gestalt der Nacht gehörten: Lenette
sagte nichts. Firmian bemerkte, „wie nahe und
wie klein liegen jetzt die jämmerlichen Austerbänke,
die Dörfer neben einander: menn wir von einem

Dorf zum andern reisen, so kömmt uns der Stadt
so lang wie einer Milbe der ihrige vor, wenn sie sich
auf der Landkarte vom Namen des einen Dorfs
zu dem des andern wälzte. Und höhern Geistern
mag wohl unsere Erdkugel ein Erdglobus für ihre
Kinder sein, den der Hofmeister dreht und erklärt." — „Aber es, sagte Stiefel, kann ja
„noch kleinere Erden als unsere geben, und über-
„haupt muß etwas an unserer sein, da der Herr
„Christus für sie gestorben ist." — Das drang
wie warmes Blut in Lenettens Herz. Firmian
sagte blos: „für die Erde und die Menschen sind
„schön mehrere Erlöser als einer gestorben — und
„ich bin überzeugt; Christus nimmt einmal meh-
„rere große Menschen bei der Hand und sagt; ihr
„habt auch unter Pilatussen gelitten. Und man-
„cher Pseudo-Pilatus ist ein Messias." Lenette
besorgte heimlich, ihr Mann sei ein Atheist, wenigstens ein Philosoph. Er führte beide in
Schlangen- und Schraubengängen dem Kirchhof
zu. Aber auf einmal wurden seine Augen feucht,
als wenn er durch einen tiefen Nebel gienge, da er
an das überblümte Grab der Mutter und mithin
an seine Lenette dachte, die keine Hoffnung gab,
eine zu werden. Er suchte die Wehmuth sich mit
philosophischen Bemerkungen aus der Brust zu

schaffen; daher sagt' er: „die Menschen und die
„Uhren stocken so lange sie aufgezogen werden für
„einen neuen langen Tag, und er glaube, der
„dunkle Zwischenraum, womit der Schlaf und
„der Tod unsere Zustände abtheile und absondere,
„wende das zu große wachsende Leuchten Einer
„Idee, das Brennen nie gekühlter Wünsche und
„so gar das Zusammenfließen von Ideen ab, so
„wie die Planetensysteme durch düstere Wüsten
„und die Sonnensysteme durch noch größere aus
„einander gehalten werden. Der menschliche Geist
„könne den unendlichen Strom von Kenntnissen,
„der durch die ewige Dauer rinnt, nicht fassen,
„wenn er ihn nicht in Absätzen und Zwischenräu-
„men tränke — den ewigen Tag, der unsern
„Geist blenden würde, zerlegen Johannisnäch-
„te, die wir bald Schlaf bald Tod nennen, in
„Tagszeiten, und fassen seinen Mittag in Mor-
„gen und Abend ein.‟

Lenette wäre aus Furchtsamkeit lieber hinter
der Gottesackermauer weggelaufen: sie wurde
aber hineingeführt. Firmian nahm mit der in
sich geschmiegten Frau einen Umweg zum Strauch.
Er war die schmalen klaffenden knarrenden Mes-
sing-Thürgen zu, die den frommen Vers und

den kurzen Lebenslauf bedeckten. Sie kamen zu
den der Kirche nähern vornehmen Gräbern, die
wie ein Wassergraben um diese Festung liefen.
Hier traten lauter perpendikulare Grabmäler auf
die stillen Mumien, und weiter hinauf oben ruhten
nur liegende Fallthüren auf liegenden Menschen.
Er brachte einen knöchernen im Freien schlafenden
Kopf ins Rollen und hob mit beiden Händen —
Lenette mogt' ihn immerhin bitten, sich nicht zu
verunreinigen — diese letzte Kapsel eines viel-
gehäusigen Geistes auf, und sah in die leeren Fen-
steröfnungen des zerstörten Lustschlosses und sagte:
„um Mitternacht sollte man sich auf die Kanzel
„drinnen stellen und diese skalpierte Maske des
„Ichs auf das Kanzelpult statt der Sanduhr und
„Bibel legen und darüber predigen vor den an-
„dern noch in ihre Häute emballierten Köpfen.
„Wenns die Leute nur thun wollten, so sollten sie
„meinen Kopf nach meinem Ableben schinden und
„in die Kirche wie einen Heringskopf an einem
„Seil, wie den Taufengel, aufhenken, damit die
„thörichten Seelen Einmal hinauf- und Ein-
„mal hinab sähen, weil wir hängen und schwe-
„ben zwischen dem Himmel und dem Grabe. In
„unsern Köpfen, Herr Rath, sitzt noch der Hasel-
„nußwurm; aber aus diesem ist er schon verwan-

„velt ausgeflogen, denn er hat Löcher und einen
„gepülverten Kern *)."

Lenette erschrak über diese gottlose Lustigkeit
so nahe neben Gespenstern; aber sie war nur eine
verkleidete Erhebung: auf einmal lispelte sie:
„dort schauet etwas über das Dach des Bein-
„hauses herunter und richtet sich auf." Der
Abendwind trug blos eine Wolke höher, und sie
ruhte in Gestalt einer Bahre auf dem Dach, und
eine Hand streckte sich aus ihr heraus, und ein
zunächst an der Wolke blinkender Stern schien
gleichsam auf die in die Nebelbahre gelegte Gestalt über der Stelle des Herzens als eine schmel-
tende weiße Blüthe gesteckt.

„Es ist nichts, sagte Firmian, wie eine Wolke.
„Wir wollen aufs Haus losgehen: so wird sie
„sich verstecken." So hatt' er den schönsten Vor-
wand, ihr das blühende Miniatür-Eden auf
dem Grabe einzuhändigen. Sie war kaum zwanzig Schritte hinaufwärts geschleppet, so wurde

---

*) Zwei Löcher an einer Haselnuß deuten an, daß der
Käfer, der darin als Würmgen den Kern zernagte,
verpuppet ausgekrochen ist.

die Bahre vom Hause verbauet. „Was blüht
denn da?" sagte der Rath. „Ei! (rief Fir-
„mian) — wahrhaftig, weiß und rothe Rosen
„und Vergißmeinnicht, Frau!" Sie blickte zitternd, zweifelnd, forschend auf diese mit einem
Bouquet bestreuete Ruhe-Ruhebank des Herzens,
auf den Altar, unter dem das Opfer liegt.
„Es ist schon gut, Firmian, sagte sie, ich kann
„nichts dafür, aber Du hättest es nicht thun sol-
„len — willst Du mich denn immerfort quä-
„len!" Sie fieng an zu weinen und drückte die
strömenden Augen auf Stiefels Arm. —

Denn sie, die in nichts so fein war, als im
Argwohn, hatte geglaubt, es wäre das seidene
Bouquet aus ihrer Kommode, und der Mann
wisse um die Schenkung von Rosa, und habe mit
der Pflanzung der Blumen auf das Grab einer
Kindbetterin ihre Unfruchtbarkeit zum Gespötte,
und so fort. Firmian, mißmüthig über die ver-
eitelte, verbitterte Rührung, blieb eben so verwirrt und verwirrend bei gegenseitigen Irrthü-
mern: er mußte zugleich seine ablegen und fremde
bestreiten. Als sie endlich die Sache erzählte:
daß ihr Rosa das ausgelösete Bouquet zurückge-
lassen: so schlug die grünende Distel des Miß-

muths vollends in Blüthe; denn nichts thut weher, als wenn uns geliebte Personen etwas verbergen, und wär' es eine Kleinigkeit.

Der verlegne Rath that die Verlegenheit seines Urtheils durch einige warme Flüche über den Venner kund; er wollte letzlich einen Friedenskongreß zwischen den sinnenden Eheleuten eröffnen, und rieth Lenetten an, dem Mann die Hand zu geben und sich auszusöhnen. — Aber dazu brachte sie nichts: nach langem Zaudern bekannte sie: „sie wolle; aber wenn er die Hän-„de gewaschen hätte." Die ihrigen fuhren krampfhaft zurück vor zweien Handhaben eines Todtenkopfs. . . .

. . . — Nichts ist unvernünftiger, unbezwinglicher und unerklärlicher, als der Ekel, dieser widersinnige Bund der Phantasie mit der Magenhaut. Zizero sagt, der Schamhafte nimmt nicht einmal gern den Namen der Schamhaftigkeit — dieses transzendenten Ekels — auf die Zunge; und so geht der Ekle mit dem Ekel um, besonders da körperliche und moralische Reinheit Nachbarinnen und Freundinnen sind. Sogar der körperliche Eckel scheint mehr Moralität zu verbergen, als man annimmt. Daher kann sich der physische Ekel mit keinem physischen Stoffe rechtfertigen — wenigstens konnte es noch niemand beantworten, warum der Speichel, sobald er aus dem Munde ist, im reinsten Gefäße mißfalle — daher verspür' ich oft, wenn ich mit einem verdorbenen Magen über die Gasse gieng, einen eignen moralischen Ekel an hundert Gestalten und Herzens; daher empfind' ich, nach dem Genuß des Brechweinsteins ein tunigeres Mißfallen an ästhetischen und sittlichen Mängeln. — —

Der Schulrath nahm beiden Menschen die Sturmfahne ab, und hielt eine Friedenspredigt, die warm aus dem Herzen kam — er stellt' ihnen den Ort vor, wo sie wären, unter lauter Menschen, die schon gerichtet wären, und neben den Engeln, die an den Gräbern der Frommen Wache ständen — er führte an, die zu ihren Füßen verwesende Mutter mit dem Säugling im Arm, deren ältestem Sohn er nach Schellers Prinzipien das Lateinische beibringe, mahne sie gleichsam an, bei ihrem friedlichen Hügel nicht über Blumen zu hadern; sondern sie davon als Oelzweige des Friedens zu nehmen .... Sein theologisches Weihwasser Leibgebers geht durstiger ein, als das reine philosophische Alpenwasser Firmians, und des Letztern erhebende Gedanken über den Tod schossen über ihre Seele ohne Eingang hinweg. — Die Versöhnopfer wurden gebracht und die gegenseitigen Ablaßbriefe ausgewechselt; indessen nimmt ein solcher Friede, den ein Dritter zwischen Zweien schließet, immer ein wenig die Natur eines Waffenstillstandes an.

Neuntes Manipel.

Kartoffelkriege mit Weibern — gerichtliche und gelehrte Urtheile — Winterkampagne in Betref des grillirten Kattuns — Zerfällen mit der ganzen Welt und ein böser Abend voll Masken.

Ich wünschte, ich schweifte gelegentlich ein wenig aus, aber er fehlet mir am Muth.

Wir finden den Advokaten unter lauter Hoffnungen mit tauben Blüthen wieder. Er hatte gehoft, er werde nach dem Königsschusse wenigstens so viele gute Tage erleben, bis das Schußgeld aufzehret sei, wenigstens 14; aber das Trauerschwarz, das jetzt die Reiseuniform ist, sollte auch die seinige auf seiner Lebens-Nachtreise bleiben, auf dieser voyage pittoresque für Poeten. Die Menschen nicht, aber die Hamster und Eichhörnen wissen gerade das Loch ihrer Wohnung zu

zufüllen, das gegen die künftige Wetterseite auf-
steht: Firmian dachte, wenn das Loch in seinem
Beutel geflicket sei, so fehl' ihm weiter nichts —
ach es gieng ihm jetzt etwas besseres ab, als Geld, —
Liebe. Seine gute Lenette trat immer weiter von
seinem Herzen weg — und er von ihrem.

Ihr Verhehlen des von Rosa zurückgelieferten
Straußes setzte in seinem Herzen, wie jeder fremde Körper in jedem Gefäße des Leibes, Stein um
sich an. Das war aber noch wenig.

Sondern sie fegte und wischte am Morgen, er
mochte pfeifen wie er wollte —

Sie fertigte alle Kommunikazions- und andere
Dekrete ans Laufmädgen noch immer in einigen
Duplikaten und kollazionierten Kopien aus, er mochte
protestieren wie er wollte —

Sie befragte ihn um jede Sache noch einige
mal, er mochte immerhin vorher schreien wie ein
Marktschreier, oder hinterher fluchen, wie ein
Kuhdmann des letztern —

Sie sagte noch immer fort: es hat vier Viertel auf 4 Uhr geschlagen — Sie gab ihm noch
immer, wenn er den mühsamsten Beweis geführt,
daß Augspurg nicht in Zypern liege, die gründ-
liche Antwort: es liegt aber doch auch nicht in
Konstantinen, nicht in der Bulgarei, nicht im Für-

ßenthum Jauer, noch bei Baduß noch bei Haßen,
zwei sehr unbedeutenden Flecken — Er konnte
sie nie dahinbringen, ihm offen beizufallen, wenn
er kategorisch verfocht und aufschrie: es liegt
beim Teufel in Schwaben. Sie räumte bloß ein,
es liege gewissermaßen zwischen Franken, Baiern,
Schweiz ꝛc.; und nur bei der Buchbinderin ge-
stand sie die schwäbische Lage.

Solche Lasten und Ueberfrachten indeſſen konnten noch ziemlich von einer Seele getragen werden, die sich mit den Mustern großer Dulder
stärkte, mit dem Muster eines Lykurgs, der sich
geduldig von Alkander das Auge, — oder eines
Epiktets, der sich von seinem Herrn das Bein ver-
stunzen ließ — und ich habe auch aller dieser Roße-
flecken Lenettens schon in vorigen Manipeln gedacht. Aber ich habe ganz neue Fehler zu berichten, und stell' es partheilosen Ehemännern zum
Spruche anheim, ob diese auch unter die Mängel
gehören, die ein Ehegenoß ertragen kann.

Zu allererst: Lenette wusch sich die Hände des
Tags wohl vierzigmal — sie mochte anfassen
was sie wollte, sie mußte sich mit dieser h. Wie-
dertaufe versehen; wie ein Jude würde sie durch
jede Nachbarschaft verunreinigt und den inkarze-
rierten Rabbi Akiba, der einmal im größten Waß-

mangel und Durst das Wasser lieber verwusch
als vertrank, hätte sie mehr nachgeahmt als be-
wundert.

  „Sie soll reinlich sein, (sagte Siebenkäs)
„und reinlicher, als ich selber — aber Maaße muß
„gehalten werden — warum trocknet sie sich denn
„nicht mit dem Handtuch ab; wenn ein fremder
„Athem darüber geflogen? Warum säubert sie
„ihre Lippen mit keiner Seifenkugel, wenn eine
„Mücke sie — und mehr dazu — auf solche
„gesetzt?"

  Zog eine breite Irländische Wolke oder eine
donnernde Wasserhose über ihre und seine Tage:
so wußte sie den Mann und seinen Muth wie eine
holländische Festung ganz unter Wasser zu setzen
und gab allen Thränen ein weites Bett. Was
hingegen einmal die Glückssonne eines Dezember-
sonnenschein; nicht breiter als ein Fenster, in ihre
Stube; so wußte Lenette hundert Dinge zu thun,
und zu sehen, um nur das schönere nicht zu bemerken. Firmian hatte sich besonders vorgenom-
men, vorzüglich diese paar Tage, wo er seinen
Gulden hatte, recht auszuschmelzen oder abzuwah-
nen, und das zweite Janusgesicht, das über
Vergangenheit und Zukunft blicken oder weinen
wollte, dicht zu verhängen — — aber Lenette —

zerschlitzt den Schleier und wies auf alles. Ihr
Mann versicherte immerfort: „Traute, passe
„nur, bis wir wieder blutarm und handsübel
„d'ran sind: mit Freuden will ich dann mit Dir
„ächzen und lechzen." — Was vermag sein Ser-
mon? Gerade so viel wie ein ähnlicher, den es
aus gleicher Noth vor dem Essen hielt. Rauchte
nämlich statt ihres täglichen Hexels, ein beson-
derer ägyptischer Fleischtopf, ein feiner Braten,
den die Grafen von Wratislaw ohne Schande
hätten liefern und die von Waldstein *) mit Eh-
ren hätten trenchieren können, rauchte ein solcher
Schmaus über das Tischtuch: so konnte Siebenkäs der festen Hoffnung leben, daß seine Frau einige hundert Dinge mehr vor dem Essen wegzu-
arbeiten habe, als sonst. — Der Mann sitzt dort,
und ist willens anzusprechen — blickt umher, anfangs gedämpft, dann grimmig — wird doch
seiner Meister auf einige Minuten lang — brü-
tet inzwischen neben dem Braten bei so guter
Muße seinem Elend nach — thut endlich den ersten Donnerschlag aus seinem Gewitter — und
schreiet: „daß Donner und Wetter! ich sitze schon

*) Jene versehen bei der Krone Böheim das Erztafel-
deckmeister, diese das Erbvorschneideramt. d.J.

ein Schauluft da; und es friert alles ein —
Frau, Frau!" —

Es war bei Lenetten (und so bei andern Weibern) nicht Bosheit — noch Unverstand — noch störrische Gleichgültigkeit gegen die Sache, oder gegen den Mann — sondern das Gegentheil stand durchaus nicht in ihrer Gewalt: und das erklärt es sattsam.

Kleine Zänkereien vor der Ehe sind große in ihr, so wie die Nordwinde, die im Sommer warm sind, im Winter kalt wehen; — der Zephyrwind aus ehelichen Lungen gleicht dem Zephyr im Homer, von dessen schneidender Kälte der Dichter so viel singt. Nun legte sich Firmian darauf, neue Risse, Federn, Asche, Wolken im heißen Diamant ihres Herzens wahrzunehmen — Du Armer, bald wird ein Stein vom brüchigen Altar Deiner Liebe nach dem andern abfallen und Deine Opferflamme wird wanken und schwinden.

Er entdeckte jetzt, daß seine Lenette bei weitem nicht so — gelehrt sei wie die D'lles Burmann und Reiske — kein Buch machte ihr Langeweile, aber auch keines Freude, und sie konnte das Predigtbuch so oft lesen, als Gelehrte den Homer und Kant — alle ihre Profanskribenten reduzierten sich auf ein Ehepaar, auf die unsterbliche Ver-

fasserin ihres Kochbuchs und an ihren Mann,
den sie aber nie las. — Sie zollte seinen Aufsätzen
die größte Bewunderung, that aber keinen Blick
hinein. Drei vernünftige Worte mit der Buchbinderin wären ihr köstlicher als alle gedruckte
des Buchbinders und des Buchmachers. Ein
Gelehrter, der das ganze Jahr neue Schlüsse und
neue Dinte macht, begreift es nicht, wie ein
Mensch leben könne, der kein Buch oder keine
Faber im Hause hat, und keine Dinte, sondern
bloß die gelbe geborgte des Dorfschulmeisters. —
Er nahm oft eine außerordentliche Professur an,
und bestieg den Lehrstuhl und wollte sie in einige
astronomische Vorkenntnisse einweihen; aber entweder sie hatte keine glandula pinealis, oder ihre
Gehirnkammern waren schon bis an die Häute
mit Spitzen, Hauben, Hemden und Kochtöpfen,
und Bratpfannen vollgestellet, vollgekeilet, und
gesättigt — kurz er war nicht im Stande, ihr einen Stern in den Kopf zu bringen, der größer war
als ein Zwirn-Stern. Bei der Pneumatologie
hingegen hatt' er gerade die entgegengesetzte Noth
in dieser Wissenschaft, wo ihm die Rechnung des
unendlich Kleinen so gut zu Passe gekommen wäre,
als in der Astronomie die des unendlich Großen,
dehnte und renkte Lenette Engel und Seelen und

alles aus, und warf die frühsten Geister. In den
Streckteich ihrer Phantasie — Engel, von denen
die Scholastiker ganze Gesellschaften zu einem
Hausball auf eine neue Nadelspitze invitieren, ja
die sie Paarweise gerade in Einen Ort *) einfä-
deln können, diese wuchsen ihr unter den Händen
so, daß sie jeden in eine besondere Wiege legen
mußte, und der Teufel schwoll und lief ihr auf,
bis er so groß war, wie ihr Mann.

Er kundschaftete auch in ihrem Herzen einen
fatalen Eisenflecken, oder eine Pockenschramme
und Warze aus: er konnte sie nie in einen lyri-
schen Enthusiasmus der Liebe versetzen, worin sie
Himmel und Erde und alles vergessen hätte. —
Sie konnte die Stadtuhr zählen unter seinen Küssen, und nach dem überkochenden Fleischtopf hin-
horchen und hinlaufen mit allen großen Thränen
in den Augen, die er durch eine schöne Geschichte
oder Predigt aus dem zerfließenden Herzen ge-
prückt — sie sang betend die in den andern Stu-
ben schmetternde Sonntagslieder nach, und mitten in die Verse flocht sie die prosaische Frage:

---

*) Die Scholastiker glauben, 2 Engel haben Platz an
Einer und derselben Stelle. Occam. 1. qu. quaest.
4. u. l.

„was wärm' ich abends auf?" — und er konnte
es nicht aus dem Kopfe bringen, daß sie einmal,
im gerührtesten Zuhören auf seine Kabinetspre-
digt über Tod und Ewigkeit, ihn denkend, aber
unten anblickte, und endlich sagte: „Ich morgen
„den linken Strumpf nicht an, ich muß ihn erst
„stopfen."

Der Verfasser dieser Historie betheuert, daß er
oft halb von Sinnen kam über solche weibliche
Intermezzo's, vor denen keiner Brief und Siegel
hat, der mit diesen geschmückten Paradiesvögeln
in den Aether steige, und sich neben ihnen auf und
nieder wiegt, und der droben in der Luft die Eier
seiner Phantasien auf dem Rücken dieser Vögel *)
auszubrüten gedenkt. — Wie durch Zauberei grü-
net oft plötzlich das geflügelte Weibgen tief unten
in einer Erdschoße. — Ich gebe zu, daß das
nichts ist, als ein Vorzug mehr, weil sie dadurch
den Hühnern gleichen, deren Augen so gut vom
Universitätsoptikus geschliffen sind, daß sie den
fernsten Hühnergeier im Himmel und das nächste
Malzkorn auf dem Miste bemerken. — Es ist zwar

---

*) Man fabelte, das Männgen des Paradiesvogels brü-
te, bloß im Aether hangend, die Eier auf dem Rük-
ken des Weibgen aus.

zu wünschen, daß der Verfasser dieser Historie,
als er sich in die Ehe begiebt, eine Frau bekom-
me, vor der er über die nöthigsten Prinzipien und
dictata der Pneumatologie und Sternkunde lesen
kann, und die ihm in seinem höchsten Feuer nicht
seine Strümpfe vorwirft; er wird aber auch zufrieden sein, wenn ihm nur eine zufället, die kleinere Vorzüge hat, sonst aber doch im Stande ist,
mitzufliegen, so weit es geht — in deren aufge-
schlossenes Auge und Herz die blühende Erde und
der glänzende Himmel nicht infinitesimaltheilgen-
weise, sondern in erhabnen Massen dringen —
für die das Universum etwas höheres ist als eine
Kinderstube und ein Tanzsalon — und die mit
einem Gefühle, das weich und fein zugleich, und
mit einem Herzen, das fromm und groß auf einmal ist, sogar den immer mehr bessert und hei-
ligt, der sie geheirathet. — — Das ist's und
nicht mehr, worauf der Verfasser dieser Historie
seine Wünsche beschränkt. —

So wie der Liebe Firmians die Blüthe wenn
auch nicht das Laub abfiel: so stand Lenettens
ihre als eine ausgebreitete überständige Rose da,
deren Schmuck ein Stoß auseinanderstreuet. Die
ewigen Disputiersätze des Mannes ermüdeten endlich ihr Herz. Sie gehörte ferner unter die Wei-

ber

der, deren schönste Blüthen taub und unfrucht-
bar bleiben, wenn keine Kinder genießend um sie
schwärmen, wie die Blüthe des Weins keine
Trauben ansetzt, wenn nicht Bienen sie durchstrei-
fen. Sie glich diesen Weibern auch darin, daß sie
zur Spiralfeder einer Wirthschafts - Maschine,
zur Schauspieldirektrice eines großen Haushal-
tungsdrama geboren war. Wie aber die Haupt-
und Staatsaktionen und die Theaterkasse seiner
Wirthschaft aussahen, das wissen wir leider alle
von Hamburg bis Ofen. Kinder hatten beide
gleich Phönixen und Riesen auch nicht, und beide
Schulen standen abgesondert da, durch keine
Fruchtschnure an einander gewunden. Firmian
hatte schon in seiner Phantasie die scherzhaften
Proberollen eines ernsthaften Kindesvaters und
Gevatterbitters durchgemacht — aber er kam
nicht zum Debitieren.

Den meisten Abbruch that ihm in Lenettens
Herzen jede Unähnlichkeit mit dem Pelzstiefel. Der
Rath hatte etwas so Langweiliges, so Bedächt-
liches, Ernsthaftes, Zurückhaltendes, Aufgesteif-
tes, so Bauschendes, so Schwerfälliges wie diese
— 3 Zeilen: das gefiel unserer gebornen Haus-
hälterin. Siebenkäs hingegen war den ganzen
Tag ein Haselant — sie sagte ihm oft: „die Leute

II. N

„müssen denken", Du bist nicht recht gescheut," und er versetzte: „bin ichs denn?" — Er verhieng sein schönes Herz mit der grotesken komischen Larve und verbarg seine Höhe auf dem niedergetretenen Sottus — und machte das kurze Spiel seines Lebens zu einem Mockierspiel und komischen Heldengedicht. Grotesken Handlungen lief er aus höhern Gründen, als aus Titeln, nach. Es kitzelte ihn erstlich das Gefühl einer von allen Verhältnissen entfesselten freien Seele — und zweitens das satirische, daß er die menschliche Thorheit mehr travestiere als nachahme: er hatte unter dem Handeln das doppelte Bewußtsein des komischen Akteurs und des Zuschauers. Ein praktischer Humorist ist bloß ein satirischer Improvisatore. Das begreift jeder Leser — und keine Leserin. Ich wollte oft einer Frau, die den weißen Sonnenstrahl der Weisheit hinter dem Prisma des Humors zersplittert, gefleckt und kouleurt erblickte, ein gut geschliffenes Glas in die Hände geben, das diese scheckigte bunte Reihe wieder weißbrennt — es war aber nichts. Das feine weibliche Gefühl des Schicklichen ritzet und schindet sich gleichsam an allem Eckigen und Ungeglätteten; diese an bürgerliche Verhältnisse angestängelte Seelen fassen keine, die sich den Verhält-

niſſen entgegenſtellen. Daher giebts in den Erb-
landen der Weiber — an den Höfen, — und in ihrem Reich der Schatten, in Frankreich, keine Hu-
moriſten, weder von Leder, noch von der Feder.

Lenette mußte ſich über ihren pfeifenden, ſin-
genden, tanzenden Gemahl ereifern, der nicht einmal vor Klienten eine Amtsmiene zog, der leider — man erzählt' es ihr für gewiß — oft auf
dem Rabenſtein im Kreiſe herumgieng, von deſſen Verſtand recht geſcheute Leute bedenklich ſpra-
chen, dem man, klagte ſie, nichts anmerkte, daß
er in einer Reichsſtadt ſei, und der ſich nur vor
einer einzigen Perſon in der Welt ſchämte und
ſcheuete — vor ſich. Kamen nicht oft Kammer-
jungfern mit Hemden, die zu nähen waren, aus
den vornehmſten Häuſern in ſeines, und ſahen ihn
mir nichts dir nichts an ſeinem obſoleten Kla-
viere ſtehen, das noch alle Taſten und faſt eben ſo
viele Saiten als Taſten hatte? Und hatt' er nicht
eine Elle im Maule, auf deren herabgelaſſener
Fallbrücke die Töne vom Sangboden zu ihm hinauf, zwiſchen das Fallgatter der Zähne hindurch,
und endlich durch die Euſtachiſche Röhre über das
Trommelfell hinweg bis zur Seele einſtiegen? Die
Elle zwiſchen ſeinen Zähnen hatt' er darum als einen Storchſchnabel an ſeinem, um mit dem

Schnabel das perennierende Pianissimo seines Klaviers oben in einem Fortissimo hinaufzubringen. — Indeß ists wahr, daß der Humor im Wiederschein der Erzählung weichere Farben annimmt, als in der grellen Wirklichkeit.

Der Boden, worauf die zwei guten Menschen standen, gieng unter so vielen Erschütterungen in zwei immer entferntere Inseln aus einander: die Zeit führte wieder einen Erdstoß herbei.

Der Heimlicher erschien nämlich mit seiner Exzepzionshandlung, worin er weiter nichts verlangte als Recht und Billigkeit, nämlich die Erbschaft; es müßte und könnte denn Siebenkäs erweisen, daß er — Er sei nämlich der Pupill, dessen Väterliches der Heimlicher bisher in seinen väterlichen Händen und Beuteln gehalten. Dieser juristische Höllenfluß versetzte unserem Firmian, der über die vorigen drei Fristgesuche so leicht weggesprungen war, wie der gekrönte Löwe im gothischen Wappen über drei Flüsse — den Athem und trat ihm eiskalt bis ans Herz. Die Wunden, die die Maschinen des Schicksals in uns schneiden, fallen bald zu; aber eine, die uns das rostige stumpfe Marterinstrument eines ungerechten Menschen reißet, fängt zu eitern an, und schließet sich spät. Dieser Schnitt in entblößte,

von so vielen rauhen Griffen und scharfen Zungen
abgeschälte Nerven brannte unsern Liebling sehr;
und doch hatt' er den Schnitt gewiß vorher gesehen und seiner Seele „gare, — Kopf weg‟ zuge-
rufen. Aber ach! in jedem Schmerz ist etwas
Neues. Er hatte sogar schon juristische Vor-
kehrungen voraus getroffen. Er hatte sich nämlich schon vor einigen Wochen aus Leipzig, wo
er sonst frequentiert hatte, *) den Beweis kommen lassen, daß er sonst Leibgeber geheißen, und
mithin Blaises Mündel sei. Ein dasiger, noch
nicht immatrikulierter Notarius, Namens Giegold, sein alter Stubenpursch und litterarischer
Waffenbruder, hatte ihm den Gefallen erwiesen,
alle die Personen, die um seine Leibgeberschaft
wußten — besonders einen rostigen, madigten
Magister legens, der oft bei der Einfahrt der
vormundschaftlichen Registerschiffe war, ferner
den Briefträger oder Lootsen, der sie in den Ha-
fen wies, den Hauswirth und einige andere

---

*) Im ersten Bändgen dieses Werks steht dafür Göt-
tingen; ich kann meinen Schreibfehler aus nichts
erklären — da die deutlichsten Dokumente vor mir
lagen — als daraus, daß ich an jenem Tage gerade
nach Göttingen geschrieben hatte.

recht gut unterrichtete Leute, die alle das Jura-
mentum credulitatis schwören wollten — diese
hatte der junge Giegold sämmtlich verhört, und
dann dem Armenadvokat das Ganggebirge ihres
Zeugenrotuls zugefertigt. Das Postporto dafür
zu entrichten, war Siebenkäs leicht; als er König wurde in der Vogelbaize.

Mit dem dicken Zeugenstock beantwortete und
bestritt er seinen Vormund, und Dieß.

Als die Blaißische Weigerung ankam, glaubte
die furchtsame Lenette sich und den Prozeß verloren; die dürre Dürftigkeit umfaßte nun, in ihren
Augen, sie beide mit einem Gestrick von Schwa-
rozerepheu, und sie hatte keine Aussicht, als zu
verdorren und umzufassen. Ihr Erstes war, über
Meyern zu zanken; denn da er ihr selber vest
berichtet hatte, er habe seinem künftigen Schwie-
gervater die 3 Fristgesuche abgenöthigt, um Me
zu schonen: so konnte sie die Blaißische Erzprügel-
handlung für den ersten Dornenableger seiner
rachsüchtigen Seele halten, weil er in Siebenkä-
ses Wohnung erstlich Festungsstrafe und Galeen,
welches er alles halb Lenetten beimaß, erduldet,
und zweitens so viel verloren hatte. Er hatte
bisher nur den Unwillen des Mannes, nicht der
Frau vorausgesetzt; aber das Vogelschießen hatte

seine süße Eitelkeit widerlegt und erbittert. Da indessen der Venner ihrem Zorne nicht zuhören konnte: so mußte sie ihn gegen ihren Gatten kehren, dem sie alles Schuld gab, weil er seinen Namen Leibgeber so sündlich verschenkt hatte. Wer geheirathet hat, der wird mir gern den Beweis — denn er schläft bei ihm — erlassen, daß es gar nichts half, womit sich der Gatte verantwortete und was er vorbrachte von Blaisens Bosheit, der als der größte Ischarioth und Kornjude in der langen, breiten Judengasse der Erde ihn gleichwohl, auch wenn er noch Leibgeber hieße, ausgeraubt und tausend Holzwege des Rechtens zur Plünderung des Mündels würde ausgefunden haben. Es griff nicht ein. Endlich entfuhr es ihm: „Du bist so ungerecht als ich selber würde, „wenn ich Deinem Betragen gegen den Venner „im Geringsten die Folge daraus, die Blaisische „Schrift aufbürden wollte." Nichts erbittert Weiber mehr als eine herabsetzende Vergleichung; denn sie nehmen keine Distinktion an. Venettens Ohren verlängerten sich, wie bei der Fama, zu lauter Zungen: der Mann wurde zugleich überschrieen und überhört.

Er mußte heimlich zum Paßstiefel abschicken und ihn befragen lassen, wo er so lange stäke

Dieser Portativ-Oelberg stieg in wenig Minuten die Treppen herauf, besteckt mit lauter Oel-
zweigen des Friedens, — wiewohl aus den Oli-
ven derselben leicht ein Oel zu keltern war, das
in kein eheliches Kriegsfeuer gegossen werden durfte. — Ich bin zwar ein wenig partheiisch für
Nuetten; aber ich muß es doch in mein Protokoll
aufnehmen — sonst wird mir nichts geglaubt —
daß sie leider an jetzem Abende nichts zu seyn
schien, als eine geflügelte, mit den transparenten
Schwingen vom klebrigen Körper losgemachte
Seele, die mit dem Schulrathe — als sie den
Körper noch umhatte, — vorher in Liebesbrief-
wechsel gestanden, die aber jetzt mit wagrechten
Flügeln um ihn schwebe, die ihn mit dem flatternden Gefieder anwehe, die endlich, des Schwebens
müde, einer beleibten Sitzstange von Körper zu-
sinke, und die — es ist weiter kein anderer weib-
licher bei der Hand — in Lenettens ihre mit an-
geschmiegten Schwingen niederfalle. So schien
Lenette zu seyn. Warum war sie aber heute so? —
Groß war hierüber Stiefels Unwissenheit und
Freude, klein beides in Firmian. Eh ichs sage,
will ich Dich bedauern, armer Mann! und Dich,
arme Frau! Denn warum sollen denn immer
den glatten Strom eueres (und unsers) Lebens

entweder Schmerzen oder Sünden brechen, und
warum soll er erst wie der Dniepr-Strom nach
dreizehn Wasserfällen im schwarzen Meer
der Gruft einsinken? — Weswegen aber gerade heute Lenette ihr volles Herz für den Rath
beinahe ohne das Klostergitter der Brust vorzeig-
te, das war, weil sie heute ihr — Elend fühlte,
ihre Armuth: Stiefel war voll gebiegner
Schätze; Firmian nur voll vererzter (d. h.
Talente). Ich weiß es gewiß, sie hätte ihren Siebenkäs, den sie von der Ehe so kalt liebte, wie eine Gattin, in ihr so lieb gewonnen, wie eine Braut,
hätt' er etwas — zu brocken und zu beißen gehabt. Hundertmal bildet eine Braut sich ein, sie
habe ihren Sponsus lieb; da doch erst in der Ehe
diesem Scherze — aus guten metallischen
und anatomischen Gründen — Ernst wird.
Lenette wäre dem Advokaten in einer möblirten
vollen Stube und Küche — voll Intraden und
Herkulischer Hausarbeiten — treu genug ge-
blieben, und hätte eine ganze Kolonne von Pelz-
stiefeln — denn sie hätte stündlich kalt gedacht
und gesagt: „ich habe schon" — um sie herum-
gesetzt: aber so, in einer solchen leeren Stube
u. s. w. wurden die Herzkammern einer Frau voll;
mit Einem Worte, es komme nichts Gutes dabei

heraus: Denn eine weibliche Seele ist natürlicher Weise ein schönes auf Zimmer, Servicen, Kleider, Möbeln und auf die ganze Wirthschaft aufgetragnes Freskogemälde, und mithin werden alle Risse und Sprünge der Wirthschaft zu ihren. Eine Frau hat viel Tugend, aber nicht viele Tugenden, sie bedarf einen engen Umkreis und eine bürgerliche Form, ohne deren Blumenstab diese reinen weißen Blumen in den Schmutz des Beetes kriechen. Ein Mann kann ein Kosmopolit sein, und wenn er nichts mehr in seine Arme zu nehmen hat, seine Brust an den ganzen Erdball drücken, ob er gleich nicht viel mehr davon umarmen kann, als ein Grabeshügel beträgt; aber eine Kosmopolitin ist eine Riesin, die durch die Erde zieht, ohne etwas zu haben als Zuschauer, und ohne etwas zu sein, als eine Rolle.

Ich hätte den ganzen Abend viel weitschaftiger berichten sollen, als ich that: denn da fing der Tabacksschwamm von Firmians Herzen zum erstenmale unter vielen Funken Feuer, nämlich das eifersüchtige. Mit der Eifersucht ist es wie mit den Kinderpocken der Marin Theresia, die diese unversehrt durch zwanzig Siechsobet voll Blatternpatienten durchließen, bis sie ihr unter der ungarischen und deutschen Krone anflogen. Siebenkäs

hatte; die kuhschnappelische (vom Vogel) schon
einige Wochen auf dem Kopf.

Seit diesem Abend kam Stiefel, der sich immer
lieber in die immer höher steigende Sonne letzten-
tens setzte, immer öfter, und sah sich für den Frie-
densrichter an, nicht für den Friedensstörer.

Es liegt mir nun ob, den letzten und wichtigsten Tag dieses Jahrs, den 31 December, mit
seinem ganzen Hinter- und Vorgrund und allem
Beiwerk, den Deutschen auf mein Papier recht aus-
führlich vorzumalen.

Schon vor dem 31 Dezember waren die h.
Weihnachttage da, die vergoldet werden mußten, und die sein silbernes Zeitalter nach dem Königsschusse veerzten und verholzten. Das Geld
gieng auf. Aber noch mehr: der arme Firmian
hatte sich sowohl krank gekümmert, als krank ge-
lacht. Ein Mensch, der immer mit den Ober-
flügeln der Phantasie und mit den Unterflügeln
der Raume über alle Prellgarne und Fanggru-
ben des Lebens weggezogen ist, dieser schlägt,
wenn er einmal an die reifen Spitzen der abge-
blühten Disteln angespießet wird, über deren Himmelblau und Nektarien er sonst geschwebet hat,
blutig und hungrig, und epileptisch um sich: ein
Froher, verfalbet unter dem ersten Sonnenstich

des Grams. Zum wachsenden Herzpolypen der
Angst setze man noch seinen schriftstellerischen Taumel, weil er die Auswahl aus den Papieren des
Teufels recht bald zu Ende haben wollte, um sein
Leben und seinen Proceß vom Honorar zu führen.
Er saß fast ganze Nächte und Sessel durch, und
ritt auf seiner satirischen Schnitzbank. Dadurch
schrieb er sich ein Malum an den Hals, das der
gegenwärtige Verfasser wahrscheinlich auf keine
andre Art geholt, als eben durch unmäßige Frei-
gebigkeit gegen die gelehrte Welt. Es befiel nämlich ihm, wie mich noch, eine schnelle Pause des
Athemzugs und Herzschlags, darauf ein ödes Ent-
fliegen alles Lebensgeistes, und dann ein stoßender
Aufschuß des Blutes im Gehirn; und zwar oft vor
seinem litterarischen Spinn- und Spuhlrad, oft
vor seiner Sieste, oft Abends vor dem Einschlafen.
— Gleichwohl bietet uns beiden Autoren dafür kein Mensch einen Heller Schmerzengeld an.
Es scheint, daß Schriftsteller nicht lebendig, sondern abgeformt zu ihrer Nachwelt kommen sollen,
wie man die zarten Forellen nur gesotten ver-
schickt: man steckt uns nicht eher den Lorbeerreis,
wie den wilden Sauen die Zitrone, in den Mund,
als bis man uns gepürschet aufträgt. — Es
würde mir und jedem Kollegen wohlthun, wenn

ein Leser, dessen Herz und Hirnsinnen sie bewegen,
nur so viel sagte: „diese süße Bewegung des mei-
„nigen gieng nicht ohne histerisches Herzklopfen
„der ihrigen ab." Mancher Kopf wird von uns
ausgelichtet und erleuchtet, der niemals bedenkt:
das leisten beide wohl, aber Schmerzen der ihri-
„gen, Cephalalgie, Cephaläa, halbseitige und
„der Nagel sind der Lohn dafür." Ja er sollte
mich in solchen Satiren wie dieser unterbrechen und
rühmen: „so viele Schmerzen mir seine Satire
„jetzt macht, so giebt sie ihm doch noch größere:
„denn meine sind glücklicherweise nur geistig." —
Gesundheit des Körpers läuft nur parallel mit
der Gesundheit der Seele; aber sie divergieret von
der Gelehrsamkeit, von großer Phantasie, großem
Tiefsinn, welches alles so wenig zur geistigen Gesundheit gehöret als Korpulenz; Läuferfüße, Fech-
terarme zur leiblichen. Ich wünschte oft, alle
Seelen würden so auf ihre Leiber oder Bouteillen
verfüllet, wie der Pyrmonter auf seine. Man lässet erst seinen besten Geist verrauchen, weil er sonst
die Flaschen zertreibt: aber es scheint, daß nur bei
den Seelen des Kardinalskollegiums *), vieler
Domkapitularen u. a. diese Vorsicht gebraucht

---

*) Nach dessen Historiographen Gorani.

worden, und daß man den außerordentlichen Geist derselben, der ihre Leiber zersprengt hätte, vorher verdampfen lassen, eh' man sie, auf Körper gezogen, nach der Erde verschickte: jetzt halten die Flaschen 70, 80 Jahre ganz gut. — —

Mit kranker Seele also, mit siechem Herzen, ohne Geld, trat Siebenkäs den letzten Tag des Jahres an. Der Tag selber hatte sein schönstes Sommerkleid, nämlich ein berlinerblaues angezogen, und sah so himmelblau, wie der Krifna, oder wie Grahams neue Sekte, oder wie die Juden in Persien aus — er hatte den Ballonofen der Sonne heizen lassen, und auf der feinsandierten Erde war der Schnee, wie auf gewissen künstlich bereiften Schaugerichten, sogleich ins Wintergrün verlaufen; sobald die Kugel nur vor den Ofen getragen wurde. Das Jahr schien gleichsam mit Wärme und mit einer Heiterkeit voll Tropfen sich von der Zeit zu trennen. Firmian wäre gern hinausgelaufen und hätte sich auf dem feuchten Grün gesonnet; aber er mußte erst den Profess. Lang in Bayreuth beurtheilen.

Er machte Rezensionen, wie Andre Gebete, nur in der Noth; es war das Wassertragen jenes Atheners, um nachher der Lieblingswissenschaft ohne Hunger obzuliegen. Aber seinen satirischen Ble-

[illegible] er bei Athenäern in die Scheiße;
bloß aus seinem weichen Wachs, und aus dem
Honigmagen nahm er die milden Vehikel seiner
Urtheile. „Kleine Autores, sagt er, sind immer
„besser, und große schlechter als ihre Werke.
„Warum soll ich moralische Fehler, z. B. Eitelkeit,
„dem Genie vergeben und dem Schwachen nicht?
„Höchstens jenem nicht. — Unverschuldete Ar-
„muth und Häßlichkeit verdienen keinen Spott;
„aber verschuldete eben so wenig, ob-
„gleich Zizero wider mich ist. Denn ein morali-
„scher Fehler (und also seine Strafe) kann doch
„nicht durch dieselbe zufällige physische Folge, die
„bald kömmt bald außen bleibt, größer werden?
„Ist ein Verschwender, der zufällig arm wird,
„einer größern Strafe werth, als der, ders nicht
„wird? Höchstens umgekehrt." Wendet man
dieses auf die schlechten Schriftsteller an, denen
eine undurchdringliche Eigenliebe ihren Unwerth
verdeckt und an deren unschuldigen Herzen der
Kritiker den Zorn über den schuldigen Kopf aus-
lässet: so darf man zwar noch bitter über die —
Gattung spotten, aber das Individuum wird
nur sanft belehrt. Ich glaube, es wäre die
Gold- und Tiegelprobe eines moralisch in sich
arrondierten Gelehrten, wenn man ihm ein

schlechtes, berühmtes Buch zu recensieren aufgige.

— Ich will mich in die Kulmbacher Festung setzen lassen, wenn ich in diesem Manipel noch einmal ausschweife. — Firmian arbeitete ein wenig eilig an der Rezension des Langischen Programms: Praemissa historiae Superintendentium generalium Baruthi non specialium, continuatione XX: er mußte heute noch einige Ortsthaler haben, und er wollte auch ein wenig im brütenden, mütterlichen Tage spazieren gehen. Lenette hielt heute — denn morgen war das neue Jahr — eine Aehrenlese der Möbeln — sie gab der Stube Abführungsmittel gegen alle Unreinigkeiten ein — sie sah den index expurgandorum nach — sie trieb, was nur hölzerne Beine hatte, in die Schwemme und kam mit Fleckkugeln nach — kurz sie pabbelte bei dieser levitischen Reinigung der Stube so recht einmal in ihrem naßwarmen Element, und Siebenkäs saß aufrecht im Feg-Feuer und gab schon seinen Brandgeruch von sich.

Er war heute schon an sich toller, als sonst: erstlich weil er sich vorgesetzt hatte, nachmittags den grillierten Kattunrock durchaus — und schrien ganze Nonnenklöster darwider — in Besatz zu schaffen, und weil er also voraussah, daß

er sich noch würde ereifern müssen; und diesen
Vorsatz des Versatzes fassete er heute gerade, weil
er — und das ist zugleich die zweite Ursache,
warum er toller war — sich ärgerte, daß die guten Tage wieder verlebt, und daß ihre Sphären-
musik durch Lenettens Trauer-Miserere verdorben
worden. „Frau, sagt' er, ich rezensiere jetzt fürs
„Geld.“ — Sie schabte fort. „Den Professor
„Lang hab ich vor mir, und zwar das 7te Kapitel
„worin er vom 6ten Bayreuth. Generalsuperin-
„tendent Stockfleth handelt.“ — Sie wollte in
einigen Minuten nachlassen, aber nur in dieser
nicht: Weiber thun alles gern später, daher kommen sie sogar später auf die Welt als Knaben *).
„Das Programm“ — fuhr er noch einmal mit
künstlicher Kälte fort — „hätte der Götterbothe
„schon vor einem halben Jahre beurtheilen sollen:
„der Bothe muß nicht wie die allg. deutsche Bi-
„bliothek und der Pabst erst nach 100 Jahren hei-
„lig sprechen.“ — Wär' er nur im Stande gewesen, sich noch eine Minute in der künstlichen
Kälte zu erhalten: so hätt' er ihr Ausfummen er-
lebt. Aber er konnte nicht. „So soll doch“ —
fuhr er auf und sprang mit Hinwerfen der Feder

---

*) Büffon über die Erzeugung.

in die Höhe — „lieber der Teufel Dich und mich
„holen und den Götterbothen. — „Ich weiß nicht,"
(fuhr er gefaſſet und gelähmt fort, und ſetzte ſich
entnervet, als wäre er mit lauter Schröpfköpfen
umſetzt, nieder) „was ich exponiere, und ſchreib'
„ich hin Stockfleth oder Lang, Es iſt dumm, daß
„ein Advokat nicht ſo taub*) ſein ſoll, wie ein
„Richter: als Tauber wär ich Torturfrei —
„weißt Du, wie viel nach den Rechten zu einem
„Tumulte Leute gehören? — Entweder zehn oder
„Du allein in Deiner muſikaliſchen Waſch-Akade-
„mie." Ihm war weniger darum zu thun, billig
zu ſein, als den ſpaniſchen Gaſtwirthen zu gleichen, die den Gäſten allezeit das Geſchrei, das ſie
gemacht, mit in Rechnung ſetzen. Sie hatte ihren Willen gehabt, alſo war ſie ſtill in Wörten
und Werken.

Er vollendete Vormittags das kritiſche Urtheil und ſchickte es dem Redakteur Stiefel: dieſer
ſchrieb zurück, abends händige er ihm ſelber die
Sportuln dafür ein; denn er haſchte jetzt jeden
Anlaß zu einer Viſite auf. Unter dem Eſſen ſagte
Firmian, in deſſen Kopf der ſchwüle ſtinkende Nebel einer übeln Laune nicht fallen wollte: „ich faſſ

---

*) L. 1. §. 3. D. de poſtulando.

„es nicht: wie Du so wenig Reinigkeit und Ord-
„nung liebst. Es wäre doch besser, Du übertrie-
„best es in der Reinlichkeit, als im Gegentheil.
„Die Leute sagen: es ist nur schade, daß ein so
„ordentlicher Mann, wie der Armenadvokat ist,
„eine so unordentliche Frau hat.” Dieser Ironie,
setzte sie allemal, ob sie gleich wußte, sie sei eine,
gute förmliche Widerlegungen entgegen. Er
brachte sie nie dahin, seinen Spas, anstatt zu widerlegen, zu schmecken, oder gar die menschliche
Sozietät an seiner Seite auszulachen. So lässet
eine Frau ihre Meinung, so bald sie auch der
Mann annimmt, fahren; sogar in der Kirche sin-
gen die Weiber, um mit den Männern in nichts
unison zu sein, das Lied um eine Oktave höher,
als diese.

Nachmittags rückte die große Stunde heran,
worin der Ostrazismus oder die Relegazion des
grillierten Kattuns endlich vorfallen sollte, als die
letzte, aber größte, That des Jahrs 1785. Er hatte
dieser Loosung zum Zank, dieser feindlichen rothen
Timurs und Muhammeds Fahne, dieser Ziska's
Haut, die sie immer zusammen hetzte, jetzt recht
von Herzen satt: er wollte lieber, der Kattun wär'
ihm gestohlen, um nur von dem langweiligen, ab-
geschabten Gedanken an den Lumpen loszukom-

men. Er übereilte sich nicht, sondern unterstützte
seine Petizion mit aller Beredsamkeit, die ein Par-
lamentsredner zu Hause hat: er ließ rathen, welches der größte Gefallen gegen ihn sei, womit sie
das alte Jahr beschließen könne. — er sagte, es
wohne neben ihm unter Einem Dache ein Erb-
feind und Widerchrist, ein Lindwurm, ein vom
bösen Feind in seinen Waizen geworfnes Unkraut,
das sie ausreuten könne, wenn sie wolle. Er zog
endlich mit komischem Jammer den grillierten Kattun aus der Kommode: „das ist, sagt' er, der
„Stoßvogel, der mir nachsetzt, das Steckgarn,
„das mir der Teufel aufstellt, sein Schafskleid,
„mein Marterkittel und Casems Pantoffel —
„Theuerste, thu mir nur das zu Gefallen und
„verpfänd' es!" — „Antworte mir noch nicht,"
sagt' er, sanft die Hand auf ihre Lippen deckend,
„— überlege vorher, was doch eine dumme Ge-
„meinde that, deren einziger Hufschmidt im Dorfe
„gehangen werden sollte. Sie schlug lieber einige
„unschuldige Schneidermeister für den Galgen vor:
„die eher zu entrathen waren. Und Du, als eine
„klügere Person, solltest ja die bloße Näharbeit
„der Meister, da wir den Trauerkattun bei unsern
„Lebzeiten nicht brauchen, lieber hergeben als me-
„tallene Möbeln, aus denen wir täglich spei-

fen? — Jetzt sage aber, was Du denkst
„Gute!"

„Ich habe es schon lange gemerkt, (versetzte
„sie) daß Du mich um meinen Trauerrock zu
„bringen suchst. Ich geb' ihn aber nicht her.
„Wenn ich nun zu Dir sagte: versetz' Deine Uhr,
„Firmian! Es wär' eben so." — Vielleicht gewöhnen sich die Männer darum an, gebieterisch
ohne Gründe zu befehlen, weil diese wenig verfangen und gerade die Widerspenstigkeit, statt zu
brechen, waffnen. — „Beim Henker! (sagt' er)
„jetzt hab' ichs genug. Ich bin kein Truthahn
„und Auerochs, der sich ewig über den farbigen
„Lappen erboßen will. Es wird heute versetzt, so
„wahr ich Siebenkäs heiße." —

Du heißest ja auch Leibgeber, sagte sie. „Es
„soll mich der Teufel holen, wenn der Rattun da
„bleibt," sagt' er. Jetzt fieng sie an zu weinen
und über das bittere Geschick zu wimmern, daß
ihr nichts mehr lasse, auch ihren Anzug nicht einmal. Gedankenlose Thränen fallen oft so ins sie-
bende männliche Herz, wie andere Wassertropfen
in geschmolzenes wallendes Kupfer: die flüssige
Masse springt krachend auseinander. „Himmli-
„sches, gutes, sanftes Teufel, (sagt' er) fahr her-

„ein und brich' mir den Hals! Gott erbarme
„sich über eine solche Frau!"

Er gieng knirschend ans Fenster, und sah ohne
Augen auf die Gasse. Ein Dorfleichenbegängniß
marschierte mit Stöcken unten vorbei. Die Lei-
chenbahre war Eine Achsel, und auf ihr wankte ein
schiefer Kindersarg.

Dieser Anblick ist überhaupt schon rührend
wenn man über einen kleinen verborgnen Menschen
nachsinnt, der aus dem Fötusschlummer in den
Todesschlaf, aus dem Amnioshäutgen dieser
Welt in das Bahrtuch, das Amnioshäutgen der
andern übergeht — dessen Augen vor der glänzenden Erde zufallen, ohne die Eltern gesehen zu
haben, die ihm mit feuchten nachblicken — der geliebt wurde, ohne zu lieben — dessen kleine Zunge
verweset, ohne gesprochen, wie sein Angesicht, ohne je gelächelt zu haben auf unserem widersinnigen
Rund. Diese abgeschnittnen Laubknospen der Erde werden schon irgend einen Stamm finden, auf
den sie das große Schicksal impft; diese Blumen,
die wie einige hiesige sich schon in den Morgenstunden zum Schlafe verschließen, werden schon
eine Morgensonne antreffen, die sie wieder öf-
net. — — Als Firmian dieses kalte überhüllte
Kind vorüber gehen sah, — setzt in dieser Stun-

be, wo er über das Trauerkleid, das ihn betrauern
sollte, stritt — jetzt neben dem letzten Tropfen des
abrinnenden Jahrs, wo ihm sein mit flüchtigen
Ohnmachten vertrautes Herz die Vollendung eines
neuen absprach — jetzt unter so vielen Schmerzen: so hörte er gleichsam den Todesfluß überdeckt
unter seinen Füßen murmeln, wie die Sineser den
Boden ihrer Gärten mit brausenden Strömen un-
terhöhlen, und die dünne Eisrinde, die ihn hielt,
schien bald mit ihm in die winterlichen Wellen hinab zu brechen. Er sagte unaussprechlich gerührt
zu Lenetten: „Vielleicht hast Du am Ende Recht,
„daß Du den Trauerrock behältst, und es ahndet
„Dich mein Untergehen. Thu', was Du magst —
„ich will mir den letzten Dezember nicht weiter ver-
„bittern, da ich nicht weiß, ob er nicht in einem
„andern Sinne für mich der letzte ist, und ob ich
„in einem Jahre dem armen Säugling nicht näher
„bin, als Dir. Ich geh' jetzt spazieren.“ —

  Sie schwieg betroffen. Er entzog sich eilig einer endlichen Antwort. Seine Abwesenheit mußte
seine beste Oratorie sein. Alle Menschen sind besser als ihre Aufwallungen — als ihre schlimmen
nämlich, denn alle sind auch schlechter als ihre
edeln — und räumt man jenen eine Stunde
um Auseinanderfallen ein: so hat man et

was beſſers als ſeine Sache gewonnen; ſeinen Gegner.

Ich hab' es ſchon einmal geſchrieben: daß der Winter nackt ohne den Laîlach und das Weſterhemd von Schnee auf der Erde lag, neben der trocknen dürren Mumie des vorigen Sommers. Firmian ſah mit einem unbefriedigten Gefühl über die ausgekleideten Gefilde hinweg, über die noch die Wiegendecke des Schnees und der Milchflor des Reifs geworfen werden mußte, und an die Bäche hinunter, die noch gelähmt und ſprachlos werden ſollten. Helle, warme letzte Dezembertage weichen uns zu einer Schwermuth auf, in der vier oder fünf bittere Tropfen mehr ſind, als in der Schwermuth des Nachſommers: bis um 12 Uhr zu Nachts und bis zum 31ten des 12ten Monats macht uns das winterliche und nächtliche Bild des Vergehens enge, aber ſchon um 1 Uhr nach Mitternacht und am 1. Januar wehen lebendige Morgenwinde das Gewölke über die Gette hinüber, und wir ſchauen nach dem dunkeln, reinen Morgenblau, dem Aufſteigen des Morgen- und Frühlingsſternes entgegen. An einem ſolchen Dezembertage beklemmt uns die falbe ſtockende Welt von ſtarren blutloſen Gewächſen um uns, und die unter ſie niedergefallnen mit Erde bedeckten Inſektenkabinetter und das Spartwerk bloßer, runzlicher, verdorreter Bäume — die Dezembersonne, die am Mittag so tief hereinhängt, als die Juniussonne abends, breitet, wie angezündeter Spiritus, einen gelben Todtenschein über die welken, bleichen Auen aus, und überall schlafen und ziehen, wie an einem Abende der Natur und des Jahrs, lange riesenhafte Schatten, gleichsam als nachgebliebene Trümmer und Aschenhaufen der eben so langen Nächte, Hingegen der leuchtende Schnee überzieht nur wie ein um einige Schuh hoher weißer Nebel, den blühenden Boden unter uns, der blaue Vorgrund des Frühlings, der reine dunkle Himmel liegt über uns weit hinein, und die weiße Erde scheint uns ein weißer Mond zu sein, dessen blanke Eis-felder, so bald wir näher antreten, in dunkle wallende Blumenfelder zerfließen.

Weh wurde dem traurigen Firmian auf der gelben Brandstätte der Natur ums Herz. Die täglich wiederkommende Stockung seines Herz- und Pulsschlages, (eine bloße vom Denken und Kummer erfolgende Ermattung der Herznerven) schien ihm jenes Stillestehen und Verstummen des Gewitterstürmers in der Brust zu sein, das ein nahes Ausdonnern und Zerrinnen der Gewitter-wolke des Lebens ansagt. Er schrieb das Stot-

tern seines Uhrwerks einem zwischen die Räder
gefallenen Pflock, einem Herzpolypen zu; und seinen Schwindel dem Anzuge des Schlagflusses.
Heute war der 365te Akt des Jahrs und sein Vor-
hang war im Niederfallen: was konnt' ihm das
anders zuführen, als düstere Vergleichungen mit
seinem eignen Epiloge, mit dem Wintersölstizium
seines abgekürzten verschatteten Lebens? — Das
weinende Bild seiner Lenette stellte sich jetzt vor
seine vergebende, wegziehende Seele; und er dachte:
„sie hat wohl nicht Recht; ich will ihr aber nach-
geben, weil wir doch nicht lange mehr beisammen
wohnen. Ich gönn' ihrs gern, daß meine Arme
vermodernd von ihr fallen, und daß ihr Freund
sie in seine nimmt."

Er stieg jetzt auf die Schädelstätte und das
Blut- und Trauergerüste, auf dem sein Freund
Heinrich seine Umarmungen geendigt hatte. Von
dieser Höhe eilten seine Blicke, so oft sein Herz
schwer war, in die nach Nordost; aber heute wurden sie feuchter, als sonst, weil er nicht den Frühling zu sehen hoffte. Diese Höhe war der Hügel,
auf den der Kaiser Hadrian den Juden jährlich
zweimal zu steigen erlaubte, damit sie hinüber nach
den Trümmern der heil. Stadt blicken und das
beweinen könnten, was sie nicht betreten durf-

ten *). Die Sonne schloß das alte Jahr mit Schatten ab, und als nun abends die Sterne auftraten, die im Frühling sonst den Morgen schmücken: so brach das Schicksal die schönsten Lianen-Zweige voll Blüthe von seinem Geiste weg, und helles Wasser quoll aus ihnen; „ich erlebe und „sehe nichts mehr vom künftigen Frühling, dacht' „er, als sein Blau, das an ihm, wie in der Emaille- „malerei, unter allen Farben zuerst fertig wird." Sein zur Liebe erzognes Herz ruhte ohnehin immer von Satiren, von trocknen Geschäften, und zuweilen von der Kälte Lenettens an der ewigen, warmen und umfangenden Göttin aus, an der Natur. Hier in das freie, enthüllte, blühende All, unter den großen Himmel, trug er gern seine Seufzer und seinen Kummer, und er machte in diesen Garten, wie sonst die Juden in kleine, alle seine Gräber. — Und wenn uns die Menschen verlassen oder verwunden: so breitet ja auch immer der Himmel, die Erde, und der kleine blühende Baum seine Arme aus, und nimmt den Verletzten darein auf, und die Blumen drücken sich an unsern wunden Busen an; und die Quellen mischen

---

*) Nach Justin; S. Bakholms jüdische Geschichte aus dem Dänischen 1785.

ſich in unſere Thränen, und die Säfte fließen kühlend in unſere Seufzer — das Weltmeer von Be-
thesda erſchüttert und beſeelet ein hoher Engel,
und wie tauchen uns mit allen tauſend Stichen
in ſeine heißen Quellen ein, und ſteigen zugeheilet
und mit abgeſpannten Krämpfen aus dem Lebens-
waſſer wieder heraus.

Firmian gieng jetzt mit einem Herzen voll Ver-
ſöhnung und mit Augen, die er im Dunkeln nicht
mehr trocknete, langſam nach Hauſe: er ſagte ſich
jetzt alles, womit er ſeine Lenette entſchuldigen
konnte — er ſuchte ſich auf ihre Seite zu ziehen
durch den Gedanken, daß ſie nicht, wie er, den
Minervens Helm, den Fallſchirm und Fallhut des
Denkens, Philoſophierens und der Autorſchaft
gegen die Stöße und Steine des Lebens nehmen
könne — er ſetzte ſich noch einmal vor (er hatt'
es ſich ſchon 30 male vorgeſetzt), ſo verbindlich
gegen ſie zu ſein, wie man es gegen eine Fremde
iſt *) — ja er legte über ſein Ich ſchon das Flie-

----

*) Der Ehemann ſollte mehr den Liebhaber, und dieſer
   mehr jenen ſpielen. Es iſt nicht zu beſchreiben,
   welchen mildernden Einfluß kleine Höflichkeiten und
   unſchuldige Schmeicheleien gerade auf die Perſonen
   haben, die ſonſt keine erwarten und erlangen, auf

gennetz oder das Panzerhemd der Gebuld, im Falle
der grillierte Kattun wirklich unversetzt zu Hause
läge. — So machts der Mensch, so drücket er,
um nur in den Mittagsschlaf der Seelenruhe
zu kommen, mit 2 Händen die Ohren zu — so
wirft unsere Seele in der Leidenschaft allezeit, wie
Spiegel- oder Wasserflächen, den Sonnenschein
der Wahrheit nur mit Einem blitzenden Punkte
zurück, indeß die Fläche um die wiederscheinenden
Stellen sich nur desto tiefer einschattet.

Wie gieng alles anders! Gravitätisch und
mit einem Kirchenvisitazions-Gesicht voll Inspek-
zionspredigten trat ihm der Pelzstiefel entgegen; Lenette richtete ihre geschwollnen Augäpfel kaum gegen die Windseite seines Eintritts. Stiefel hielt
das Mienen-Gestrick seines Gesichtes fest, damit

---

die Gattinnen, Schwestern, Verwandte; sogar wenn
sie Höflichkeit für das halten, was sie ist. Diese
erweichende Pomade für unsere rauhen zersprungnen
Lippen sollten wir den ganzen Tag auflegen, wenn
wir nur drei Wörter reden; und eine ähnliche Hand-
pomade sollten wir im Handeln haben. Ich halte,
hoff ich, meinen Vorsatz, keiner Frau zu schmeicheln, und sogar meiner eignen nicht; aber 4½ Mo-
nate nach der Kopulazion fang' ich an, ihr zu
schmeicheln und fahre fort mein Lebelang.

es nicht vor Firmians freundlich aufgelöstem zerfuhr, und hob an: „Herr Armenadvokat, ich „wollt’ eigentlich das Geld für die Langische Re„zension abtragen. Aber die Freundschaft heischet „von mir etwas Wichtigeres, Sie zu ermahnen, „daß Sie sich gegen Ihre arme Frau hier betra„gen, wie ein wahrer Christ gegen eine Christin.” — „Oder noch besser; (sagt’ er) aber wovon ist „denn die Rede, Frau?” Sie schwieg verlegen. Sie hatte von dem Rath in dem Kattun-Prozeß Rath und Hülfe begehrt, weniger, um beides zu bekommen, als um den Prozeß zu erzählen. Sie hatt’ eben den grillierten stachlichten Raupenbalg in Versatz gesandt, als sie der Rath im bittern Gusse ihrer Augen überfiel: sie hätte geschwiegen, hätte sie ihren Willen und ihren Rock gehabt; da sie aber beides aufgeopfert hatte, so begehrt: sie einen Ersatz, eine Rache. Sie hatt’ ihm anfangs nur Beschwerden in unbekannten Zahlen vorgerechnet; als er aber weiter anbrang, sprang ihr überfülltes Herz auf, und alle Leiden strömten heraus. Stiefel gab, zuwider den Rechtsregeln und manchen Universitäten, immer dem Kläger Recht, weil dieser eher — sprach: die meisten Menschen halten diese Unpartheilichkeit ihres Herzens für die Unpartheilichkeit ihres Kopfes. Stiefel schwur, er wolle ihrem Manne sagen, was zu sagen wäre, und der Kattun kehre noch heute zurück.

Dieser Beichtiger klingelte mit seinem Bind- und Löseschlüsselbund, und erzählte dem Gatten die allgemeine Beichte der Frau und dann den Versatz des Rocks. Wenn man von einer Person zwei verschiedene Handlungen zu berichten hat, eine ärgerliche und eine willkommene: so kömmt die Hauptwirkung darauf an, welche man zuerst stellt: die zuerst erzählte grundiert das Gemüth und die zuletzt nachgemalte wird nur Nebenfigur und zum Schattenwurf. Firmian hätte schon auf der Gasse hinter Lenettens Versatz gelangen sollen, und erst oben hinter die Plauderei. So aber saß der Henker darin. „Wie — (das waren, wenn nicht seine Gedanken, doch seine Gefühle) — wie, meinen Nebenbuhler macht sie zu ihrem Vertrauten und zu meinem Richter — ich bring' ihr eine versöhnte Seele wieder, und in diese macht sie einen neuen Riß — und so ärgert sie mich noch den letzten Tag mit dem verhenkerten Geplauder?" Mit letzterem meinten nämlich seine Gefühle etwas, was der Leser nicht versteht: denn ich hab' ihm noch nicht erzählt, daß Lenette die Unart hatte, übel erzogen zu sein, und daß sie d a h e r gemeine Leute i h r e s Geschlechtes, z. B. die Buchbinderin,

zu Rezipienten ihrer geheimen Gedanken und zu
elektrischen Ausladern ihrer kleinen Gewitter machte; indeß sie zugleich ihrem Mann verdachte, daß
er Bediente, Mägde, Plebejer, zwar nicht in seine
Mysterien einließ, aber doch in ihre eignen be-
gleitete.

Stiefel las jetzt — nach der Sitte aller Leute
ohne Welt, die alles lehren und nichts voraus-
setzen — von seinem Kanzelpult eine lange theolo-
gische Traurede über die Liebe christlicher Ehegat-
ten ab, und bestand zuletzt auf der Zurückberufung
des Kattuns, gleichsam seines Neckers. Firmian
wurde durch die Rede erbittert: und das blos,
weil seine Frau ohnehin dachte, er habe keine Religion, oder nicht so viel davon, wie Stiefel.
„Es ist mir (sagt' er) aus der französischen Ge-
„schichte erinnerlich, daß der erste Prinz vom Ge-
„blüt, Gaston, seinem Bruder einige unbedeutende
„Kriegsunruhen gemacht, und daß er im Friedens-
„instrumente darauf in einem besondern Artikel
„sich erboten, den Kardinal Richelieu zu lieben.
„Allerdings sollte dieser Artikel, daß Eheleute ein-
„ander lieben wollen, einen ganzen Separat-
„artikel in den Ehepakten ausmachen; da die
„Liebe zwar, wie Adam, anfangs ewig und un-
„sterblich ist, aber nachher doch sterblich wird nach
„dem

„dem Schlangenbetrug. Was aber den Kattun
„anlangt, so wollen wir alle Gott danken, daß
„der Zankapfel aus dem Hause geworfen ist.”
Stiefel, um der geliebten Lenette zu opfern und
zu räuchern, drang auf den Remarsch des Rocks
um so leichter, weil ihm Firmians bisherige sanfte
Willfährigkeit zu kleinen Opfern und Diensten den
Wahn seiner übermannenden Superiorität in den
Kopf gesetzet hatte. Der bewegte Ehemann sagte:
wir wollen abbrechen. „Nein, sagte Stiefel, nach,
„her! Jetzt vor allen Dingen foder' ich, daß die
„Frau wieder zu ihrem Kleide kommt.” — H.
Rath, daraus wird nichts. — „Ich schieße Ihnen (sagte Stiefel in heißester Erboßung über einen solchen frappierenden Ungehorsam) so viel
Geld vor, als Sie brauchen.” Jetzt war es dem
Advokaten noch weniger möglich, zurückzutreten:
er schüttelte 80 mal. „Sie oder ich sind ganz be-
„stürzt (sagte Stiefel): ich will Ihnen die Gründe
„noch einmal vorhalten.” Sonst waren, versetzte
Firmian, die Advokaten so glücklich, Hauskaplä-
ne *) zu haben; es war aber keiner zu bekehren —
und darum werden sie nicht mehr angepredigt.

---

*) S. Klübers Anmerkung zu de la Curne de Sainte-
Palaye über das Ritterwesen.

II.											P

Lenette weinte stärker — Stiefel schrie deßhalb stärker — er mußte, in der ersten Verlegenheit
über eine mißlungene Erwartung, seine Foderung
schroffer aufstellen: und der Andre gegen sie stärker
andringen. — Stiefel war ein Pedant, und niemand, als so einer, hat eine offnere, blindere Eitelkeit, gleichsam einen perennierenden Wind, der aus
allen 32 Ecken fortweht (denn ein Pedant kramt
so gar den Körper aus). Stiefel mußte, wie ein
Dramatiker, seinen Karakter soutenieren und sagen:
„Entweder, Oder, H. Armenadvokat? Entweder
„das Trauerkleid kömmt zurück — oder ich bleibe
„weg — aut. aut. Meine Besuche können zwar
„von keinem Belange sein; aber ich setz' auch ei-
„nen geringen Preis darauf, blos Ihrer Frau
„Gemahlin wegen." Firmian, doppelt erzürnt —
erstlich über die herrschsüchtige Unhöflichkeit einer
solchen eiteln Alternative, und zweitens über den
kleinen Marktpreis, wofür der Rath ihre Zusam-
menkünfte losschlug — mußte sagen „Nunmehr
„kann niemand mehr Ihren Entschluß bestimmen,
„als Sie, aber nicht Ich — Es wird Ihnen
„sehr leicht H. Rath, sich von uns zu trennen,
„und Sie könnten anders — aber mir wird es
„schwer, und ich kann nicht anders." — Stiefel
dem so unvermuthet und so nahe vor seiner Ge-

liebten der wächserne Lorbeerkranz vom Kopf herabgeschmolzen wurde, konnte jetzt nichts mehr thun, als scheiden; aber mit den drei fressenden, scharfen Gefühlen — daß sein Ehrgeiz litt — daß seine Freundin weinte — daß sein Freund rebellierte und trotzte......

Und als der Schulrath seinen ewigen Abschied nahm: stand in seiner Freundin Augen ein entsetzlicher Schmerz, den ich, ob ihn gleich die Hand der Vergangenheit bedeckt hat, noch starren sehe; und sie konnte den fliehenden Freund nicht die Treppe mit hinab begleiten, wie sonst, sondern gieng mit dem überfüllten, brechenden Herzen allein in die unerleuchtete Stube zurück.

Firmians Herz legte die Härte, obwohl nicht die Kälte, ab, da er seine verfolgte Frau in starrem, trocknem Gram über den Einsturz aller ihrer kleinen Plane und Freuden erblickte, und er that ihr mit keinem einzigen Vorwurfe mehr weh: „Du „siehst, sagt er blos, ich bin nicht schuld, daß „der Rath nicht mehr wiederkömmt — er hätte „freilich nichts erfahren sollen — nun ist's vorbei.“ Sie antwortete nicht. Der Horniſſenſtachel, der eine dreifache Wunde sticht, oder der wie von einem rachsüchtigen Italiener in sie geworfne Dolch steckte noch in der Wunde fest, die daher nicht blu

ten konnte. Du Arme! Du hast Dich um recht
viel gebracht! — Firmian setzte sich in den Lehn-
stuhl und deckte die Hand auf die Augen und —
von der Zukunft flog jetzt der Nebel auf, und entblößte darinn ein langes dürres Land voll Brand-
stätten, voll verdorrter Gebüsche und voll Thier-
gerippe im Sand. Er sah, die Kluft, oder der
Erdfall, der sein Herz vom ihrem abreiße, werde
immer weiter klaffen: er sah es so deutlich und so
schmerzhaft, seine alte schöne Liebe komme nie
wieder, Lenette lege ihren Eigensinn, ihre Launen,
ihre Pleonasmen nie ab — Die engen Schranken ihres Herzens und Kopfes blieben immer fest
— sie lern' ihn so wenig verstehen als liebgewin-
nen — auf der andern Seite nehme nun ihre Ab-
neigung gegen ihn mit dem Außenbleiben seines
Freundes zu — und mit beiden die Liebe gegen diesen, dessen Reichthum, dessen Ernst und Religio-
sität und Zuneigung das schneidende Band der
Ehe mit einem vielfachen und weichern Bindwerk
entzwei rissen — er sah trübe in lange schweigen-
de Tage voll versteckter Seufzer, voll stummer
feindlicher Anklagen hinaus.

Lenette arbeitete still in der Kammer, denn das
wundgerissene Herz floh Worte und Blicke, als kalte
grimmige Winde. Es war schon sehr finster —

sie brachte kein Licht. Auf einmal fieng unten im Hause eine wandernde Sängerin mit einer Harfe und ihr kleines Kind mit einer Flöte an zu spielen. Jetzt war unserem Freunde als wenn das von Blut geschwollene, gespannte Herz tausend Schnitte bekäme, um sanft zusammenzufallen. Wie Nachtigallen am liebsten vor einem Echo schlagen, so spricht unser Herz am lautesten vor Tönen. O als der gleichsam dreifach besaitete Ton ihm seine alten fast unkenntlichen Hoffnungen vorüberführte — als er tief zu dem schon hoch vom Strom der Jahre überdeckten Arkadien hinuntersah, und sich drunten mit seinen jungen frischen Wünschen erblickte, unter seinen lang verlornen Freunden, mit seinen freudigen Augen, die sich voll Zuversicht im Kreise umschaueten, und mit seinem wachsenden Herzen, das gleichsam seine Liebe und seine Treue für ein künftiges, warmes sparte und nährte — und als er jetzt in einen Mißton hinein rief: „und ein solches hab' ich nicht gefunden, und alles ist hin" — und als die grausamen Töne wie eine dunkle Kammer die regen beweglichen Bilder blühender Lenze, blumiger Länder, und liebender Zirkel vorüberzogen vor diesem Einsamen, der nichts hatte, jetzt nicht eine Seele in diesem Lande, die ihn liebte: so fiel sein fest stehender Geist darnieder, und legte sich auf die Erde wie zergangen, zur Ruhe, und jetzt that ihm nichts mehr wohl, als was ihn schmerzte. Plötzlich verschwand die Nachtwandlung des Getöns, und die Pause griff, wie eine stille Nachtlethe härter ins Herz. In dieser melodischen Stille gieng er in die Kammer und sagte zu Lenetten: „trag' ihnen das Wenige hinunter!" Aber die zwei letzten Worte konnt' er nur stotternd sagen, weil er im Wiederschein, den das Zunderbrennen aus einem Hause gegen über gab, ihr ganzes glühendes Angesicht voll laufender, ungetrockneter Thränen sah; denn bei seinem Eintritte hatte sie sich im Abwischen der Fensterscheiben, die von ihrem warmen Athem angelaufen waren, begriffen gestellt. Sie ließ das Geld auf dem Fenster. Er sagte noch sanfter: „Lenette, Du mußt es wohl gleich bringen; ich sie gehen." Sie nahm es — — ihre verweinten Augen glitten im Umwenden vor seinen verweinten vorüber, — sie gieng, aber beide wurden darüber fast trocken, so geschieden waren ihre Seelen schon. Sie litten in jener schrecklichen Lage, wo nicht einmal die Stunde einer gegenseitigen Rührung mehr versöhnt und wärmt. Seine ganze Brust schwoll von quellender Liebe, aber ihrer gehörte seine nicht mehr an — ihn drückte in derselben Minute der Wunsch und das Unvermögen, sie zu lieben, die Einsicht ihrer Mängel und die Gewißheit ihrer Kälte. — Er setzte sich in den eingemauerten Fenstersitz, und lehnte den Kopf auf, und rührte zufällig ihr nachgebliebnes Schnupftuch an, das feucht und kalt von Thränen war. Die Gekränkte hatte sich nach dem langen Drucke eines ganzen Tages recht mit dieser milden Ergießung erquickt, wie man nach starken Quetschungen die Ader öffnen lässet. Bei dem Antasten des Tuchs lief es eiskalt über seinen Rücken, wie ein Gewissens-Biß; aber so gleich darauf brühendheiß, da er dachte, sie habe nur über den Verlust einer ganz andern Person geweint, als der seinen. — Nun fieng, aber ohne die Harfe, der Gesang und die Flöte wieder an, und walleten in einem langsamen Liede in einander, dessen Strophen immer schlossen: „hin ist hin, todt ist todt.” Nun umfaßte ihn der Schmerz, wie der Mantelfisch, mit seiner dunkeln erstickenden Hülle. Er drückte Lenettens nasses Schnupftuch hart an seine Augäpfel, und vernahm nur dunkel: hin ist hin, todt ist todt. Da floß plötzlich sein ganzes Innere aufgelöset bei dem Gedanken aus einander, daß sein stockendes Herz ihm vielleicht kein neues Jahr mehr auf

ser dem morgendlichen zu erleben gönne — und
er dachte sich scheidend, und das kalte Tuch lag
mit doppelten Thränen kühlend am heißen Angesicht — und die Töne zählten wie Glocken alle
Punkte der Zeit, und man vernahm das Vergehen
der Zeit — und er sah sich in der stillen Höle
schlafend, wie in der Schlangengrotte, und statt der
Schlangen leckten nur die Würmer die heißen,
scharfen Gifte des Lebens ab.*)

Die Musik war vorüber. Er hörte Lenetten
in der Stube gehen, und Lichte anzünden. Er
gieng hinaus, und reichte ihr das Schnupftuch
hin. Aber sein innerer Mensch war so verblutet
und zerdrückt, daß er irgend einen äußern, wer
es nur sei, umarmen wollte; er mußte, wenn auch
nicht seine jetzige, doch seine vorige, wenn auch
nicht seine liebende, doch seine leidende Lenette an
diese darbende Brust andrücken. Gleichwohl ver-
mocht' und verlangt' er nicht ein Wort der Liebe

---

*) In die Schlangengrotte bei Civita Vecchia brachte
man sonst halb vermoderte Kranken, denen, während sie in einem aus Opium gemachten Schlafe
da ruhten, Schlangen die Krankheitsmaterien ableck-
ten, Labats Reis. VI. p. 81.

zu sagen. — Er legte langsam und ungebückt die Arme um sie, und schloß sie an sein Herz; aber sie warf den Kopf kalt und voreilig vor einem unangebotenen Kusse zurück. — Das schmerzte ihn sehr, und er sagte: „bin ich denn glücklicher wie Du?" — und legte sein gebücktes Angesicht auf ihr weggebogenes Haupt, und preßte sie wieder an sich, und entließ sie dann — — Und als die vergebliche Umarmung vorüber war: rief sein ganzes Herz: hin ist hin, todt ist todt.

Die stumme Stube, in der die Musik und die Worte aufgehöret hatten, glich einem unglückli= chen Dorfe, aus dem der harte Feind alle Glo= cken mitgenommen, und worin es still ist den ganzen Tag und die ganze Nacht, und stumm im Thurm, als wäre die Zeit vorbei.

Als sich Firmian niederlegte, dacht' er: ein Schlaf beschließet das alte Jahr wie ein letztes, und beginnt das neue wie ein Leben, und ich schlummere einer bangen, ungestalten, tiefbe= hangnen Zukunft entgegen. So schläft der Mensch an der Pforte der versperrten Träume ein, aber er weiß nicht voraus, obgleich seine Träu= me nur einige Minuten und Schritte von der

Pforte abliegen, welche, wenn sie aufgeht, hinter
ihr warten, ob ihn auflauernde, funkelnde Raub-
thiere, oder ätzende, lächelnde, spielende Kinder in
der kleinen sinnlosen Nacht umringen, und ob
ihn der fest geformte Dunst erwürge oder
umarme.

Zehntes Manipel.

Der einsame Neujahrstag — Entscheidung des Prozesses — hölzernes Bein der Appellation — Preß- und Redezwang — der närrische Briefwechsel — der eilfte Februar 1786.

Ich kann wahrhaftig meinem Helden zu keinem neuen Jahrs Morgen gratuliren, worin er die verquollenen Augen in den heißen Augenhölen schwer nach der Morgenröthe dreht, und sich mit dem ausgepreßten, betäubten Gehirne wieder an das Kissen schmiegt. Dem Menschen, der selten weinet, fallen neben den moralischen Schmerzen allzeit solche körperliche an. Er blieb über die alte Stunde im Bette, um nachzudenken, was er gethan habe, und was er thun müsse. Er erwachte viel kälter gegen Lenetten als er eingeschlafen war. Wenn die gegenseitige Rührung zwei

Menschen nicht verknüpft, wenn die Gluth des Enthusiasmus kein Bindungsmittel zwischen zwei Herzen wird: so mischen sie sich erkaltet und spröder noch minder zusammen. Es giebt einen mißlichen Zustand der unvollendeten, halben Versöhnung, worin die steilrechte Zunge der Juwelierwage im Glaskästgen vor dem leichtesten Lüftgen einer andern Zunge überschlägt: ach heute senkte sich schon bei Firmian die Wage ein wenig, und bei Lenetten ganz. Er bereitete sich aber doch und fürchtete sich zugleich, einen Neujahrswunsch zu geben und zu beantworten. Er ermannte sich, und trat mit dem alten herzhaften Schritt, als wäre gar nichts geschehen, ins Zimmer. Sie hatte, um ihn nicht zu rufen, lieber die Kaffeekanne zu einem Kühlfaß werden lassen; und stand, mit dem Rücken gegen ihn, an der herausgezognen Kommodeschublade, und zerrete — Herzen aus einander, um zu sehen, was hinter ihnen sei. Es waren nämlich gedruckte versifizierte Neujahrswünsche, die sie aus der schönern Zeit in Augspurg von Freunden und Freundinnen herüber gebracht hatte: der freundliche Wunsch wurde von einer Gruppe ausgeschnittener in einer Spirallinie in einander zurücklaufender Herzen bedeckt. Wie die h. Jungfrau mit wächsernen, so werden

die andern Jungfrauen mit papiernen Affignaten-
herzen umhangen: denn bei diesen holden führt
alle Gluth und Freundschaft den Namen Herz,
wie die Geographen dem Umriß des Heissen
Afrika auch einem Herzen ähnlich finden. —

Firmian errieth leicht alle sehnsüchtige Seufzer, die in der Verarmten über so viele zertrüm-
merte Wünsche aufstiegen, und alle trübe Vergleichungen der jetzigen Zeit mit der lachenden,
und was der Schmerz und die Vergangenheit einem weichen Herzen mit einander sagen: ach, wenn
am Neujahrstag schon der Glückliche seufzet, so
muß ja wohl der Unglückliche weinen dürfen? —
Er sagte seinen guten Morgen sanft, und wollte
nach einer sanften Antwort seine Wünsche an die
gedruckten schließen. Aber Lenette, viel tiefer und
öfter gestern verwundet, als er, murrete ihm eine
kalte, schnelle zurück. — — Jetzt konnt' er nichts
wünschen; sie that es auch nicht; und so unglücklich und so hart drängten sie sich mit einander
durch die Pforte eines neuen Jahrs.

Ich muß es sagen, er hatte sich schon vor 8
Wochen auf diesen Morgen gefreuet, auf die süße
Zerfließung ihrer zwei Herzen, auf tausend heiße
Wünsche, die er ihr vorstammeln wollte, auf ihr
Aneinanderschließen, und auf das trunkne Ver-

ſtummen der Lippen an Lippen. ¹... O wie war
Alles ſo anders, ſo kalt, ſo tödtlich kalt! —
Ich muß es irgendwo anders — wo ich mehr
Papier dazu vor mir habe — ausführen, warum und wie nach — denn dem Anſchein nach iſt
gerade das Widerſpiel zu vermuthen — ſeine
ſatiriſche Ader eine Ferment oder eine Wäſſerung
für ſein empfindſames Herz abgab, deſſen er ſich
zugleich freuete und ſchämte. Am meiſten half
dazu der — Reichsflecken Kuhſchnappel, auf den,
wie auf noch einige deutſche Ortſchaften, der em-
pfindſame Thau, wie auf Metalle, nicht fiel, und
worin die Leute ſich mit verknöcherten Herzen ver-
ſehen hatten; denen, wie erfrornen Gliedmaßen,
oder wie Hexen voll Stigmen des Teufels, keine
Wunde von Belang zu machen war. Unter ſolchen Kalten nun vergiebt und ſucht man übertriebene Wärme am erſten. Einer hingegen, der
1785 in Leipzig ꝛc. wohnhaft war, wo die meiſten Herzen und Venen mit dem Thränen-Spiri-
tus ausgeſprützet waren, trieb leichter den witzi-
gen Unwillen darüber zu weit; ſo wie die Köche
in den naſſen Jahrgängen mehr ſcharfe Ge-
würze an die wäſſerigen Gemüſer reiben, als
in trocknen. — —

Lenette gieng heute dreimal in die Kirche; es

war aber ganz natürlich. . . . Beim Worte
„dreimal" erschreck' ich nicht über die Kirchen-
gänger, die dabei seelig werden können, sondern
über die armen Geistlichen, die an einem Tage so
oft predigen müssen, daß es noch ein Glück ist,
wenn sie, dabey nichts werden, als, statt heiser,
verdammt. Ein Mensch, der das erstemal predigt,
rührt gewiß niemand so sehr, als sich selber, und
wird sein eigner Proselyt; aber wenn er die Moral zum Millionenstenmal vorpredigt, so muß es
ihm ergehen, wie den Egerischen Bauern, die den
Egerischen Brunnen alle Tage trinken, und die
er daher nicht mehr laxiert, so viele Iedes er
auch Kurgästen macht.

Ueber dem Essen schwieg das traurige Ehepaar. Firmian fragte blos nach dem Namen des
Nachmittagspredigers: der Schulrath Stiefel
ists. — Er schlug mit dem einen Zacken der Gabel an den Teller, und fuhr mit dieser Spielwelle
schnell an das eine Ohr, indeß er das andere ver-
schloß: der Trommelbaß des summenden Eu-
phons zog seine gequälte Seele in die Wogen des
Tons, und dieses brausende Schallbret, dieser
zitternde Klöppel tönte ihm am neuen Jahre gleichsam zu: „vernimmst Du nicht von weitem das
„Ausläuten der Messe Deines kalten Lebens? Es

„ iſt die Frage, ob Du am zweiten Neujahr noch
„ höreſt, ob Du nicht ſchon liegeſt, und aus ein-
„ ander gehſt.” —

Als er nachmittags einſam in der Stube war,
als der frohe Kirchengeſang und der benachbarte
frohe Kanarienvogelſchlag gleichſam wie das Ge-
töſe und Poltern lebendig begrabener Jahre der
Freude ſeine matte Seele überfiel — und als ein
heller magiſcher Sonnenſchein ſeine Stube durch-
ſchnitt, und als dünne Wolkenſchatten über den
lichten Ausſchnitt der Diele wegglitten, und das
kranke, ſtöhnende Herz mit tauſend traurigen Aehnlichkeiten fragten; iſt nicht alles ſo? entfliehen
nicht Deine Tage, wie Dünſte durch einen kalten
Himmel, über eine todte Erde, und ſchwimmen
hin in die Nacht: — — ſo mußt' er ſein ſchwel-
lendes Herz mit der ſanften Schneide der Tonkunſt
öffnen, damit die nächſten und größten Tropfen
des Schmerzens daraus flöſſen — er griff einen
einzigen Dreiklang auf dem Klavier, und
griff ihn wieder, und ließ ihn verwogen — wie
die Wölkgen flogen, ſtarben die Töne aus, der
Wohllaut ſchwang ſich träger, zitterte noch,
und wurde ſtarr, und die Stille ſtand da, wie
ein Grab — Im Hörchen ſtockte ſein Athmen
und ſein Herz, eine Ohnmacht griff nach ſeiner

Seele

Welt — — und nun, und nun warf in dieser schwärmerischen kranken Stunde der Strom des Herzens — so wie Ueberschwemmungen Begrabne aus Kirchen und Gräbern spühlten — einen jungen Todten aus der Zukunft, aus der irdenen Decke unverschleiert heraus: sein Leib war es; er war gestorben. Er schaute zum Fenster hinaus, ins tröstende Licht und Getümmel des Lebens; aber es rief doch in ihm fort: „täusche Dich nicht, ehe die Neujahrswünsche wiederkommen, bist Du schon von dannen gezogen."

Wenn das schauernde Herz so entblättert ist, und nackt da steht: so ist jedes Lüftgen ein kaltes. Wie warm und milde hätte Lenette seines berühren müssen, um es nicht zu erschrecken, wie Desorganisierte Todesfrost in jeder Hand empfinden, die sie ausserhalb des magnetischen Kreises anrührt! —

Er setzte sich heute vor, in der so genannten Leichenlotterie einzutreten, damit er bei seinem Zug in die andere Welt doch das Abzugsgeld entrichten könnte. Er sagte es ihr; aber sie nahm den Vorsatz für eine Anspielung auf das Trauerkleid. So neblig ging der erste Tag vorüber, und noch regnerischer die erste Woche. Jetzt war gleichsam das Einfassungsgewächs, und der Zaun

um Lenettens Liebe gegen Stiefel ausgerissen, und
diese Liebe stand frei da. An jedem Abend, wo
der Rath sonst gekommen war, grub sich der Aer-
ger und Kummer tiefer in ihr junges Angesicht,
das allmählig zur durchbrochnen Arbeit des
Schmerzens einfiel. Sie fragte nach den Tagen,
wo er zu predigen hatte, um ihn zu hören, und
trat bei jedem Leichenzuge ans Fenster, um
ihn zu sehen. Die Buchbinderin war ihr korre-
spondierendes Mitglied, und aus ihr holte sie
neue Entdeckungen über den Schulrath heraus,
und repetierte mit ihr die ältesten. Wie viel mußte
nicht der Rath durch seinen Fokalabstand gewinnen, und der Mann durch seine Erdnähe verlie-
ren. So wie die Erde gerade die kleinste Wärme
von der Sonne bekömmt, wenn sie ihr am nächsten ist, im Winter! — — Zu diesem allen kam
noch ein ganz neuer Grund zu Lenettens Abnei-
gung. Es hatte nämlich der Heimlicher v. Blaise
unter der Hand von ihrem Manne bekannt gemacht, er sei ein Atheist, und kein Christ. Red-
liche alte Jungfern und Geistliche sind auf eine
schöne Weise von rachsüchtigen Römern unter den
Kaisern verschieden, die oft den unschuldigsten
Menschen für einen Christen ausgaben, um ihm
eine Märtyrerkrone zu flechten; besagte Jungfern

und Geistliche nehmen vielmehr die Parthei eines Menschen, der in solchem Verdachte ist, und läugnen es, daß er ein Christ ist. So unterscheiden sie sich sogar von den neuen Römern und Italienern, die stets sagen: es sind 4 Christen da, statt vier Menschen. Das tugendhafteste Mädgen bekam in St. Ferieux bei Besançon zum Preis einen Schleier zu 5 Livr.; und diesen schönen Preis der Tugend, nämlich einen moralischen Schleier von 6 Livr., werfen Menschen wie Blaise gern über! gute Leute. Sie nennen daher gern Denker Ungläubige, und Heterodoxe Wölfe, deren Zähne glätten und zahnen helfen; so wird auch auf die besten Klingen, auf die Wolfsklingen, ein Wolf eingezeichnet... Als Siebenkäs seiner Frau die Lüge seines Nichtchristhums vor vielen Wochen zuerst berichtete, fragte sie wenig darnach; erst jetzt dachte sie öfter daran, und glaubte es ganz, wenn sie gerade unter der figurierten Kanzel des Schulraths saß, dessen Predigten Liebesbriefe für ihre lechzende Seele waren. Die Geistlichkeit steht in einem nahen Verhältniß mit dem weiblichen Herzen; daher bedeutet ursprünglich auf der deutschen Spielkarte das Herz die Geistlichkeit. —

Was that und dachte nun Stanislaus Sie

Denk's bei allem? — Zweierlei, was sich selber sprach: Hatt' er gerade ein hartes Wort gesagt: so bejammerte er die verlassene, ohnmächtige Seele, deren ganzes Rosenparterre der Freuden ausgehauen war, deren erste Liebe gegen den Schulrath im Jammer und Darben verschmachtete, und welche tausend schöne Reize ihres verschlossenen Innern würde vor einem gelebten Herzen — denn keines war es nicht — entfaltet haben. Wenn er hingegen gerade harte Worte nicht ausgestoßen, sondern erduldet hatte: so wurd' er eifersüchtiger, und er trug ihre sehnsüchtigen Qualen als neue Sünden in ihr Sündenregister ein.

Es war gerade in jener mildern Laune, daß er zum erstenmale wieder zum einzigen Freund im Orte gieng, zum Schulrath, dem er den kleinen Fehltritt schon längst — ich glaube eine halbe Stunde darnach — von Herzen vergeben hatte. Er wußte, seine Erscheinung war ein Trost für den verwiesenen Evangelisten im Stuben-Pathmos; und für die Frau war es auch einer. Ja er trug Grüße, die nie anbefohlen waren, zwischen beiden hin und her.

Abends waren bei Lenetten kleine hingeworfne Berichte vom Rathe die grüne Saat, die das scharrende Rebhuhn unter dem tiefen Schnee auf, kratzt. Ich versteck' es nicht, mich dauert er und sie; und ich kann kein elender Partheigänger sein, der nicht zwei Personen, die einander mißverstehen und befehden, zugleich Antheil und Liebe geben kann. — —

Aus diesem grauen schwülen Himmel, dessen Elektrizitätsmaschine alle Stunden luden und häuften, fiel endlich der erste grelle Donnerschlag herab: Firmian verlor seinen Prozeß. Der Heimlicher war das reibende Katzenfell und der stäupende Fuchsschwanz gewesen, der die Erbschaftskammer oder den Pechkuchen der Justiz mit kleinen Taschenblitzen gefüllet hatte. Es wurde ihm aber von Rechtswegen der Verlust des Prozesses zu erkannt, weil der junge Notarius Siegold, mit dessen Notariatsinstrument er sich bewaffnen wollen, noch nicht immatrikuliret war. Es kann wenig Menschen geben, die nicht wissen, daß in Sachsen nur ein Instrument gilt, das ein immatrikulierter Notar gemacht, und daß mithin die Beweiskraft eines Dokumentes in einem fremden Lande nicht stärker sein kann, als sie in dem war, worin man es fertigte. Firmian verlor zwar den Prozeß, und für jetzt die Erbschaft; aber sie blieb ihm doch unter jedem Rechtsstreite unverstehrt, da stehen. Nichts sichert wohl

ein Vermögen besser vor Dieben und Klienten und
Advokaten, als wenn es ein Depositum oder ein
objectum litis geworden; niemand darf es mehr
angreifen, weil die Summe in den Akten deutlich
spezifizieret ist, (es müßten denn die Akten selber
noch eher, als ihr Gegenstand abhanden kommen):
so freuet sich der Hausvater, wenn der Korn-
wurm den Kornschober gänzlich übersponnen, und
weiß papillotieret hat, weil dann die übrigen Körner, die der Spinner nicht ausgekernet
hat, vor allen andern Kornwürmern ganz gede-
cket sind. —

Niemals ist ein Prozeß leichter zu gewinnen,
als wenn man ihn verloren hat; denn man ap-
pelliret. — Nach der Abtragung der in- und
außergerichtl. Kosten, und nach der Ablösung der
Akten, bieten die Gesetze das beneficium der Appellazion jedem an, wiewohl bei dieser Benefiz-
komödie und Rechtswohlthat noch andere außer-
gerichtliche Wohlthaten nöthig sind, um von der
gerichtlichen Gebrauch zu machen.

Siebenkäs durfte appellieren — er konnte den
Beweis seines Namens und seiner Mündelschaft
recht gut mit einem andern, aber immatrikulier-
ten Leipziger Notarius führen — es fehlte ihm
nichts, als das Werkzeug oder die Waffe des

Streites, die zugleich der Gegenstand desselben war, kurz das Geld. — In den 10 Tagen, innerhalb welcher die Appellazion wie ein Fötus reifen muß, gieng er kränklich und sinnend umher: jeder dieser Dezimaltage übte an ihm eine von den zehn Verfolgungen der ersten Christen aus, und dezimierte seine frohen Stunden. Von seinem Leibgeber in Bayreuth Geld zu begehren, war die Zeit zu kurz, und der Weg zu lang, da Leibgeber, nach seinem Schweigen zu schließen, vielleicht mit dem Springstab und Steigeisen seiner Silhouettenscheere über mehrere Berge weggesprungen war. — Firmian that auf alles Verzicht und gieng zum alten Freund Stiefel, um sich zu trösten, und alles zu erzählen: dieser ergrimmte über den sumpfigen, bodenlosen Weg Rechtens, und drang dem Advokaten eine Stelze darin auf, nämlich die Gelder zum Appellieren. Ach es war dem unbefriedigten, schmachtenden Rathe so viel, als fassete er Lenettens geliebte, ziehende Hand, und sein redliches, an lauter eiskalten Tagen angerinnendes Blut fieng wieder aufgethauet zu laufen an. Es war keine Täuschung des Ehrgefühls, daß Firmian, der lieber hungerte, als borgte, gleichwohl von ihm jeden Thaler als ein Steingen annahm, um es in den morastigen Weg Rechtens zu pflastern, und so unbesudelt darüber zu kommen. Aber die Hauptsache war sein Gedanke, er sterbe bald, und dann bleibe doch seiner hülflosen Wittwe der Genuß der kleinen Erbschaft nach.

Er appellierte an die erste Appellazionskammer, und bestellte sich in Leipzig bei einer andern Notariats-Schmiedeesse ein neues Instrument, beim Zeugen-Beichtiger Lobstein.

Diese neuen, vom Glück erhaltenen Realterrizionen, und Nägelmale auf der einen, und diese Güte, und diese Renten des Rathes auf der andern Seite, häuften neuen Sauerstoff in Lenetten an; aber der Essig ihres Unwillens wurde, wie anderer, durch ein Frostwetter konzentriert, davon ich sogleich die Wetterbeobachtungen mittheilen kann.

Lenette war nämlich seit dem Zanke mit Stiefeln den ganzen Tag stumm; bloß bei Fremden genaß sie von ihrer Zungenlähmung. Es muß geschickt physisch erkläret werden, warum eine Frau oft nicht sprechen kann, außer mit Fremden; und man muß die entgegengesetzte Ursache von dem entgegengesetzten Phänomen aufspüren, daß eine Somnambüle nur mit dem Magnetiseur auf dem Isolatorio redet. Auf St. Hilda husten alle Menschen, wenn ein fremder aussteigt; Husten ist aber, wenn nicht Sprechen selber, doch das vorhergehende Schnarren des Räderwerks in der Sprachmaschine. Diese periodische Stummheit, die vielleicht, wie oft die perennierende, von der Zurücktreibung der Hautausschläge herkömmt, ist den Aerzten etwas Altes: Wepfer *) erzählt von einer apoplektischen Frau, daß sie nichts mehr sagen konnte, als das Vaterunser, und den Glauben; und in den Ehen sind Stummheiten häufig, worin die Frau nichts zum Manne sagen kann, als das Allernöthigste. Ein Wittenberger Febrikannt **) konnte den ganzen Tag nicht sprechen, außer von 12 bis 1 Uhr; und so findet man genug arme weibliche Stumme, die des Tags nur eine Viertelstunde, oder nur Abends ein Wort hervorzubringen im Stande sind, und sich übrigens mit dem Stummenglöckgen behelfen; wozu sie Schlüssel, Teller und Thüren nehmen. —

Diese Stummheit verhärtete endlich den armen Advokaten so sehr, daß er sie auch bekam. Er ahmte die Frau, wie ein Vater die Kinder nach, um sie zu bessern. Sein satirischer Humor sah oft der satirischen Bosheit ähnlich; aber er hatte

---

*) Wepf. hist. apoplect. p. 468.
**) Repub. des lettres Octobr. 1685. V. 1091.

ihn nur, um sich gelassen und kalt zu erhalten. Wenn Kammerzofen ihn unter seiner schriftstellerischen Liederei und Brauerei gänzlich dadurch störten, daß sie mit Beihülfe Lenettens seine Stube zu einer Heroldskanzlei und Rednerbühne erhoben: so zog er wenigstens seine Frau vom Rednerstuhl herab, indem er — das hatt' er vorher mit ihr ausgemacht — dreimal mit dem vergoldeten Vogelszepter auf sein Schreibpult schlug — so nimmt ein Szepter der Schwester Rednerin die Preßfreiheit leicht. — Ja er war im Stande, wenn er oft vor diesen aufgezognen redenden Ziserosköpfen saß, ohne einen Gedanken oder eine Zeile herauszubringen, und wenn er weniger seitien Schaden, als den der Mit- und Nachwelt; d. h. so unzählig vieler Menschen vom höchsten Verstand und Stand beherzigte, die durch diese Linguistinnen um tausend Ideen kamen, er war dann im Stande, sag ich, einen entsetzlichen Schlag mit dem Szepter auf den Tisch zu thun, wie man auf einen Teich appliziert, um das Quacken zu stillen. Es ist schön, daß jetzt die Schriftsteller, die die Unsterblichkeit ihrer Seele läugnen, doch die ihres Namens selten anzufechten wagen; und wie Zizero versicherte, er würde ein zweites Leben glauben, so gar wenn es keines gäbe: so wollen

Autoren im Glauben an das zweite ewige Leben ihres Namens bleiben, thäten auch die Rezensenten das Gegentheil dar.

Siebenkäs macht' es jetzt seiner Frau bekannt, daß er nichts mehr sprechen werde, nicht einmal vom Nothwendigsten: und das blos deßhalb, um nicht durch lange zornige Reden über Reden, Waschen ꝛc. sich im Schreiben zu stören, und zu erkalten, oder gegen sie sich zu erhitzen. Dieselbe gleichgültige Sache kann in zehn verschiednen Tönen und Mißtönen gesagt werden: um also der Frau die Unwissenheit und Neugierde des Tons, womit etwas gesagt werden konnte, zu lassen, sagt' er ihr, er werde nun nicht anders mit ihr sprechen, als schriftlich.

Ich bin schon hier mit der besten Erörterung bei der Hand.

Der gravitätische, bedachtsame Buchbinder ärgerte sich nämlich das ganze Kirchenjahr über Niemand so sehr, als über seinen Schliffel, wie er sich ausdrückte, über seinen lustigen Sohn, der die besten Bücher besser las, als band, der sie schief und schmal beschnitt, und der dadurch, daß er die Buchbinderpresse zu einer Buchdruckerpresse einschraubte, das nasse Werk zugleich verdoppelte, und verdünnte. Das konnte nun der Vater nicht

anſehen: er erboßte ſich ſo, daß er zu dem Teu-
felsreichs - Kinde kein Wort mehr ſagen wollte.
Seine Arrets und Konkluſa, die er dem Sohne
über Ehbände zuzufertigen hatte, dieſe gab er
ſeiner Frau als Reichspoſtreuterin mit, die mit
der Nadel als Bothenſpieß aus der fernſten Ecke
aufſtand, und die Befehle dem Sohne, der nicht
weit vom Vater planierte, überbrachte. Dem
Sohn, der ſeine Antworten und Fragen wieder der
Eilbothenfrau miteinhändigte, war ganz wohl bei
der Sache zu Muthe: der Vater konnte weniger
keifen. Dieſer bekam es weg, und wollte nichts
mehr mündlich verhandeln. Er ſuchte zwar ſeine
Empfindung gegen den Sohn durch Pantomime
auszudrücken, und beſchoß, wie ein Verliebter, die-
ſen, der ihm gegen über ſaß, mit warmen Blicken; aber ein Auge iſt, ob wir gleich ▓▓▓▓▓
Säumen - Zahn - und Zungen - ſondern auch Au-
genbuchſtaben haben, immer ein verwirrter Schrift-
kaſten voll Perlſchrift. Allein da zum Glücke die
Schrift - und Poſterfindung einem Menſchen, der
auf einer nördlichen Eisſcholle den Nordpol
umfährt, Mittel an die Hand giebt, mit einem,
der auf einem Palmbaum unter Papagaien in der
heißen Zone ſitzt, zu kommuniſieren: ſo fanden
hier Vater und Sohn, wenn ſie von einander ge-

trennt) sich am Arbeitstisch gegen über saßen, in
der Erfindung des Schreib- und Postwesens Mittel, sich ihre Entfernung, durch einen Briefwechsel, worein sie sich mit einander über den Tisch weg
einließen, zu versüßen und zu erleichtern, die
wichtigsten Geschäftsbriefe wurden unversiegelt,
aber sicher — da zwei Finger bei dieser Penny-
post das Felleisen und Postschiff waren — hin
und hergeschoben: der Brief- und Rückerwechsel
gieng auf so glatten Wegen, und bei so guter
poste aux ânes zwischen beiden stummen Mäch-
ten häufig, und ungehindert und der Vater konnte bei so freier Kommunikazion leicht in einer Minute auf die wichtigsten Berichte schon Antwort
haben von seinem Korrespondenten; ja sie waren
so wenig getrennt, als wohnten sie Haus bei
Haus an einander. Sollte ein Reisender etwan
noch vor mir nach Kuhschnappel kommen: so
bitt' ich ihn, die zwei Tisch-Ecken, wovon das
eine das Intelligenzkomtoir des andern war, sich
abzusägen, und die zwei Büreaux einzustecken, und
in irgend einer großen Stadt und Gesellschaft den
Neugierigen vorzuzeigen, oder mir in Hof. — —
Siebenkäs thats halb nach. Er schnitt kleine
Dekretalbriefe zu recht und voraus für die nöthigsten Fälle. That Lenette eine unvorhergesehe-

ne Frage an ihn, worauf seine Brieftasche noch keine Antwort enthielt, so schrieb er drei Zeilen und langte das Reskript über den Tisch hin. Allerhöchste Handbillets oder Rathsverordnungen und Reglements, die täglich wiederholet werden mußten, ließ er sich abends durch ein stehendes Requisitorialschreiben zu Ersparung des Briefpapiers wieder geben, um den andern Tag die schriftliche Resoluzion nicht von neuem zu schreiben: er langte das Abschnitzel blos hin. Was sagte aber Lenette dazu? —

Ich werde besser antworten, wenn ich vorher nach folgendes erzähle: ein einzigesmal sprach er in diesem Stummeninstitut, als er aus einer irdenen Schüssel, in der außer eingebrannten Blumenwerk auch poetisches war, Krautsallat speisete. Er hob mit der Gabel den Sallat weg, der das kleine Rand-Karmen überdeckte, das hieß: Fried' ernährt, Unfried' verzehrt. So oft er eine Gabel voll weghob, so konnt' er einen oder etliche Füße dieses didaktischen Gedichtes weiter lesen, und er thats laut. — „Was sagte nun Lenette dazu?" — setzten wir oben dazu. — Ich weiß gewiß, er hätte durch sein Zürnen und Schweigen ihres geheilt: hätte sie nicht seine Laune, womit er sich nur gelassener erhalten wollte, mit Bosheit

vermengt, und hätte sie nur in jeder Woche einmal den Pelzstiefel gesehen, und hätten nicht die
Nahrungssorgen, die jetzt alles Zinngeschirr der
Vogelstange aufzehrten und einschmolzen, in ihrem
unglücklichen Herzen gleichsam den letzten, frohen
warmen Blutstropfen zersetzt und aufgetrocknet. —
Die Leidtragende! Aber so gabs keine Hülfe für
sie — und für den, den sie verkannte! —

Armuth ist die einzige Last, die schwerer wird,
je mehrere daran tragen. Firmian, wenn er allein gewesen wäre, hätte auf diese Lücken und
Löcher unserer Lebensstraße kaum hingesehen, da
das Schicksal schon alle 30 Schritte ein Häufgen
Steine zum Ausfüllen der Löcher hingestellt. Und
in dem größten Sturm stand ihm immer außer
der herrlichsten Philosophie noch ein Seehafen,
ein Brett oder eine Taucherglocke offen, seine —
Dutzenduhr, nämlich ihr Kaufschilling. Aber
die Frau — und ihre Trauermusiken, und Kyrie
Eleison — und 1000 andere Dinge — und Leibgebers unbegreifliches Verstummen — und sein
wachsendes Erkranken, alles das machte aus seiner Lebensluft durch so viele Verunreinigungen
einen schwülen entnervenden Sirockowind, der
im Menschen einen trocknen, heißen, kranken
Durst entzündet, gegen den er oft das, was der

Soldat gegen den physischen zum Löschen und Kühlen in den Mund legt, in die Brust nimmt, kaltes Blei und Schießpulver. ——

Am 11ten Februar suchte sich Firmian zu helfen.

Am 11ten Februar, am Euphrosinenstag 1767 war Lenette geboren.

Sie hatt' es ihm oft, und ihren Nähkunden noch öfter, gesagt; aber es war' ihm doch entfallen, ohne den Generalsuperintendenten Ziehen, der ein Buch drucken ließ, und ihn darin an den eilften erinnerte. Der Superintendent hatte nämlich vorausgesagt, daß an diesem 11ten Hornung 1786 ein Stück vom südlichen Deutschland sich durch das Erdbeben wie Lagerkorn in die Unterwelt senken werde. Mithin würden am herabgelassenen Sargseil, oder an der herabgelassenen Fallbrücke des sinkenden Bodens die Kuhschnapler in ganzen Korporazionen in die Hölle gefahren sein, in der sie vorher als isolierte Deputierte ankamen; es wurde aber aus allem nichts.

Am Tage vor dem Erdbeben und vor Lenettens Geburt gieng Firmian nachmittags auf die Hebemaschine und das Schwungbret seiner Seele, auf die mit vergossenem Blute bezeichnete Anhöhe; wo sein Heinrich ihn verlassen hatte.

Sein

Sein Freund und seine Frau standen in gewölk-
ten Bildern um seine Seele; er dachte daran, daß
vom Heinrichs Abschied bis jetzt eben so viele
Hauptspaltungen in seiner Ehe vorgefallen waren,
als deren Moreri in der Kirche von den Aposteln
bis zu Luthern aufzählt, nämlich 124. Harmlose,
stille, frohe Arbeiter bahnten dem Frühling den
Weg. Er war vor Gärten vorbeigegangen, deren Bäume man vom Moos und Herbstlaube ent-
ledigte, vor Bienen- und Weinstöcken, die man
versetzte und ausreinigte, und vor dem Abschnei-
teln der Weiden. Die Sonne glänzte warm über
die knospenvolle Gegend. Plötzlich war ihm —
und Menschen von Phantasie begegnet es oft, und
sie werden daher leichter schwärmerisch — als wäre
sein Leben, statt in einem festen Herzen, in einer
warmen, weichen Zähre, und sein beschwerter Geist
dränge sich schwellend durch eine Kerker-Fuge hinaus, und zerlaufe zu einem Tone, zu einer blauen
Aetherwelle: „ich will ihr an ihrem Geburts-
„tage vergeben, (rief sein ganzes zergangenes
„Ich) — ich habe ihr wohl bisher zu viel ge-
„than." Es beschloß, den Schulrath wieder ins
Haus zu führen, und den grillierten Kattun von
her, und ihr mit beiden, und mit einem neuen
Schaffen ein Geburtstaggeründe zu machen

II.   R

Er faßte seine Uhrkette an, und er zog an ihr das Mittel, den Elias- und Fausts-Mantel heraus, der ihn über alle Uebel tragen konnte, nämlich wenn er den Mantel verkaufte. Er gieng voll lauter Sonnenlicht in allen Ecken des Herzens nach Hause, und gab der Uhr einen künstlichen Stillestand, und sagte zu Lenetten, sie müsse zum Uhrmacher zur Reparatur. Sie war in der That bisher wie die obern Planeten am Anfange ihres Uhr-Tages rechtläufig, dann stehend, dann rückläufig gewesen. Er verdeckte ihr damit seine Projekte. Er trug sie selber auf einen Handelsplatz, schlug sie los; — so gewiß er wußte, er könne ohne ihr Ziffern auf seinem Schreibtische nicht recht schreiben; wie noch Locke ein Edelmann nur in einem Zimmer tanzen konnte, worin ein alter Kasten stand — und abends wurde das ausgelösete grillierte Bluthemd und Schrtuch des Unkrauts ungesehen ins Haus geschafft. Firmian gieng noch abends zum Schulrath, und verkündigte ihm mit der neuen Wärme seines beredten Herzens alles, seinen Entschluß — den Geburtstag — die Retour des Kattuns — die Bitte um einen Besuch — ein nahes Sterben — und seine gänzliche Resignazion. Dem kranken Rath, den die Liebe, wie der Kalk die Schattenparthien der

Freskobilder, bleicher genaget hatte, ach, diesem wurde warmer Lebens Odem eingehaucht, daß morgen wieder die lang entbehrte Stimme (Lenette hatte doch seine in der Kirche) den ganzen Saitenbezug seines Ichs bewegen sollte.

Ich muß hier eine Vertheidigung und eine Anklage einschichten. Jene geht meinen Helden an, der sein Adelsdiplom der Ehre fast durch die Bitte an Stiefeln zu zerknüllen scheint; aber er will damit seiner gekränkten Gattin einen großen Gefallen thun, und sich einen kleinen. Es hälts nämlich der stärkste, wildeste Mann gegen das ewige weibliche Zürnen und Untergraben in die Länge nicht aus: um nur Ruhe und Frieden zu haben, lässet ein solcher der vor der Ehe tausend Schwüre that, er wollte darin seinen Willen durchsetzen, am Ende gern der Herrin ihren. Das Restierende in Firmians Betragen, brauch' ich nicht zu vertheidigen, weils nicht möglich ist, sondern nur nöthig. — Die Anklage, die ich verhieß, betrifft meine Kollaboratores: darüber nämlich, daß sie in ihren Romanen so weit von dieser Biographie oder von der Natur abweichen, und die Trennungen und Vereinigungen der Menschen in so kurzen Zeiten möglich und wirklich machen, daß man mit einer Terzienuhr dabei stehen, und

es nachzählen kann. Aber ein Mensch reisset nicht
auf einmal von einem theuern Menschen ab, sondern die Risse wechseln mit kleinen Bast- und Blu-
menanketrungen, bis sich der lange Tausch zwischen Suchen und Fliehen mit gänzlicher Entfernung schliesset, und erst so werden wir arme Menschen — am ärmsten. Mit dem Vereinen der
Seelen ists im Ganzen eben so. Wo auch gleichsam ein unsichtbarer, unendlicher Arm uns plötzlich einem neuen Herzen entgegen drückt: da hatten wir doch dieses Herz schon lange unter den
Heiligenbildern unserer Sehnsucht vertrau-
lich gekannt, und das Bild oft verhangen, und
oft aufgedeckt und angebetet. —

Unserem Firmian wurd' es später abends wieder im einsamen Sorgestuhl unmöglich, mit aller
seiner Liebe bis auf Morgen zu warten: die Ein-
sperrung selber machte sie immer wärmer, und als
ihn seine alte Besorgniß, er sterbe noch vor der
Tag- und Nachtgleiche am Schlage, befiel, erschrack
er ungewöhnlich — nicht über den Tod, sondern
über Lenettens Verlegenheit, wie sie für diese letzte
Probe des Menschen, für die Ankerprobe *), die

---

*) Diese besteht darin, daß man den Anker auf ein klee-
nes, hartes Lager niederwirft.

Stoßgebühren erschwinge. „Er hatte gerade Geld im Ueberfluß unter den Fingern: er sprang auf und lief noch Nachts zum Direktor der Leichen-lotterie, damit doch seine Frau bei seinem Tod /50 fl. erbte als Eingebrachtes, um damit seinen körperlichen Senkreiser hübsch mit Erde zu über-legen. Es ist mir nicht bewußt, wie viel er zahl-te: ich bin aber dieser Verlegenheit schon gewohnt, die ein Romanschreiber, der jede beliebige Sum-me erdichten kann, gar nicht kennt, die aber ei-nen wahrhaften Biographen ungemein belastet und aufhält, weil ein solcher Mann nichts hinschrei-ben darf, als was er mit Instrumenten und Briefgewölben befestnen kann.

Morgends am 11 Febr., oder am Sonnabend, trat Firmian weich in die Stube, weil uns jede Erkrankung und Entkräftung, z. B. durch Blut-verlust und Schmerzen, erweicht, und noch wei-cher, weil er einem sanften Tag' entgegengieng. Man liebt viel stärker, wenn man eine Freude zu machen vor hat, als eine Stunde darauf, wenn man sie gemacht hat. Es war an diesem Morgen so windig, als hielten die Stürme ein Ringrennen und Ritterturnier, oder als verschick-te der Aeolus seine Winde aus Windbüchsen: viele dachten daher, entweder das Erdbeben hebe

schon an, oder einer und der andere habe sich aus
Furcht davor erhenkt. — Firmian traf in Lenettens Angesicht zwei Augen an, aus denen schon
in dieser Frühe der warme Blutregen der Thränen auf den ersten Tag gefallen war. Sie hatte
seine Liebe und seine Entschlüsse nicht im geringsten errathen, sie hatte gar nicht daran gedacht,
sondern nur an folgendes: „ach seit meine Eltern
„verwesen, fraget niemand mehr nach dem Tage
„meiner Geburt.” Ihm schien es, als habe sie
etwas im Sinne. Sie blickte ihm einigemal aus-
forschend ins Auge, und schien etwas vorzuha-
ben: er schob also die Ergießung seiner vollen
Brust und die Entschleierung der kleinen Doppel-
gabe auf. Endlich trat sie langsam und erröthend zu ihm, und suchte verwirrt seine Hand in
ihre, und sagte mit niedergeschlagnen Augen, in
denen noch keine ganze Thräne war: „wir wol-
„len uns heute versöhnen. Wenn Du mir etwas
„zu Leide gethan hast, so will ich Dir von Her-
„zen vergeben, und thu' mir auch dergleichen.”
Diese Anrede zerriß sein warmes Herz, und er
konnte anfangs nur stocken, und sie an den be-
klommenen Busen reißen, und spät endlich sagen:
„Vergieb Du nur — ach ich liebe Dich doch
„mehr, als Du mich!” Und hier quollen, von

ßenb Erinnerungen der vorigen Tage gepreß-
set, schwere heiße Tropfen aus dem vollen tiefen
Herzen, wie tiefe Ströme träger ziehen. Ver-
wundert blickte sie ihn an, und sagte: „wir säh-
„nen uns also heute aus — und mein Geburts-
„tag ist heute auch, aber ich habe einen sehr be-
„trübten Geburtstag.” Jetzt erst hörte seine Ver-
gessenheit des Angebindes auf, das er bringen
wollte — er lief weg und brachte es, nämlich
das Nähkissen, den Kattun, und die Nachricht,
daß Stiefel abends komme. Nun erst fieng
sie an zu weinen, und fragte: „ach, das hast
„Du schon gestern gethan? und meinen Geburts-
„tag gewußt? — Recht von ganzem Herzen
„dank’ ich Dir, besonders für das schöne —
„Nähkissen. Ich dachte nicht, daß Du an mei-
„nen schlechten Geburtstag denken würdest.” —
Seine männlich-schöne Seele, die nicht, wie
eine weibliche, ihren Enthusiasmus bewacht,
sagt’ ihr alles heraus, und seinen Eintritt in die
Leichenlotterie, den er gestern gethan, damit sie
ihn wohlfeiler unter die Erde brächte. Ihre Rührung wurde jetzt so groß und sichtbar, wie seine.
„Nein, nein, (sagte sie endlich) Gott wird Dich
„behüten — aber den heutigen Tag, wenn wir
„den nur überleben. Was sagt denn der H. Rath

ſam Erdbeben?" — Das laſſe gut ſein, — daß keines kommt, ſagt er — ſagte Firmian.

Er ließ ſie ungern los vom erwärmten Herzen. So lang er nicht im Freien gieng — denn Schreiben war ihm unmöglich — ſchauete er ihr unaufhörlich ins helle Angeſicht, aus dem ſich alle Wolken verzogen. Er brauchte einen alten Kunſtgriff gegen ſich — den ich ihm abgelernt — daß er, um einen guten Menſchen recht ſehr gut zu ſein, und alles zu vergeben, lange ins Angeſicht ſchauete. Denn auf einem Menſchenangeſicht finden wir, ich und er, wenn es alt iſt, das Griff- und Zahlbrett harter Schmerzen, die ſo rauh darüber giengen; und wenn es jung iſt, ſo kömmt es uns als ein blühendes Beet am Abhange eines Vulkans vor, deſſen nächſte Erſchütterungen das Beet zerreißen. — Ach, entweder die Zukunft oder die Vergangenheit ſtehen in jedem Geſichte, und machen uns, wenn nicht wehmüthig, doch ſanftmüthig.

Firmian hätte gern den ganzen Tag, — zumal ek der Abend kam — ſeine wieder gefundne Lenete am Herzen, und ſeine frohen Thränen im Auge behalten; aber bei ihr waren Geſchäfte Pauſen, und die Thränendrüſen ſamt dem Herzen Hungerquellen. Uebrigens hatte ſie nicht

einmal den Muth, ihn über die metallische Quelle
dieses goldführenden Baches zu fragen; auf dessen sanfter Wiege sie heute schwankte. Aber der
Mann entdeckte ihr gern das Geheimniß der ver-
kauften Uhr. — Heute war die Ehe, was die
Vor-Ehe ist, ein Cembal d'Amour, das zwei
Sangböden umgeben, die statt der Saiten, deren
Wohllaut verdoppeln. Der ganze Tag war als ein
Ausschnitt aus dem klaren Mond gehoben, den kein
Dunstkreis überschleiert; oder aus der 2ten Welt,
worein sogar aus jenem die Seleniten ziehen. Lenette wurde durch ihre Morgenwärme einem so genannten bemoosten Veilchensteingen gleich, das
die Düfte eines verkleinerten Blumenbeets austheilt, wenn man es nur wärmer reibt.

Abends erschien endlich der Rath, verlegen-zit-
ternd, ein wenig stolz-aussehend, aber unver-
mögend, als er Lenetten gratulieren wollte, es zu
thun vor Thränen, die eben so sehr in seiner Kehle,
als in seinen Augen standen. Seine Verwirrung
verbarg die fremde. Endlich vergieng der un-
durchsichtige Nebel zwischen ihnen, und sie konnten sich sehen. Dann wurde man recht froh:
Firmian nöthigte sich die Zufriedenheit ab, und
den 2 andern flog sie frei ins Herz.

Ueber drei besänftigte, getröstete Herzen zogen

die gefüllten Gewitterwolken nicht mehr so tief wie sonst — der weichende drohende Komet der Zukunft hatte sein Schwerdt verloren, und floh schon heller und weißer ins Blaue hinaus, vor lichtern Sternbildern vorbei — Abends schickte noch Leibgeber einen kurzen Brief, dessen beglückende Zeilen den Abend unsers Lieblings und das nächste Kapitel schmücken. —

Und so wurden an den Gehirnkammern des dreifachen Bundes — wie noch eben jetzt an des Lesers seinen — die eiligen, laufenden, zitternden Blumenstücke der Phantasie zu wachsenden, regen Freudenblumen, wie der Fieberkranke die wankenden Bett-Blumen seines Vorhangs für beseelte Gestalten nimmt. Ach, die Winternacht wollte, gleich einer Sommernacht, kaum erlöschen und erkalten an ihrem Horizont, und als sie um 12 Uhr von einander schieden, sagte sie: „wir „waren doch alle recht herzlich vergnügt."

Eilftes Manipel.

Zwei Schreiben. —

Ich habe den Leser im vorigen Kapitel aus wahrer Liebe betrogen: gleichwohl muß man ihn noch
so lange im Betruge sitzen lassen, bis er folgendes Briefgen von Leibgeber durchgelesen:

Mein Firmian Stanislaus!

Vaduz d. 2. Feb.
1786.

Im Mai bin ich in Bayreuth; und Du mußt
auch dahin. Weiter hab' ich Dir jetzt nichts wichti-
ges zu schreiben; aber das ist ja wichtig genug, daß
ich Dir am 1ten Tag des Wonnemonats in Bayreuth anzulangen anbefehle, weil ich etwas ungemein
Tolles und Erhebliches und Unerhörtes mir Dir
vorhabe, so wahr Gott lebt. Meine Freude und

Dein Glück hängt an Deiner Reise; ich würde
Dir das Geheimniß schon in diesem Briefe offenbaren, wenn er aus meiner Hand in keine gienge,
als so gleich in Deine. — Komm! — Und da,
in Bayreuth, wird auch der Juwelenkolibri und
Goldfisch, H. Rosa von Meyern fliegen und
schwimmen, um seiner schönen Braut mit seinen
dürren, dünnen Armen mehr Kälte zu geben, als
Wärme, wie man in Spanien ähnliche ordentli-
che Schlangen um die Bouteillen zum Kühlen
legt. Ich sollte ihr, wenn ich nach Bayreuth
komme, die besten Begriffe von ihm beibringen,
und darauf beharren, daß er zehntausendmal besser sei, als der Häresiarch Bellarmin, der in seinem Leben viel öfter, nämlich 2236 mal die Ehe
gebrochen. Du weißt, daß dieser Vorfechter der
Katholiken mit 1,624 Weibern einen verbotnen
Umgang geflogen: er wollte als Kardinal zugleich
die Möglichkeit des katholischen Zölibats und die
Möglichkeit der päbstlichen Definition einer Hure
zeigen, die die Glossa zu einer Regimentseinhabe-
rin von 23000 Mann erhebt. — Ich wünsche
herzlich, den Heimlicher zu sehen: ich würde ihm,
wenn er mir näher stünde, von Zeit zu Zeit, weil
ihm immer etwas im Schlunde steckt, das er
schwer hinunterbringen kann, — und wär's eine

Erbschaft oder fremdes Haus und Hof — ich
würd' ihm, wie man zur Heilung pflegt, starke
Schläge in den hohlen Rücken geben, und den
Ausgang erwarten, den des Bissens nämlich —
Ich bin seither überall herumgehinkt mit meiner
Silhouettenscheere, und ruhe nun in Wabuz aus;
ich find' aber die Menschen und den Kräuterkäs
der Erde, in den sie sich einbeißen, täglich mürber und fauler. Ich muß Dir sagen, halt der
Teufel den Ruhm: ich werde nächstens verschwin-
den, und unter die Menge rennen, und jede Woche mit einem neuen Namen aufstehen, damit
mich nur die Narren nicht kennen. — — O!
Es waren einmal einige Jahre, wo ich wünschte
etwas zu werden, wenn nicht ein großer Autor,
doch wenigstens ein neunter Kurfürst, und wenn
nicht belorbeert, doch infulirt, wenn nicht zuweil-
len Prorektor, doch häufig Defen. Damals
würd' es mich geletzet haben, wenn ich die größten Steinschmerzen und also verhältnißmäßige
Blasehsteine hätte überkommen können, damit ich
aus der Blase Steine zu einem Altar oder Tempel meines Ruhms hätte ediren mögen, der noch
höher, als die Pyramide gewesen wäre, die Kunsch
in den Naturalienkabinettern aus den zu Blasen-
Steinen einer ehrlichen Frau zusammenbrach.

te. *) Ehemals, ich hätte mir aus Wespen,
wie Wildau aus Bienen, einen stachlichten Philo-
sophenbart geknüpft, um nur dadurch bekannt zu
werden. „Ich lasse zu, (sagt ich damals) es
„ist nicht jedem Erdensohn bescheert, und er soll
„es nicht fobern, daß ihn eine Stadt todt
„schlagen will; wie den H. Romuald (wie Bem-
„bo in dessen Leben berichtet), um nur seinen L.
„Leib als Reliqnie wegzuschnappen; aber er kann
„doch, dünkt mich, ohne Unbescheidenheit sich wün-
„schen, daß wenn nicht seinem Pelzrocke, wie
„Voltairens seinem in Paris geschah, doch sei-
„nem Scheitel einige Haare zum Andenken von
„Leuten ausgezogen werden, die ihn zu schätzen
„wissen, ich meine vorzüglich die Rezensenten."

Anders dacht' ich damals nicht; aber jetzt denk
ich gescheuter. Der Ruhm verdient keinen Ruhm.
Ich saß einmal in einem naßkalten Abend drauß

---

*) Dictionnaire des Merveilles de la nature par Si-
gaud de la Fond T. I. — Die Art, wie eine
ägyptische Königinn eine Pyramide aus losen Steinen aufschlichtete, und zwar höher, aber mit
geringern Schmerzen als die obige Frau, ist
bekannt, und gehört nicht unter Sigauds Marveil-
les de la nature.

sen auf einem Gränzstein, und sah mich an, und
sagte: was kann denn im Grunde aus Dir werden? — Stehen Dir Wege offen, gleich dem
seel. Kornelius Agrippa *), Kriegssekretair des
Kaisers Maximilian, und Historiograph des Kaiser Karls V. zu werden? Kannst Du Dich zu
einem Syndikus und Advokaten der Stadt Metz,
zu einem Leibmedikus der Herzogin von Anjou,
und zu einem theologischen Professor zu Pavia auf-
schwingen? — Bemerkst Du, daß der Kardinal von Lothringen so gern bei deinem Sohne
Gevatter stehen will, als ers beim Sohne des
Agrippa wollte? — Und wär es nicht lächerlich,
wenn Du aussprengtest und prahltest, daß ein
Maggraf in Italien, der König von England,
der Kanzler Merkurius Gatinaria und Marga-
rita (eine Prinzessin aus Oesterreich) Dich sämt-
lich in dem nämlichen Jahre haben in ihre Dienste
ziehen wollen: wärs nicht lächerlich und erlogen,
nicht einmal der Schwierigkeit der ganzen Sache
zu gedenken, da diese Leute alle schon viele Jahre

---

*) Dieses und alles folgende, was Agrippa wurde und
   hatte, steht in Naudé (Naudäi) Abhandlung von
   den Gelehrten, die man für Zauberer gehalten,
   unter dem Namen Agrippa.

sicher zu Niklasruh und Schlafpulver des
Todes zersprangen, ehe Du als Zünd- und Knall-
pulver des Lebens auffuhrst? — In welchem be-
kannten Werke, ich bitte Dich, nennt Paul Jo-
vius Dich ein portentosum ingenium, oder
welcher andere Autor zählt Dich unter clarissimi
sui saeculi lumina? — Würden es nicht
Schröckh und Schmidt in ihren Reformations-
geschichten im Vorbeigehen angezeigt haben, wenn
wahr wäre, daß Du bei vier Kardinälen und
fünf Bischöffen und beim Erasmus, Melanchton
und Capellanus in außerordentlichem Kredit stün-
dest? — — Gesetzt aber auch, ich läge wirklich
mit dem Cornelius Agrippa unter derselben großen Laube und Staube von Lorbeerkränzen: so
gieng' es blos einem wie dem andern, wir sankten
dunkel unter dem Buschwerke fort, ohne daß in
Jahrhunderten einer käme, und das Gestrippe auf-
zöge, und nach uns beiden sähe.

Es hülfe mir noch weniger, wenn ichs gescheuter machen, und mich in einem Anhange der
allg. deutsch. Bibliothek wollte preisen lassen:
denn ich stände Jahre lang mit meinem Lorbeerreis auf dem Hut drinnen; in diesem kühlen Por-
tativ-Pantheon, in meiner Nische, mitten unter den größten Gelehrten, die um mich auf ihren

Parade-

Paradebetten herumlägen oder säßen, Jahre lang,
sag' ich, ständen wir Bekränzte allein in unserem
Tempel des Ruhms beisammen, eh' ein Mensch
die Kirchthüre aufmachte und nach uns sähe, oder
hineingienge und vor mir kniete — und unser
Triumphwagen wäre blos von Zeit zu Zeit ein
Karren, worauf der besetzte Tempel mit seiner
Fülle in eine Aukzion geschoben wird.

Dennoch würd' ich mich vielleicht darüber
wegsetzen, und mich unsterblich machen, könnt'
ich nur halb und halb hoffen, daß meine Unsterblichkeit andern Leuten zu Ohren käme, als solchen,
die noch in der Sterblichkeit halten. Aber kann
das aufmuntern, wenn ich sehen muß, daß ich
gerade den berühmtesten Leuten, denen jährlich der
Lorbeerkranz, wie andern Todten der Rosmarin,
im Sarge weiter über das Gesicht hereinwächst,
ein inneres unbekanntes Afrika bleibe; vorzüglich einem Ham, Sem, Japhet — dem Absalon
und seinem Vater, — den beiden Katos, — den
beiden Antoninen — dem Nebukadnezar — den
70 Dolmetschern und ihren Weibern — den 7
griechischen Weisen — sogar bloßen Narren wie
Taubmann und Eulenspiegel? — Wenn ein
Heinrich IV., und die 4 Evangelisten und Bay-
le, der doch sonst alle Gelehrte kennt, und die

hübsche Nimon, die sie noch näher kennt, und der Lastträger Hiob, oder doch der Verfasser des Hiobs nicht wissen, daß nur ein Leibgeber je auf der Welt gewesen; wenn ich einer ganzen Vorwelt, d. h. 5 Jahrtausenden voll großer Völker, ein mathematischer Punkt, eine unsichtbare Finsterniß, ein miserables Ie ne sais quoi bin und bleibe; so seh ich nicht, wie mir das die Nachwelt, an der vielleicht nicht viel ist, oder die nächsten 6 Jahrtausende erstatten wollen und können?

Noch dazu kann ich nicht wissen, was es für herrliche himmlische Heerschaaren und Erzengel auf andern Weltkugeln, und Kügelgen der Milchstraße, dieser Paternosterschnur voll Sterne, giebt; Seraphe, gegen die ich in keine Betrachtung komme, ausgenommen als ein Schaaf. Wir Seelen schreiten freilich ansehnlich auf der Erde fort und empor — Die Austerseele erhebt sich schon in einer Froschseele — diese steigt in einen Stockfisch — der Stockfischgeist schwingt sich in eine Gans — dann in ein Schaaf — dann in einen Esel — ja in einen Affen — endlich (etwas höhers läffet sich nicht mehr gedenken) in einen Buschhottentotten. Aber ein solcher langer peripathetischer Klimax blähet den Menschen nur so lange auf, als er nicht die folgende Reflexion

macht: wie Kundschaften unter den Thieren einer
Klasse, worunter es so gut, als unter uns, Genies, gute offne Köpfe und wahre Einfaltspinsel
geben muß, nichts aus, als letztere, höchstens Extreme. Keine Thierklasse liegt nahe genug an unserer Sehhaut, daß nicht die feinen Mitteltinten
und Nüancen ihres Werths zusammenfließen müßten. — Und so wird es uns ergehen, wenn ein
Geist im Himmel sitzt und uns alle ansieht: wegen
seines Abstandes wird er Mühe haben (vergebliche), einen wahren Unterschied zwischen Kant
und seinen Reflexionsspiegeln, zwischen Göthe und
seinen Nachahmern zu erkennen, und besagter Geist
wird Fakultisten von Dunsen, Profeßhäuser von
Irrenhäusern wenig oder gar nicht zu unterscheiden wissen. — Denn kleine Stufen laufen vor
einem, der auf den höhern steht, völlig ein.

Das benimmt aber einem Denker Lust und
Muth; und ich will verdammt sein, Siebenkäs,
wenn ich bei solcher Lage der Sachen mich jemals
hinsetze und außerordentlich berühmt werde, oder
mir die Mühe gebe und das scharfsinnigste Lehrgebäude aufmauere oder einreisse, oder etwas längers schreibe, als einen Brief.

Dein

Ich

L.

S 2

N. S. Ich wollte, Gott fristete mir nach diesem Leben das zweite, und ich könnte in der andern Welt mich an Realien machen: denn diese; ist wahrlich zu hohl und zu matt, ein miserabler Nürnberger Tand — nur der fallende Schaum eines Lebens — ein Sprung durch den Reif der Ewigkeit — ein mürber stäubender Sodomsapfel, den ich gar nicht aus dem Maule bringen kann, ich mag sprudeln, wie ich will. Ach! —

* * *

Solchen Lesern, denen dieser Scherz nicht ernsthaft genug ist, will ich irgendwo darthun, daß er es zu sehr ist, und daß nur eine beklommene Brust so lachen, daß nur ein zu fieberhaftes Auge, um welches die Feuerwerke des Lebens wie fliegende Spiel-Funken schweifen, die dem schwarzen Staar vorflattern, solche Fieberbilder sehen und kopieren könne. —

Firmian verstand alles, zumal jetzt ... Ich muß aber zum eilften Hornung zurück, um dem Leser die sympathetische Freude, die er über des vereinten Kleeblatts seine verspürte, halb zu — nehmen. Lenettens erschütternde Bitte, daß der Gatte ihr vergeben möge, war die Lohbeet-Frucht der Zieben'schen erderschütternden Weißagung: sie

glaubte, der Boden und sie giengen unter, und
vor dem nahen Tode, der schon mit dem Lyger-
schweife wedelte, bot sie ihrem Mann die Friedens-
hand einer Christin. Vor seiner entkörperten
schönen Seele vergoß freilich die ihrige Thränen
der Liebe und des — Entzückens. Aber sie ver-
mengte vielleicht selber ihre frohen Bewegungen
mit ihren liebenden, die Lust mit der Treue,
und die Hofnung, den Schulrath abends wieder
in die warmen — Augen zu fassen, drückte sich
ohne ihr Wissen, durch eine wärmere Liebe zum
Manne aus. Es ist sehr nothwendig, daß ich
hier einen meiner besten Rathschläge keinem Menschen vorenthalte: nämlich den, bei der besten
Frau in der Welt immer wohl zu distinguieren,
was sie in der jetzigen Minute haben wolle, oder
gar wen, worunter nicht immer der gehört, der
wohl distinguiert. Es ist im weiblichen Herzen
eine solche Flucht aller Gefühle, ein solches Werfen von kouleurten Blasen, die alles, zumal das
Nächste abmalen, daß eine gerührte Frau, indeß
sie für Dich eine Thräne aus dem linken Auge ver-
gießet, weiter nachdenken, und mit dem rechten
eine über Deinen Suk- oder Antezessor verspritzen
kann — oder daß eine Zärtlichkeit, die ein Nebenbuhler erregt, über die Hälfte dem Ehevogt

zustirbt, und daß eine Frau überhaupt bei der aufrichtigsten Treue mehr über das weinet, was sie überdenket, als was sie vernimmt. —

Nur dumm ists, daß so viele Mannspersonen unter uns es gerade darinn sind: denn eine Frau ist, da sie mehr fremde Gefühle beobachtet, als eigne, dabei weder die Betrügerin noch die Betrogene, sondern nur der Betrug, der optische.

Solche durchdachte Betrachtungen machte Firmiane über den eilften Hornung — welcher tolle Name nach einigen von den Trink-Hörnern der Alten abstammt, aber nach mehreren von Hor oder Koth — nicht eher, als am zwölften. Wendeline liebte den Rath: das wars. Sie hatte mit allen verständigen Kuhschnappler Kindern an den Generalsuperintendenten und seinen Erd-Fußstoß geglaubt, bis Abends der Pelzstiefel sich frei erklärte, die Meinung sei gottlos: dann fiel sie vom prophetischen Superintendenten ab, und dem ungläubigen Weltkind Firmian bei. Wir wissen alle, er hatte so gut männliche Launen, die immer die Konsequenz übertreiben, wie sie weibliche, die in der Inkonsequenz zu viel thun. Es war also thöricht, daß er eine durch so viele kleine Gall-Ergießungen erbitterte Freundin durch eine große Herzens-Ergießung wieder zu gewinnen hoffte. Die größte Wohlthat, der höchste männliche Enthusiasmus reißen keinen mit tausend kleinen Wurzelfasern im Herzen herumkriechenden Groll auf einmal heraus. Die Liebe, um die wir uns durch ein anhaltendes Erkälten brachten, können wir nur durch ein so anhaltendes Erwärmen wieder sammeln.

Kurz, nach einigen Tagen zeigt' es sich, daß alles blieb, wie es vor drei Wochen war. Die Liebe Lenettens hatte durch Stiefels Entfernung so zugenommen, daß sie nicht mehr mit ihren Blättern unter der Glasglocke Platz hatte, sondern schon ins Freie wuchs. Die Aqua toffana der Eifersucht lief endlich in alle Adern Firmians hinein, und quoll ins Herz, und fraß es langsam aus einander. Er war nur der Baum, in den Lenette ihren Namen und ihre Liebe gegen einen andern eingezeichnet hatte; und der an den Schnitten verwellt. Er wurde siecher und ärmer zugleich, und gab die Hoffnung verloren, den 1ten Mai und Bayreuth zu sehen. Der Februar, der Merz, und der April, zogen mit einem großen tropfenden Gewölke, an dem keine lichte oder blaue Fuge und kein Abendroth war, über sein Haupt.

Am 12. Apr. verlor er seinen Prozeß zum 2ten mal; und am 13ten, am grünen Donnerstag,

schloß er auf immer sein Abendblatt, wie er
sein Tagebuch nannte, weil ers abends schrieb.
Ich will die ganze Stelle, den Schwanengesang,
als die Schlußvignette des Tagesjournals unver-
ändert hereinnehmen.

„Gestern scheiterte mein Prozeß an der zweiten
„Instanz oder Untiefe. Der gegnerische Sachwal-
„ter und die erste Appellazionskammer haben ge-
„gen mich ein altes Gesetz, das nicht nur im
„Bayreuthischen, sondern auch in Kuhschnappel
„gültig ist, vorgekehrt: daß mit einem Nota-
„riatszeugenrotul nicht das Geringste zu erhär-
„ten ist; es muß ein Rotul von Gerichten sein.
„Die zwei Instanzen machen mir den bergaufge-
„henden Weg zur dritten leichter: meiner armen
„Lenette wegen appellir' ich an den kleinen Rath,
„und mein guter Stiefel thut die Vorschüsse. Frei-
„lich muß man bei den Fragen, die man an die
„juristischen Orakel thut, die Zeremonie beobach-
„ten, womit man sonst andere den heidnischen
„vorlegte: man muß fasten und sich kasteien.
„Ich hasse den Staatsschaffen *) oder vielmehr
„den Pürschmeistern mit dem Weidmesser oder

____

*) Schalt hieß sonst Diener, jetzt umgekehrt.

„Knebelspieß des Themisschwerdtes schon durch
„das Jagdzeug der Prozeßordnung und durch
„die Jagdtücher und Prell- und Spiegelgarne der
„Akten durchzuwischen, nicht sowohl durch mei-
„nen wie ein Fühlfaden dünngezognen Geldbeu-
„tel, den ich etwan wie einen ledernen Zopf
„durch alle enge Maschen der Justiz-Garnwand
„zöge; nicht damit sowohl, hoff' ich, als mit mei-
„nem Leibe, der sich nahe an den hohen Netzen in
„Todtenstaub verwandeln, und dann frei durch
„und über alle Maschen fliegen wird.

„Ich will heute die letzte Hand von diesem
„Abendblatte, eh' es ein vollständiges Martyro-
„logium wird, abziehen. Ich würde, wenn man
„das Leben wegschenken könnte, meines jedem
„Sterbenden geben, der es wollte. Indessen den-
„ke man nicht, daß ich darum, weil über mir
„eine totale Sonnenfinsterniß ist, etwan sage, in
„Amerika ist auch eine, — oder daß ich, weil
„gerade neben meiner Nase Schneeflocken fallen,
„schon glaube, auf der Goldküste häb' es zuge-
„wintert. — Das Leben ist schön und warm;
„sogar meines war's einmal. Sollt' ich noch eher
„als die Schneeflocken eintrocknen; so ersuch' ich
„meine Erbnehmer und jeden Christen, von mei-

„ner Auswahl aus des Teufels Papieren nichts
„drucken zu lassen, als was ich ins Reine ge-
„schrieben, welches (inclus.) bis zur Satire
„über die Weiber *) geht. Auch darf er aus die-
„sem Tagebuche, in dem zuweilen ein satirischer
„Einfall aufsteigen mag, keinen einzigen zum
„Druck befördern; das verbiete ich ernstlich.

„Will ein Geschichtsforscher dieses Tage- oder
„Nachtbuchs gern wissen, was für schwere
„Lasten und Nester und Wäsche denn an meine
„Aeste und an meinen Gipfel gehangen worden,
„daß sie ihn so niederziehen konnten — und ist
„er noch darum desto neugieriger, weil ich lu-
„stige Satiren schrieb, — wie wohl ich mit den
„satirischen Stacheln, wie die Fackeldistel mit
„ihren, mich nur wie mit einsaugenden Gefäßen
„nähren wollte: — so sag ich diesem Geschichts-
„forscher, daß seine Neugierde mehr sucht, als

---

*) S. 427. unter der Einkleidung: »gutgemeinte
„Biographie einer neuen, angenehmen Frau von
„bloßem Holz, die ich erfunden und geheirathet.«
Auf die übertriebene Sdutre dieser Satire mag
wohl Lenette mit ihren Sonnenstichen gezielet
haben.

„ich weiß, und mehr, als ich sage. Denn der
„Mensch und der Meerrettig sind zerrieben
„am beissendsten, und der Satiriker ist aus dem-
„selben Grunde trauriger, als der Spaßmacher,
„weswegen der Urangutang schwermüthiger ist, als
„der Affe, weil er nämlich edler ist.— Fället frei-
„lich dieses Blatt in deine Hand, mein Heinrich,
„mein Geliebter, und Du willst vom Hagel, der im-
„mer höher und größer auf meine Ausssaat fiel, etwas
„hören: so zähle nicht die zerflossenen Hagelkörner,
„sondern die zerschlagnen Halmen. Ich habe
„nichts mehr, was mich freuet — als Deine
„Liebe, — und nichts mehr, was aufrecht steht,
„als eben diese. Da ich Dich aus mehr als einer
„Ursache *) schwerlich in Bayreuth besuchen wer-
„de: so wollen wir auf diesem Blatte schalten wie
„Geister, und uns die Hände aus Luft geben.
„Ich hasse die Empfindelei, aber das Schicksal
„hat sie mir fast endlich eingepfropft, und das
„satirische Glaubersalz, das man sonst mit Nu-
„tzen dagegen nimmt — wie Schaafe, die von
„nassen Wiesen Lungenfäule haben, durch
„Salzlecken aufleben — nehm' ich fast aus Vor-
„leglöffeln, wie meiner aus dem Vogelschießen,

---

*) Aus Mangel an Geld, an Gesundheit.

„aber ohne merklichen Vortheil ein. Im Ganzen
„thuts auch wenig: das Schicksal wartet nicht,
„wie die peinlichen Schöppenstühle, mit der Hin-
„richtung von uns Inkulpaten auf unsere Gene-
„sung. Mein Schwindel und andere apoplekti-
„sche Vorboten sagen mir zu, daß man mir gegen
„das Nasenbluten dieses Lebens bald den guten
„galenischen Aderlaß *) verordnen werde. Ich
„will es deswegen nicht eben haben: mich kann
„im Gegentheil einer ärgern, der verlangt, das
„Schicksal soll ihn, wie eine Mutter das Kind —
„da wir in Leiber eingewindelt und die Nerven
„und Adern, die Wickelbänder sind — so fort
„aufbinden, weil es schreiet, und einiges
„Leibreißen hat. Ich würde noch gern einige Zeit
„ein Wickelkind unter Strickkindern **) bleiben,
„zumal da ich besorgen muß, daß ich in der zwei-
„ten Welt von meinem satirischen Humor gerin-
„gen oder keinen Gebrauch werde machen kön-
„nen; aber ich werde fort müssen. Wenn aber
„das geschehen ist: so möcht’ ich Dich wohl bitten,
„Heinrich, daß Du einmal hieher in den Reichs-

---

*) So heißet ein bis zur Ohnmacht getriebener.
**) So heißen die vom heimlichen Gericht Ver-
urtheilten.

„stecken reißtest, und Dir das stille Gesicht Deines
„Freundes, der kaum das Hippokratische *)
„mehr wird machen können, aufdecken ließest.
„Dann, mein Heinrich, wenn Du das fleckige
„graue Neumondsgesicht lange ansiehst,
„und dabei erwägst, daß nicht viel Sonnenschein
„darauf fiel, nicht der Sonnenschein der Liebe, nicht
„des Glücks, nicht des Ruhms: so wirst Du
„nicht gen Himmel blicken und zu Gott sagen
„können: „„und ganz zuletzt, nach allen seinen
„„Bekümmernissen hast Du ihn, lieber Gott, gar
„„vernichtet — und hast ihn, als er im Tode die
„„Arme nach Dir und Deiner Welt ausstreckte,
„„so breit entzwei gedrückt, als er noch hier liegt
„„der Arme.”” Nein, Heinrich, wenn ich ster-
„be, so mußt Du eine Unsterblichkeit glauben.

„Ich will jetzt, wenn ich dieses Abendblatt
„ausgeschrieben, das Licht auslöschen, weil der
„Vollmond breite, weiße Imperialbogen voll Lichts
„in der Stube aufbreitet. Ich will alsdann —
„weil kein Mensch mehr im Hause auf ist — mich
„in der dämmernden Stille hersetzen, und indeß

---

*) Das Hippokratische nennt man das verzogene in der
Sterbensstunde.

„ich die weiße Magie des Mondes in der
„schwarzen der Nacht anschaue, und während
„ich draußen ganze Flüge von Zugvögeln in der
„hellen blauen Mondnacht aus wärmern Ländern
„kommen höre, in deren verwandtes Land ich ab-
„reise: da will ich ungestört gleichsam meine
„Fühlhörner aus dem Schneckengehäuse, eh' es
„der letzte Frost zuspündet, noch einmal hervor-
„strecken — Heinrich, ich will mir heute alles
„deutlich malen, was vergangen ist — Den
„Mai unserer Freundschaft — jeden Abend, wo
„wir zu sehr gerührt wurden, und uns umarmen
„mußten — meine grauen alten Hoffnungen, die
„ich kaum mehr weiß — fünf alte, aber hell
„warme Frühlinge, die mir noch im Kopfe sind —
„meine verstorbne Mutter, die mir eine Zitrone,
„von der sie im Sterben dachte, sie werde sie in
„den Sarg bekommen, in die Hände legte und
„sagte, ich sollte die Zitrone lieber in meinen
„Blumenstrauß stecken — und jene künftige Mi-
„nute meines Sterbens will ich mir denken, in
„welcher mir Dein Bild zum letztenmal auf der
„Erde vor die gebrochnen Seelen-Augen tritt,
„und worin ich von Dir scheide, und mit einem
„dunkeln innern Schmerz, der keine Thränen
„mehr in die erkalteten, zerstörten Augen treiben

„kann, vor Deiner beschatteten Gestalt schwin-
„bend und verfinstert niederfalle, und aus dem
„dicken Nebel des Todes nur noch dumpf zu
„Dir aufrufe: Heinrich, gute Nacht! gute
„Nacht.« —

  „Ach, lebe wohl. Ich kann nichts mehr sa-
„gen.«

Ende des Abendblattes.

[illegible]
[illegible]
[illegible]
[illegible]

[illegible]

[illegible]

Druckfehler
des zweiten Bändchens. *)

Seite.	Zeile.	
XIII	5	von unten nach Theile setze der Blumenstükke.
NB. 3	3	von unten nach größeres s. Getöse.
NB. 14	9	statt Kranken lies Kanker.
NB. 19	2	von unten statt gleich dem lies wie.
55	7	statt Wauwaums lies Wauwaus.
NB. 61	10	statt den Morgen des Schmerzes lies den Schmerz des Morgens.
80	12	streiche nach weg.
—	7	von unten statt Volerie lies Voliére.
112	7	statt daß lies das.
NB. —	18	statt zwei mächtige l. zweimähtige.
117	8	von unten statt dies lies das.
120	5	von unten statt diesen lies diese.
140	2	von unten statt das lies daß.
145	12	statt denn lies den.
151	9	von unten statt Vicere lies Vice-Re.
201	15	nach Ehe setze aus.
206	1	streiche und weg.

---

*) Druckfehler, die wahre schwarze Sünden und Druckschnitzer sind, und die einen ganzen Gedanken verrenken, will ich mit einem NB. bezeichnen, damit sie der Leser vor dem lesen umbessere.